십이
十二天門
천문

십이천문 1

허담 新무협 판타지 소설

초판 1쇄 찍은 날 § 2018년 11월 20일
초판 1쇄 펴낸 날 § 2018년 11월 27일

지은이 § 허담
펴낸이 § 서경석

총괄팀장 § 최하나
편집책임 § 김경민

펴낸곳 § 도서출판 청어람
등록번호 § 제387-1999-000006호
등록일자 § 1999. 5. 31
어람번호 § 제2-2758호

주소 § 경기도 부천시 부일로 483번길 40 서경B/D 3F (우) 14640
전화 § 032-656-4452 팩스 § 032-656-4453
http://www.chungeoram.com
E-mail § chungeorambook@daum.net

ISBN 979-11-04-91873-5 04810
ISBN 979-11-04-91872-8 (세트)

십이천문

十二天門

도서출판 청어람

新무협 판타지 소설

FANTASTIC ORIENTAL HEROES

십이천문

十二天門

目次

서장(序章)

그날.

가지 말아야 할 곳에서 가서, 듣지 말아야 할 말을 들었다.

그래서 결국, 불혹을 넘은 나이에 십 년 넘게 머물렀던 벽산 송가장을 떠날 수밖에 없었다.

그리고 그때서야 난 내가 무슨 잘못을 했는지 깨달았다.

늙은 사부는 늘, 지치지도 않고 잔소리를 해댔었다.

사람 무서운 줄 알라고.

특히.

만나지 말았어야 할 인연,

마음에 담지 말아야 할 사람.

사귀지 말아야 할 무리.

거두지 말아야 할 제자를 조심하라고 했었다.

결국 난 늙은 사부의 충고를 따르지 않은 대가를 치르게 되었
다.

죽지 않는 자!

무림에서 불사(不死) 나왕이라 불리며 두려움과 존경의 대상이
었던 나는, 나도 모르는 사이에 존경과 두려움이 아닌 비웃음과
조롱의 대상이 되어 있었다.

그리고 그 진실을 알게 된 이상 송가장은 더 이상 내가 머물
곳이 아니었다.

그 참혹했던 칠마와 십육마문의 난(亂), 그 칠 년 혈난이 끝난
지 어느새 십이 년이 지나 있었고, 무림오선이라는 절대고수 다
섯 사람과 천하구패라 불리는 아홉 개의 절대문파가 무림을 지
배하고 있던 시절이었다.

제1장
죽지 않는 자(不死), 나왕

"원 녀석, 그렇게 서운했던가? 애써 구해온 천년삼을 두고 가다니."

불사의 사내로 불리는 중년의 고수 나왕이 혀를 차며 서탁에 놓인 목함을 들었다. 목함에는 그가 이번 출행에서 어렵게 구해온 백두의 천년삼이 들어 있었다.

물론 실제로 천 년이나 묵은 삼(參)일 수는 없겠으나 영약의 반열에 오를 수 있을 만큼 오래된 것은 분명한 삼이었다.

천년삼을 구한 후 그 약효가 사라질 것을 걱정해 일정을 반으로 줄여 송가장으로 돌아온 나왕으로서는 귀한 선물을 두고 간 제자 송검산의 행동이 못내 아쉬웠다.

그러나 그렇다고 화가 난 것은 아니었다. 언제부턴가 나왕은 송검산에게 화를 낼 줄 모르는 사람이 되어 있었다. 어쩌면 송검산이 태어났을 때부터 화를 내지 않았을지도 모른다.

아니, 그보다도 나왕 자신은 미처 깨닫지 못하고 있었지만, 그는 언제부턴가 송가장의 가주인 송유목과 그 가족에게 화를 내는 방법을 잊어버린 사람이 되어 있었다.

다만 모든 사람이 그 사실을 알고 있었지만, 오직 나왕 자신만은 그 사실을 깨닫지 못하고 있을 뿐이었다.

그래서 그는 바쁜 여정 중에 일부러 백두까지 가서 구해온 천년삼을 쓸모없는 물건처럼 놓고 간 송검산에게 화가 나지 않았다. 대신 얼른 송검산에게 가서 이 귀한 약재를 먹여야 한다는 생각이 먼저 드는 나왕이었다.

방을 나서자 십이월의 찬바람이 날카롭게 옷 속으로 파고들었다. 그러나 나왕은 이런 한기 따위는 신경도 쓰지 않는 고수다.

그의 급한 발걸음이 송가장의 장주 가족이 머물고 있는 청류헌으로 향했다.

송가장 내, 가장 깊숙한 곳에 자리 잡고 있는 청류헌은 당금 강호에서 구패의 지위에 올라 있는 송가장의 위세를 증명하듯 장원 안의 장원처럼 높은 담장에 둘러싸여 있었다.

"대협!"

늦은 밤 나왕이 나타나자 청류헌의 문을 지키고 있던 송가장의 무사들이 놀라 급히 고개를 숙였다.

송가장에서 나왕의 지위는 특별했다. 비록 어떤 직책도 맡고 있지 않았지만, 나왕은 송가장주를 제외하고는 그 누구도 함부로 대할 수 없는 사람이었다.

"좀 들어갔으면 하는데……"

나왕이 조용히 말했다.

"지금 말씀이십니까?"

청류헌의 밤 경비를 책임지고 있는 송가칠협 중 일인, 비검 장편이 뜻밖이라는 표정으로 되물었다. 본래 해시 이후 외인의 청류헌 출입을 금하는 것이 평소 송가장의 규칙이었다.

"너무 늦긴 했지만……."

나왕은 다시 말했다.

본래 나왕은 말수가 극히 적은 인물이었다. 송가장에 머문 지십 년이 넘었지만 장주의 가족을 제외하곤 그와 제대로 대화를 나눠본 사람이 없을 정도였다.

"급한 일이십니까?"

장편이 어려운 부탁을 받은 사람처럼 물었다.

"음, 검산에게 줄 천년삼을 가져왔는데 검산이 잊고 갔군. 알겠지만 천년삼은 시와 때를 맞춰 복용해야 그 효과를 제대로 볼수 있지. 마침 오늘 밤이 때가 좋군."

"아! 천년삼을요?"

장편이 놀란 표정을 지었다.

무림에서 천년삼은 명문대파의 전통적인 영약을 능가하는 가치를 지니고 있다고 말하는 물건이다. 무인이라면 누구라도 탐낼 수밖에 없는 귀한 약재, 소가주 송검산의 사부를 자처하는 나왕이 늦은 밤에 청류헌에 들기를 원할 만큼 귀한 물건이었다.

"음, 들어가도 되겠나?"

나왕이 다시 물었다.

"알겠습니다. 소가주님을 위한 천년삼이라면 당연히 들어가셔야지요. 문을 열어라."

장편의 말에 송가장의 무사 둘이 성문(城門) 같은 청류헌의 문을 열었다. 그러자 나왕이 급히 걸음을 옮겨 청류헌 안으로 들어가 어둠 속으로 사라졌다.

"천년삼이라니. 정말 소가주님에 대한 나 대협의 정성은 대단한 것 같습니다."

나왕이 멀어지자 문을 지키던 무사 한 명이 장편을 보며 말했다.

"하루 이틀인가? 그리고 어디 소가주님에 대한 정성뿐인가. 오늘날 송가장의 성세는 나 대협의 도움에 의지한 바가 크지."

"그렇지요. 그런데… 언제까지 계실까요?"

"무슨 말인가?"

"나 대협께서도 결국 자립하시지 않겠습니까? 영원히 송가장 사람이 될 생각이라면 벌써 중요한 자리에 앉으셨겠지요."

"글쎄. 가주님과의 인연을 생각하면 떠나지 않을 수도 있지."

"하지만……."

"무슨 말을 하고 싶은 건가?"

장편이 사내를 보며 물었다.

"송가구왕(宋家狗王)이라는 말까지 들으신다는 것을 아시면……."

"자네… 송가장을 떠나고 싶은 건가?"

한순간 비검 장편의 눈에서 차가운 안광이 흘러나왔다. 순간 사내가 화들짝 놀라 급히 고개를 숙였다.

"죄송합니다. 제가 그만 실언을 했습니다! 용서해 주십시오!"

"시정잡배라면 모를까. 송가장의 무인으로서 그따위 불경한 말을 입에 올리는 것은 파문의 죄에 해당한다는 것을 잊지 말게. 오늘만은 내 귀를 씻겠네."

"명심하겠습니다. 감사합니다!"

사내가 식은땀을 흘리며 고개를 조아렸다.

"됐네. 그만 자리로 돌아가게."

장편의 싸늘한 말에 사내가 급히 본래의 자리로 돌아갔다. 그러자 장편이 어두운 표정을 지으며 중얼거렸다.

"후우… 어려운 문제야. 가주께서 좀 더 신경을 쓰셔야 할 텐데. 정말 나 대협이 떠난다면 우리 송가장은 기둥 하나 잃는 정도로 끝나지 않을 거야."

"송가구왕(宋家狗王)……."

어둠 속에서 잠시 걸음을 멈춘 나왕이 씁쓸한 미소를 지었다. 처음 듣는 말도 아니고 모르고 있던 사실도 아니다. 하지만 들을 때마다 불쾌한 것은 어쩔 수 없었다.

불사(不死)라는 자랑스러운 별호와 함께 송가구왕(宋家狗王) 역시 그 자신을 가리키는 말인 것은 분명한 사실이었다. 더 우울한 것은 나왕조차도 그 말을 부정할 수 없다는 것이었다.

송가장에서 그는 가주와 목숨을 나눈 친구로 송가장을 오늘날 천하구패의 일원으로 올려놓은 은인으로 대접받지만, 사실 그가 송가장을 위해 해온 일들을 생각하면 그가 송가장의 사냥개라 불리는 것도 당연한 일이었다.

"하지만 너희들이 장부의 우정을 어찌 알겠느냐?"

나왕이 우울한 기분을 털어내려는 듯 고개를 저으며 중얼거렸다. 그러고는 잠시 멈췄던 걸음을 다시 옮기기 시작했다.

"소가주께서는 아직 돌아오지 않으셨습니다."

두려운 듯 고개를 숙이고 말하는 계집종을 보면서 나왕이 의아한 표정을 지었다.

"아직?"

"그렇습니다."

"청류헌으로 들어온 것은 확인했다만……."

"그럼 아마 가주님께 저녁 문안을 드리러 간 것이 아닐지……."

계집종이 조심스레 자신의 생각을 말했다.

"이 늦은 시간에?"

해시를 훌쩍 넘어 자시에 가까워진 시간이다. 잠자리 인사를 하기에는 너무 늦은 시간이었다.

"하지만 그곳 말고는… 죄송합니다."

"아니. 네 잘못은 아니지. 알겠다. 가주의 처소로 가보지."

나왕이 손을 들어 계집종을 진정시키고는 가주 송유목과 그의 부인 금수련의 처소가 있는 쪽으로 걸음을 옮겼다.

송검산의 처소와 가주 송유목의 처소 사이에는 작은 산 모양을 본따 만든 정원이 자리 잡고 있었다. 두 곳을 연결하는 길은 그 정원 사이로 나 있었는데, 이런 정원의 존재만으로도 청류헌의 규모를 능히 짐작할 수 있었다.

송가장 사람들은 이 정원을 송원(松園)이라 부른다. 송가장의 정원이란 뜻도 있지만, 이 정원에 서 있는 십여 그루의 신비로운 모양을 지닌 소나무 때문에 붙여진 이름이기도 했다.

그 열 그루의 소나무는 나왕에게도 특별한 의미를 지니고 있었다. 왜냐하면 그 소나무들을 심은 사람이 바로 나왕 자신이기 때문이었다.

나왕은 강호에 출도했다 돌아올 때면 가끔 한 그루씩 소나무를 가져와 이곳에 심었다. 그가 가져온 소나무들은 나무를 볼 줄 아는 사람이라면 누구나 탐낼 정도로 뛰어난 모양을 하고 있었다.

가주의 처소에 인접하고 귀한 소나무가 심어진 특별한 정원이므로 청류헌 송원은 아무나 함부로 드나들 수 있는 곳이 아니었다.

송가장을 방문한 손님들 중 특별한 사람들만 청류헌 내 송원에 초대되었고, 그래서인지 언제부턴가 송가장 송원에 초대되는 것이 강호 무인들에겐 큰 영광으로 생각될 정도였다.

"좋군."

자신의 손으로 심은 소나무가 키를 달리하며 자리고 있는 송원에 들어서자 조금 울적하던 나왕의 기분도 한결 나아졌다.

사실 나왕이 송림에 소나무를 심은 것은 그 혼자만의 특별한 이유가 있었다. 송림에 나무 한 그루를 심을 때마다 나왕은 자신이 송가장의 손님이 아닌 가족이 되어간다고 느꼈던 것이다.

갓 스물을 넘은 나이에 사부의 유언을 어기고 강호에 뛰어든 나왕은 칠마와 십육마문이 일으킨 혈난 당시 무림의 전설적 조직인 무림맹 신웅조의 일원으로 활동했다. 불사(不死)란 별호는 그 당시 얻은 것이다.

당시 그는 당대 송가장의 가주인 송유목과 혈난 와중에 송유목과 부부의 연을 맺은 금수련을 만났다.

당시 나왕은 무림맹 내에서 이방인 같은 존재였다.

사부의 오랜 지인이자 신웅조를 만든 무림맹의 절대고수 귀산왕전의 추천으로 신웅조의 일원이 되기는 했지만, 뛰어난 무공과 달리 볼품없는 외모를 지니고 있던 나왕을 그 나이 또래의 사람들은 가까이하려 하지 않았다.

그럴 때 다른 사람들과 달리 그를 살갑게 대해준 사람들이 바로 송유목과 금수련이었다.

세 사람은 혈난의 중심에서 신웅조의 동료로 함께 사선을 넘으며 친구 이상으로 가까워졌고, 칠마의 난이 끝났을 때 송유목과 금수련은 나왕에게 목숨을 내주어도 아깝지 않은 존재들이 되어 있었다.

그래서 혈난 중에 부친을 잃고 송가장의 젊은 가주가 된 송유목이 도움을 청했을 때, 나왕은 망설이지 않고 무림맹을 떠나 벽산의 작은 무가였던 송가장으로 왔던 것이다.

무림맹에 남았다면 아마 지금쯤 제법 높은 지위에 있었겠지만, 나왕은 단 한 번도 무림맹을 떠나 송가장으로 온 것을 후회하지 않았다. 태어나면서부터 혼자였던 그에게 송유목과 금수련은 친구를 넘어 가족이라는 울타리가 되어준 사람들이기 때문이었다.

하지만 그럼에도 불구하고 나왕은 늘 불안했다.

가끔 나왕은 자신이 송가장의 식구가 아닌 언젠가는 이곳을 떠나야 할 손님인 것 같은 느낌을 받곤 했다.

이유는 알 수 없었다. 본능처럼 느껴지는 그 이질감이 느껴질 때면 그는 다시 혼자가 돼야 한다는 생각에 두려움까지 느끼곤 했다.

그래서 시작은 그 불안감을 없애기 위함이었다. 송가장을 위한 강호행을 하고 돌아올 때마다 한 그루씩 가져와 심은 소나무들을 보면 자신이 손님이 아닌 송가장주의 식구라는 안도감이 들곤 했던 것이다.

그래서 송원은 나왕에게 무척 소중한 장소였다.

오늘도 마찬가지였다. 송원에 들어서자 나왕의 기분이 한결 좋아졌다. 걸음을 멈추고 한동안 쉬어가고 싶은 생각이 들 정도였다.

그러나 그러기에는 밤이 너무 깊었다. 얼른 천년삼을 송검산에게 전해주고 자신의 거처로 돌아가야 할 시간이었다.

그래서 나왕은 아쉬움을 뒤로하고 송원을 가로질러 가주 송유목의 거처로 다시 걸음을 옮겼다. 하지만 그는 송원을 벗어나채 이십여 걸음도 걷지 못하고 다시 멈췄다.

"더 이상 그에게 굽신거리며 무공을 구걸하고 싶지 않다고요. 그냥 화산으로 보내주세요. 대화산파의 무공이 설마 그자의 무공보다 못하겠어요?"

송검산의 목소리였다.

그리고 그 목소리를 듣는 순간 나왕의 전신에 소름이 돋았다.

송검산이 말한 '그'가 나왕 자신임을 본능적으로 알 수 있었다. 나왕은 자신의 몸이 돌처럼 굳어가는 것을 느꼈다.

턱!

중심을 잃은 그의 몸이 송원과 송유목의 거처 사이를 가르고 있는 낮은 담장에 부딪혔다.

"말을 삼가라. 그자라니. 그는 네 사부다!"

송유목의 목소리다. 그의 말이 들리자 겨우 안도감이 찾아든다. 하지만 그 안도감도 오래가지 않았다.

"그만하세요. 이 밤중에 누가 듣는다고!"

송유목의 말을 날카롭게 반박한 사람은 그의 부인 금수련이다. 강호에서 송유목 부부는 일월쌍협이라 불린다. 그만큼 금수련은 아름다운 미모와 뛰어난 무공, 그리고 부드러운 성품을 가진 여인으로 유명했다.

하지만 지금 나왕의 귀에 들리는 금수련의 목소리는 결코 아름다운 것이 아니었다.

"그래도 항상 조심해야 하오. 다른 사람을 통해서라도 우리의 대화가 그의 귀에 들어갈 수 있소."

신중한 송유목의 목소리다.

"절대 그럴 일 없어요. 또 설혹 누군가 그에게 우리가 한 말들을 은밀히 전한다고 해도 그가 믿을 리 없잖아요?"

"그렇긴 하지."

송유목이 금수련의 말에 수긍했다.

"아무튼 이젠 결정을 내려야 해요. 이대로 계속 그를 장원에 두기 싫어요."

"하지만 그는 여전히 쓸모가 많은 사람이오. 더군다나 그가 검산의 스승인 이상 그에게서 불파선공을 반드시 얻어내야 하오. 불파선공이 우리 송가장의 무공이 되는 순간 우린 구패 중 으뜸이 될 수도 있소."

송유목이 단호하게 말했다.

"하지만 그가 그 빌어먹을 무공을 주지 않잖아요?"

다시 어린 송검산의 투덜거림이 들렸다.

"주지 않은 것이 아니라 아직 네가 준비되지 않은 것 아니냐?"

송유목이 물었다.

"준비는 무슨 준비요. 오 년 동안 그는 오직 백화수만 가르쳤을 뿐이에요. 그자의 진정한 무공은 불파선공과 일살검인데 그 두 무결은 구경도 하지 못했다고요. 오늘도 그 두 무공에 대해 물었는데, 아직은 때가 아니라면서 입을 닫더라고요. 애초에 그는 그 두 가지 무공을 제게 전수할 생각이 없는 거예요."

화가 난 송검산의 거친 숨소리까지 나왕의 귀에 들려왔다. 그러자 송유목의 고민스러운 목소리가 뒤를 이었다.

"흠, 대체 무슨 이유일까? 검산의 나이로 보면 지금부터 불파선공을 수련하지 않으면 너무 늦는데… 신공의 경우 스물 이전부터 수련치 않으면 대성하기 어려운 법이거늘!"

"아예 검산에게 그 무공들을 전수하지 않으려는 것 아닐까요?"

"그럴 이유가 없지 않소?"

금수련의 말에 송유목이 되물었다.

"흥, 그 음흉한 자의 속을 누가 알겠어요."

"수련… 당신이 한번 물어보는 것은 어떻겠소?"

송유목이 어려운 부탁을 하듯 말했다. 순간 금수련의 앙칼진 목소리가 들려왔다.

"당신 정말! 내가 그자를 얼마나 싫어하는지 알잖아요? 날 보는 그자의 음흉한 시선을 이십 년 가까이 견뎠다고요. 서둘러 그자를 내보낼 생각은 않고 또다시 내게 웃음을 팔라는 건가요? 제가 기녀라도 된다고 생각하는 거예요?"

"무슨 말도 안 되는 소리를 하는 거요? 나라고 지난 십수 년 동안 그자가 당신에게 품은 그 음흉한 마음을 참기 쉬웠을 것 같소? 하지만 아직은 그자가 우리 송가장과 검산에게 꼭 필요한 존재이니 참는 것 아니오?"

"언제까지 참으라는 거예요. 설마 평생 동안 참으라는 건가요?"

금수련이 냉소를 흘렸다.

"걱정 마시오. 불파선공만 얻어내면 그 이후에는… 그간의 수모를 모두 갚아줄 거요."

"어떻게요? 그는 말 그대로 불사의 고수인데."

"후후… 방법이야 생각하면 왜 없겠소? 그가 철석같이 우릴 믿는 이상 내겐 그를 상대할 방법이 백 가지도 넘소. 아무튼… 내일 당신이 조용히 그를 한번 만나보시오. 대체 왜 검산에게 불파선공을 전수하지 않는지……."

"후우… 알겠어요. 하긴 십수 년을 참았는데 겨우 몇 년을 더 못 참겠어요?"

나왕이 마지막 금수련의 말을 들은 것은 송원 안쪽에서였다.

그리고 그는 더 이상 세 사람의 대화가 들리지 않는 곳으로 도망치듯 물러났다.

*　　　　　*　　　　　*

짐을 챙기고 보니 씁쓸한 웃음이 나왔다. 십 년을 머물렀는데 가져갈 짐이 겨우 작은 보따리 하나다.

문을 열고 나가려다 혹시 놓고 가는 것이 없나 하는 마음에 다시 고개를 돌려보았지만 더 이상 가져갈 것이 없었다.

순간 죽은 사부의 비웃음이 환청처럼 들려왔다.

"낄낄, 꼴좋다, 이놈아. 내 말을 귓등으로 흘려듣더니!"

늙은 사부는 늘, 지치지도 않고 잔소리를 해댔었다.

사람 무서운 줄 알라고. 특히 만나지 말아야 할 인연, 마음에 담지 말아야 할 사람, 머물지 말아야 할 무리, 거두지 말아야 할 제자를 조심하라고 했었다.

인간에 대한 근원적인 불신을 가지고 있던 사부는 그래서 나왕의 무공이 얼추 완성된 후에도 강호로 나가는 것을 완강히 허락지 않았다. 그래서 나왕이 강호로 나온 것은 사부가 죽은 뒤, 삼년상을 치르고 난 후였다. 나이 스물셋, 결코 빠르지 않은 강호 출도였다.

돌이켜 보면 어쩌면 오늘에서야 깨닫게 된 이 처참한 배신의 과거는 나왕의 늦은 강호행으로 인한 미숙함 때문이었을지도 모른다.

하지만 어쨌든 한 가지 사실은 분명했다.

"사부 말이 맞았다는 건 인정하겠소."

나왕이 몸을 돌려 방문을 나서며 중얼거렸다.

"이 늦은 밤에 어디를 가시는지요?"

"알 것 없네."

송가장 정문을 지키는 경비 무사의 질문을 차갑게 받아넘긴 나왕이 급히 말을 몰았다. 조금이라도 지체했다가는 송유목과 금수련이 다시 그의 발목을 잡을 것 같았다.

그렇게 마치 큰일이라도 생긴 것처럼 급하게 벽산 송가장을 떠난 나왕은 말이 지쳐 더 이상 달릴 수 없을 때까지 쉬지 않고 달렸다.

달리는 내내 입에서는 욕설이 끊이지 않고 흘러나왔다. 송유목과 금수련에 대한 원망, 자기 자신에 대한 자책, 그리고 죽은 사부에 대한 원망이 욕설과 함께 쏟아져 나왔다.

가끔은 말을 돌려 송가장으로 돌아가 장원을 쑥대밭으로 만들고 싶은 충동도 일어났다.

그러나 나왕은 불꽃처럼 일어나는 분노를 애써 억눌렀다. 다시 돌아가 피바람을 일으킨들 그게 무슨 소용이란 말인가. 그런 혈겁은 외려 그의 인생을 더 초라하게 만들 뿐이었다.

아니, 사실은 복수 따위를 핑계로 송유목과 금수련의 얼굴을 다시 보고 싶지 않았다. 또한 이 일은 결국 자기 자신이 어리석어 생긴 일인데 복수는 무슨 복수냐 싶기도 했다.

그렇게 두어 시진을 쉬지 않고 달리니 어느새 나왕은 송가장의 세력권을 훌쩍 벗어나 낯선 작은 마을에 도달해 있었다.

"어디로 가나?"

마을 앞쪽에서 동서남북 사방으로 뻗어나간 길을 보며 나왕이 중얼거렸다. 십 년 머문 송가장을 하룻밤 새 떠나오니 딱히 갈 곳이 없었다.

나왕은 송유목과 금수련의 가족 말고는 강호에서 특별하게 교분을 튼 사람들이 없었다. 그러니 당연히 이 와중에 위로받을 친구가 있을 리 없었다.

"흐흐흐, 이거 정말… 사부처럼 산속에 들어가 세상을 등지고 혼자 살 팔자였던가?"

자괴감이 들었다. 어디 한곳 반겨줄 이 없는 자신의 처지가 서글프기보다는 냉소가 흐를 만큼 모멸스러웠다.

"어쩔 수 없지. 애초에 살았던 곳으로 돌아갈 밖에……."

결국 갈 곳은 하나다.

그가 철이 들기 전부터 늙은 사부의 손에 이끌려 들어가 살았던 무명산, 그곳밖에는 갈 곳이 없었다. 무명산이야말로 그에게는 돌아갈 수 있는 유일한 고향이었다.

"꽤 먼 길이겠군."

무명산은 황해가 바라보이는 해안가에 위치한 산이다. 절벽으로 이뤄진 긴 해안선이 아득하게 내려다보이는 무명산은 높지는 않지만 바위와 절벽이 만든 험준한 지형 때문에 보통 사람은 발길을 들이기 어려운 곳이었다.

송가장이 위치한 벽산에서 보면 여행길로 족히 두어 달은 가야 하는 거리지만 나왕의 무공이라면 보름이면 도달할 수 있었다.

나왕이 말 머리를 동쪽 길로 돌렸다. 마을을 관통해 가는 길이다.

"가보자. 이젠 보채지 않으마."

자신으로 인해 한밤중에 때아닌 고생을 한 말의 갈기를 쓰다듬으며 나왕이 다시 길을 가기 시작했다.

그런데 나왕은 얼마 가지 않아서 다시 말을 세웠다. 거의 모든 민가와 상가들의 불이 꺼진 시간, 마을에서 유일하게 불을 밝히고 있는 주루 앞에서였다.

"술이라……."

나왕이 주루 앞에서 망설였다. 가끔 한두 잔 술을 마시기는 하지만 주루에서는 술을 마시지 않는 나왕이었다. 그러나 오늘은 왠지 한 번쯤 주루에서 술을 마시고픈 생각이 들었다.

"이런 날 혼자 술을 마시는 것은 비참한 일이지."

결심이 선 나왕이 말 머리를 마을에서 유일하게 불을 밝히고 있는 주루로 돌렸다.

주루에서 늦은 밤까지 불을 밝히는 이유는 오직 두 가지뿐이다.

아주 훌륭하거나, 혹은 파리 날리는 비루한 곳이거나. 나왕이 들어간 주루는 후자에 속했다. 하긴 이런 작은 마을에 화려한 주루가 있을 리 만무였다.

오늘 단 한 명의 손님도 받지 못했을 것 같은 주루의 주인은 꾸벅꾸벅 졸고 있다가 도둑이라도 들어온 것처럼 놀라 나왕을 바라봤다.

"무슨 일로······?"

주루의 주인이 마치 오지 말아야 할 사람이 온 것처럼 나왕에게 물었다.

"주루에 술 마시는 것 말고 다른 용무가 있겠소?"

"수, 술이요? 이 시간에······?"

"장사 접었소? 불을 밝히고 있어 들어온 것인데."

나왕이 다시 물었다.

"아, 아닙니다. 당연히 술을 드려야죠. 위층에 전망 좋은 방이 있습니다. 모시지요."

급히 선잠에서 깨어난 주인이 황급히 나왕을 2층의 아담한 방으로 데려갔다.

"기녀는······?"

나왕을 방으로 안내한 주인이 손을 비비며 물었다.

"됐소."

"하긴 너무 늦었지요?"

주인이 어색한 웃음을 흘렸다. 이런 늦은 시간에 기녀를 불러 술을 마실 손님이 있을까 싶기도 하고, 나왕이 풍기는 분위기가 기녀와는 어울리지 않기도 했다.

"그럼 술상을 봐 오겠습니다. 그런데······."

"뭐요?"

"술값은 선불이라······."

말을 하는 주인의 눈에서 의심이 묻어난다. 혹시라도 이 추레한 늦은 밤손님이 무일푼의 떠돌이가 아닐까 하는 일말의 의구심이다.

나왕의 옷차림새가 그런 의심을 받을 만큼 허술하지 않았지만, 그래도 주인이 결국 선불을 요구한 것은 나왕의 외모 때문일 것이다.

왜소하고 볼품없는 나왕의 외모가 방에 들어와 등을 밝히자 더욱더 도드라져 보였던 것이다.

"여기 있소. 술과 안주는 알아서 차려 오시오. 거스름돈은 필요 없소."

추레한 외모로 인해 이런 대접을 받는 것을 한두 번 겪은 것이 아니어서 나왕이 덤덤하게 주인에게 금자를 건네며 말했다.

"아이고, 이건 너무 많은데… 우리 주루에는 그렇게 대단한 술과 안주는 없습니다만……."

나왕이 건넨 금자가 너무 큰 액수라 주루의 주인이 난감한 표정으로 말했다.

"괜찮소. 준비되는 것만 내오시오."

"그래도 이건 너무……."

"그럼… 좋소. 말 상대나 하게 사람을 불러주시구려."

"아, 알겠습니다."

주인의 얼굴에 화색이 돌았다.

기녀를 부른다면 얼추 합당한 거래다. 이문에 목숨을 거는 장사치지만 기루의 주인은 그래도 적당한 거래를 해야 마음이 편한 모양이었다.

"뭐 하시는 분이에요?"

박색이라고까지는 말할 수 없지만, 그렇다고 기루에서 손님들의 금자를 뽑아내기엔 부족한 외모를 지닌 기녀가 물었다.

하긴 파리 날리는 기루에서, 그것도 한밤중에 불려 나와 손님을 맞는 기녀에게서 서시와 같은 미모를 기대하는 것은 어리석은 일이다.

하지만 사람의 가치는 외모로만 판단할 수 없는 일이다. 나왕자신이 그러하듯. 그래서 나왕은 사람의 외모에 큰 의미를 두지 않는 편이었다. 그러니 기녀를 대하는 것 역시 다른 손님과는 조금 달랐다.

"뭘 하는 사람 같은가?"

나왕이 되물었다.

드문 일이다. 그리고 어색한 일이기도 했다.

강호에 나온 이후 기녀와 말을 섞는 것을 단 한 번도 경험하지 못한 나왕이다. 아니, 기녀뿐 아니라 여자라면 백발의 노파에게도 말 섞기를 꺼려 하는 나왕이었다. 이유는 단 하나, 그의 추레한 외모에 대한 스스로의 자괴감 때문이었다.

그런데 이 기녀는 자신의 추레한 외모를 보고도 싹싹하게 잘도 말을 건넸다. 어쩌면 기루 주인에게서 금자깨나 있는 사람이란 말을 들었을 수도 있다.

"글쎄요… 입고 계신 옷차림과 술값으로 금자를 내시는 것을 보면 장사를 하시는 분 같은데… 분위기는 영 그렇지 않군요."

"그래서? 뭐 하는 사람 같나?"

나왕이 다시 물었다.

"글쎄요… 이런 말씀 드리면 기분이 상하시려나?"

"말해보게."

"건달이세요?"

"건달? 하하하!"

나왕이 호탕한 웃음을 터뜨렸다. 건달이라니. 무림맹의 전설적인 고수 중 한 명인 불사 나왕에게 건달이라니 웃음이 나올 수밖에 없었다.

"틀렸나 보군요? 하긴 내가 사람 보는 눈이 그렇지, 뭐!"

기녀가 허탈한 표정을 짓는다.

"아니, 아니. 아주 틀린 것은 아니네."

"그래요? 아주 틀린 게 아니라면… 그럼 뭘 하시는 분일까? 표국의 표사라도 되시나요?"

"근접했군."

"그렇다면… 혹 무림인이세요?"

여인이 조금 주눅이 든 표정으로 물었다.

"맞네."

"어쩐지… 범상치 않아 보인다 했지요. 그런데 강호의 영웅께서 왜 이런 누추한 주루에……."

확실히 나왕이 들어온 기루는 무림의 협사들이 들어오기에는 어울리지 않는 곳이었다. 이곳은 기껏해야 동네 왈패들이나 급 낮은 표사들이나 드나드는 곳이기 때문이었다.

"못 올 곳도 아니지. 난 좋군. 편안하고……."

나왕이 심드렁하게 대답했다.

"하긴 사람이나 주루나 겉모양만 보고 판단할 수는 없지요."

기녀가 고개를 끄떡였다.

"내 외모가 좀 그렇지?"

나왕이 되물었다.

"기분 상하셨다면 용서하세요. 그런 뜻으로 드린 말이 아닌데… 외모로 말하자면 저도 기녀 노릇할 외모는 아니지요."

"후후, 동병상련인가? 나도 이 몰골로 어디 가서 대협 소리 들을 얼굴은 아니니까."

나왕이 실소를 흘렸다.

그러자 기녀가 유심히 나왕을 살피다가 물었다.

"무슨 언짢은 일이 계셨나 보군요?"

"어찌 알았나?"

"이래 봬도 기녀 생활 오 년이 넘었지요. 이쯤 되면 아무리 박색이라 손님이 뜸한 기녀라도 사람 보는 눈이 생긴답니다."

"그렇군. 그 말을 들으니 더 우울하군. 기녀도 오 년이면 사람 보는 안목이 생기는데 난 왜 십수 년을 속고 산 걸까?"

나왕의 시무룩한 표정으로 중얼거리자 기녀가 놀란 표정으로 물었다.

"십수 년을 속아 살았다고요?"

"음……."

"그럴 수가 있나요?"

"내가 좀 어리숙한 면이 있지."

"아뇨. 대협께선 절대 어리숙한 분이 아니에요."

나왕이 무인인 것을 안 기녀가 호칭을 바꿨다. 그런 걸 보면 기녀 역시 제법 영민한 사람이 분명했다.

"그걸 자네가 어떻게 아나?"

"말씀드렸잖아요. 제가 얼굴은 이래도 눈치는 빠르다고……."

"그래? 하지만 어리석은 자가 아니라면 어떻게 그 오랜 세월을 속고 살았겠는가?"

그러자 기녀가 잠시 나왕을 바라보다 차분하게 대답했다.

"사람들은 가끔 타인이 아닌 자기 자신에게 속아 인생을 허비하지요."

"그 말은 내가 내 자신에게 속았다는 건가?"

나왕이 진지하게 되물었다. 기녀의 말을 듣는 순간 뭔가 뇌리에 스치고 지나가는 생각이 있었던 것이다.

"제 경우가 그랬지요."

"자네도 속고 살았나?"

"남편이라는 작자가 있었지요. 가난한 살림에 입 하나 줄이자고 부모님이 떠넘기듯 보내 치른 혼례였지요. 그런데 그 작자는 할 줄 아는 게 노름밖에 없었어요. 언제나 일확천금을 쫓아다녔죠. 빚이 쌓이고 더 이상 고향에서 버틸 수 없어 야반도주를 했지요. 그럼에도 그 버릇은 고치지 못했어요. 어렵게 푼돈이라도 마련하면 그거라도 가지고 나가 노름을 했지요. 그때마다 한 말이 이번에는 예감이 좋아, 아주 크게 한 건 할 것 같아, 뭐 그런 허망한 소리들이었지요."

그즈음 나왕이 술을 한 잔 들이켰다.

듣는 것만으로도 답답한 인생이다. 마치 자신의 이야기를 듣는 것 같아 속이 답답했다.

"그런데도 전 남편을 떠나지 못했어요. 설마 제가 그 허황된 거짓말에 속아서 떠나지 못했다고 생각하세요?"

"그건 아니겠지. 자네처럼 똑똑한 사람이."

"맞아요. 전 그에게 속은 게 아니라 제 자신에게 속고 있었어요. 언젠가는 남편도 정신을 차리고 온전한 가정을 이룰 수 있을 거라는 저만의 확신 같은 거죠. 그게 절 속이고 있었던 거예요. 하지만 현실이 그렇지 않다는 건 아시죠?"

"음, 그래서 어떻게 되었나?"

"이곳에 흘러들어 왔을 즈음 남편은 몸까지 상해 죽어가고 있었지요. 그 와중에도 빚을 내 노름을 계속했고, 결국 무거운 빚을 남기고 죽었어요. 그 결과 전 이렇게 박색의 얼굴로 기녀 노릇을 하게 되었고요."

기녀의 과거사를 듣는 동안 나왕의 표정은 수시로 변했다. 그리고 그녀의 이야기가 끝나자 다른 말 없이 묵묵히 술을 마셨다.

기녀도 더 이상 입을 열지 않고 나왕의 잔이 비면 술병을 들어 술을 따라 주기만 했다.

간혹 그녀 자신도 한 모금씩 술을 마시기는 했지만 한 잔 술을 여러 번 나눠 마실 만큼 아직도 술에 익숙하지 않아 보였다.

말없이 마시는 술은 금세 취한다. 내공의 힘으로 흩어버리지 않은 술기운이 나왕의 정신을 희미하게 만들었다.

그 기운에 나왕이 입을 열었다.

"생각해 보니 자네 말이 맞는 것 같네. 그들이 날 속인 게 아니었어. 내가 날 속이고 있었던 거지."

"역시 그렇지요?"

"후후… 사람들이 송가구왕이라 손가락질을 하는 것을 알면서도 난 오히려 그자들을 비웃었었지. 흐흐흐… 당해도 싸구나, 나왕아!"

나왕이 머리를 뒤로 젖히며 실소를 흘렸다.

"그만 마시세요. 많이 취하셨어요."

"기녀답지 않군. 기녀는 술을 팔아야지."

"말씀드렸잖아요. 팔자에 없는 기녀 생활이라고. 술은 팔지 않아도 되니 그만 드세요."

기녀가 나왕의 손에서 술잔을 받아 들었다. 그러자 나왕이 기녀에게 물었다.

"그런데… 살아지던가?"

"…무슨 뜻이세요?"

"대체로 큰 좌절을 겪은 사람은 꺾이게 마련인데……."

"기녀 생활을 할 정도로 몰락했다면 스스로 목숨을 끊었어야 했다는 뜻인가요?"

"그런 뜻은 아니네. 기녀도 사람이 하는 일인데 스스로 목숨을 버릴 것은 아니지."

나왕이 얼른 고개를 저었다.

"사실은… 목숨을 끊을 생각도 했었지요. 그래서 목을 맬 생각도 했었지요. 그런데 그때 한 가지 생각이 떠오르자 갑자기 살 생각이 들더군요."

"무슨 생각 말인가?"

나왕이 호기심이 동한 표정으로 급히 물었다.

"고향을 떠나 세상을 떠돌던 중 개봉 인근에서 남모를 횡재를 했어요. 늦은 밤, 남의 집 일을 마치고 산기슭 움막집으로 돌아가던 길에 작고 검은 목함을 주웠어요. 그 안에는 귀한 흑백의 진주가 다섯 알이나 들어 있었어요. 주인을 찾아줘야겠다는 생각 같은 것은 없었어요. 남편이 돌아오기 전에 얼른 숨겨야겠다는 생각밖에 없었지요. 그래서 움막집 뒤편 큰 나무 아래 묻었는데, 그날 밤 그만 그곳을 떠나게 되었지요. 빚쟁이들이 들이닥치는 바람에……."

"나중에라도 남편에게 말하지 않았나?"

"그 작자에게는 절대 말하고 싶지 않았어요. 마치… 당신이 나의 모든 것을 빼앗은 것은 아니다, 라는 일종의 복수심 때문이었던 것 같아요."

"생각보다 독하군. 그런데 남편이 죽은 후에는 왜? 찾아서 빚이라도 갚지."

나왕이 의아한 표정으로 말했다.

"개봉에 보물을 묻어두었다는 말을 믿고 빚쟁이들이 절 보내주었을 것 같아요?"

"하긴… 믿을 수 없는 말이지."

나왕이 이내 수긍했다.

"그리고 믿어도 문제죠. 진주를 모두 가지려 할 테니까. 절 죽여서라도요."

기녀의 말에 나왕이 말없이 고개를 끄떡였다.

"어쨌든 그 목함의 힘으로 전 살았고, 또 살고 있어요. 죽은 남편에게 모든 것을 빼앗긴 것은 아니라는 생각과 언젠가 그 목함을 찾아 내가 원하는 삶을 살 수 있을 거란 희망, 이 두 가지 생각이 절 살게 하더라고요."

그 순간 나왕도 한 가지 생각이 떠올랐다.

'그러고 보니 나도 그들에게 모든 것을 준 것은 아니었군. 그래. 산에 들어가기 전에 그 물건을 찾아봐야겠어. 재밌는 물건 아닌가?'

갑자기 해야 할 일이 떠오르자 한결 기분이 좋아졌다. 그리고 송유목과 금수련이 모르는 일이 있다는 생각에 쾌감 같은 것도 느껴졌다.

그러자 갑자기 두 사람에게 더 이상 자신이 송가구왕이 아니라는 것을, 이제는 온전히 불사 나왕으로 살아갈 것이라는 사실을 알려주고 싶은 생각이 들었다.

그 역시 나름대로 통쾌한 일이 아닌가.

"그래, 빚은 얼마나 갚았나?"

잠시 자신만의 생각에 빠져 있던 나왕이 갑자기 기녀에게 넌지시 물었다.

"아직 반도 못 갚았어요. 휴… 언제나 이곳을 떠날 수 있을지."

"얼마나 되는데?"

"왜요? 갚아주시게요?"

"한 가지 일을 해주면 갚아주지."

나왕이 내공을 일으켜 술기운을 흩어버리고 날카로운 무인의 안광을 흘려내며 물었다.

그제야 기녀는 오늘 밤 자신이 받은 손님이 보통 사람이 아니라는 것을 깨달았다.

하지만 한 가지 심부름으로 빚을 청산할 수 있다면 거절할 이유도 없었다. 기녀 노릇도 했는데 더 못 할 일도 없었다.

"무슨 일인데요? 박색의 얼굴에 볼품없는 몸이라도 하룻밤 품으시겠어요?"

"후후, 나쁘진 않지. 하지만 그것보다 쉬운 일이야."

"그런 일이 뭘까요?"

"내 편지를 두 군데 전해주면 되네."

"편지를요?"

"음……! 물론 두 곳 간에 거리는 좀 있어. 하지만 위험한 일은 아니니까 안심하게. 하겠나?"

"너무 쉬운 일이라 의심이 생기네요."

기녀가 속마음을 숨기지 않고 말했다.

"내가 누굴 속일 사람처럼 보이나?"

"그렇지는 않지만……."

"자네 말대로 자네에게 사람 보는 눈이 있다면 자신의 눈을 믿어보라고. 물론 자네 빚을 갚아주는 것이 서찰 두 통 전하는 심부름의 대가치고는 너무 과하다는 것은 아네. 하지만… 나로서는 그래도 내 과거를 말끔히 정리하는 일이라 그만한 가치가 있어."

나왕의 말에 기녀가 잠시 생각하다 고개를 끄떡였다.

"좋아요. 그렇게 하죠. 하지만 선불을 내셔야 할 거예요. 저는 빚을 갚기 전에는 이 마을과 기루를 떠날 수 없어요."

"그야 어려운 일이 아니지. 보자… 오늘은 너무 늦었고 내일 아침 해결해 주지."

나왕이 망설이지 않고 대답했다.

나왕의 말에 기녀의 얼굴에 생기가 돌았다. 그리고 갑자기 기녀가 자리에서 일어나 나왕에게 큰절을 했다.

"이건 또 무슨 짓인가?"

나왕이 갑작스러운 기녀의 행동에 놀라 어리둥절한 표정으로 물었다.

"이유야 어떻든 대협의 은혜로 제가 자유의 몸이 될 수 있게 되었으니 제게는 큰 은인이십니다. 은인께 절 한 번 못 올리겠습니까?"

"거래일 뿐이네."

"과한 거래지요. 그래서… 한 가지 청이 더 있습니다."

"말해보게."

"제가 누구에든 빚을 지는 일이라면 치가 떨리는 사람이지요. 오늘 대협께 받은 과한 은혜도 결국은 빚, 부족하나마 하룻밤 은인을 모셔 그 빚의 일부라도 갚게 해주십시오. 박색의 여인을 품는 것이 괴로우시겠으나 한 번 더 은혜를 베풀어주시길 바랍니다."

기녀가 머리를 조아리며 부탁했다.

순간 당황한 나왕이 냉정하게 거절하려는 순간 기녀의 시선이 그의 눈에 와닿았다.

그 순간 나왕은 이 불운한 여인의 청을 거절할 수 없다는 것을 깨달았다. 청을 거절하는 순간, 그녀가 끝없는 자괴감에 빠질 것을 눈치챘기 때문이었다.

그녀로서도 스스로에게 당당할 수 있는 이유가 필요해 보였다. 비록 그것이 자신의 몸을 내놓는 일이라 해도.

"이름이 뭔가?"

나왕이 물었다. 그러고 보니 오래 대화를 나누면서도 기녀의 이름을 모르고 있었다.

"연빈이라 하옵니다."

기녀가 낭군을 맞는 새색시처럼 대답했다.

"난 나왕이라 하네."

"나… 왕… 멋진 이름이군요."

기녀 연빈이 마치 평생 동안 나왕의 이름을 기억하려는 것처럼 중얼거렸다.

제2장
운령산 천마봉

　누군가 나왕의 방문을 열어보기 전까지는 송가장의 그 누구도 나왕의 모습이 보이지 않은 것에 대해 이상하게 생각지 않았다. 지난밤 정문에서 경비를 서던 자들도 밤늦게 외출한 나왕이 송가장에 돌아오지 않았다는 것을 의식하지 못했다.

　평소에도 있는 듯 없는 듯, 백년손님 같은 존재가 송가장에서 나왕의 모습이었다. 그래서 송가장 사람들에게 나왕이 한나절 정도 보이지 않는 것은 큰 관심을 끌지 못했다.

　그런데 정오 무렵 가주 부인 금수련이 몇 가지 음식을 시녀에게 들게 하고 나왕의 거처를 찾았을 때부터 분위기가 묘하게 변하기 시작했다.

　나왕의 거처에 이를 때까지 불쾌한 감정을 숨기지 않던 금수련은 나왕의 처소에 들어서는 순간 전혀 다른 사람처럼 미소를 지었다. 그리고 소리를 내어 나왕을 부르려다 섬돌 아래 그의 신발이 없는 것을 알아챘다. 그러자 그녀의 표정이 다시 사납게 변했다.

"어딜 갔나?"

금수련이 짜증 나는 표정으로 입을 열었다.

"아마도 그러신 것 같습니다."

"대체 어딜 간 거지?"

애초부터 오기 싫었던 곳이다. 그러니 나왕이 없다는 사실이 금수련을 더욱 짜증 나게 만들었다.

"잠시 산책을 나가신 것이 아닐까요?"

"나 대협이 어디 산책을 하는 사람이냐?"

적어도 다른 사람이 있을 때는 금수련도 나왕을 꼭 나 대협이라고 불렀다. 물론 그녀 가까이에서 시중을 드는 시녀들은 그것이 금수련의 가식임을 잘 알고 있었지만.

"그럼 어쩌죠?"

"흠… 이대로 돌아갈 순 없고, 결심이 섰을 때 답을 받아야지. 일단 음식들을 안에 들여라. 이곳에서 잠시 기다리자."

"알겠습니다. 마님!"

시녀가 대답을 하고는 음식을 든 채 걸어가 방문을 열었다. 그런데 그 순간 시녀의 표정이 굳어지더니 급히 금수련을 불렀다.

"마님, 조금 이상한데요?"

"뭐가 이상하단 말이냐?"

금수련이 시녀의 말에 신경질적으로 반응했다.

"방이 비었어요."

"그가 없으니 당연히 방이 비었지!"

금수련이 화가 난 목소리로 말했다.

"그것이 아니오라… 나 대협의 짐이 하나도 없습니다. 마치 아예 이곳을 떠난 것처럼요."

"뭐라고?"

시녀의 말에 놀란 금수련이 급히 방으로 다가왔다. 그러자 정말 시녀의 말처럼 깨끗하게 비워진 나왕의 방이 눈에 들어왔다.

"이게 대체 무슨 일이지?"

금수련이 혼란스러운 표정으로 중얼거렸다.

"아주 떠나신 것 같아요."

시녀가 텅 빈 방을 돌아보며 말했다.

"경망된 소리 하지 말거라. 아주 떠나다니. 그는 절대 송가장을 떠날 사람이 아니다. 그것도 인사도 없이 한밤중에는 더더욱. 일단 가주를 봬야겠다. 돌아가자."

금수련이 화를 내며 몸을 돌렸다.

"그러니까 어젯밤 장원을 나갔단 말인가? 자시가 넘어서?"

송가장의 가주 송유목이 심각한 표정으로 확인하듯 물었다.

그러자 지난밤 송가장의 경비를 책임졌던 송가칠협의 일인 비검 장편이 심각한 표정으로 대답했다.

"그렇습니다. 그렇게 보고를 받았습니다. 그런데 이상한 일이기는 합니다."

"뭐가 말인가?"

"소가주께 천년삼을 전해주시고 처소로 돌아가실 때까지는 여행을 떠나실 것 같은 기색은 없으셨습니다만……."

"천년삼?"

송유목이 되물었다.

"모르셨습니까?"

"난 모르는 일이네만."

"불사 대협께서 어젯밤 자시 초엽에 소가주님을 뵙겠다고 청류헌에 오셨었습니다. 천년삼을 구해왔는데 소가주께서 놓고 가셨다고 손수……."

탁!

갑자기 송유목이 자신의 앞에 놓인 탁자를 내려쳤다.

그러자 탁자에 그의 손자국이 희미하게 찍혔다. 무공도 무공이지만 그가 얼마나 당황했는지 여실히 드러나는 행동이었다.

"그 시간에 검산은 우리와 함께 있었잖아요?"

옆에서 금수련이 역시 당황한 표정으로 입을 열었다.

"그가 설마……?"

송유목이 상상하기 싫다는 표정으로 중얼거렸다.

"가서 검산을 데려와라!"

금수련이 시녀를 보며 급히 명을 내렸다.

"아뇨. 지난밤 아버님을 뵙고 돌아간 이후에는 아무도 만나지 않았습니다."

급하게 불려온 송검산은 분위기가 심상치 않은 것을 보고는 송유목이 묻는 말에 신중하게 대답했다.

"혹, 그가 천년삼을 네 거처에 맡기고 가지 않았느냐?"

"천년삼이요? 아뇨. 그건 제가 미처 챙겨오지 못한 것인데…
그런데 그건 왜?"

"후우… 그가 아무래도 지난밤 이곳에 왔었던 것 같다."

곁에서 금수련이 한숨을 쉬며 말했다. 그러자 송검산의 얼굴
이 딱딱하게 굳었다.

"그럼 설마……."

"아무래도 우리가 하는 말을 들은 것 같다. 그렇지 않다면 한
밤중에 짐을 싸 장원을 떠날 이유가 없지."

"설마 그… 숙부께서 떠나셨단 말입니까?"

송검산이 장내에 있는 사람들을 의식해 얼른 말을 바꿨다.

"그런 듯하구나."

금수련이 대답했다.

송유목과 금수련 모두 낙담한 표정이 역력했다. 비록 그들은
내심 나왕을 멸시하고 있었지만 오늘날 벽산의 중소문파였던 송
가장이 무림구패로 불리게 된 것은 절반 이상 불사 나왕의 공이
라는 것을 부인할 수는 없었다.

물론 이젠 그의 도움 없이도 구패의 일원으로 군림할 만큼 단
단한 기반을 갖췄지만, 그래도 불사 나왕이 몇 년 더 도와준다
면, 아니, 나왕의 무공을 송검산이 전수받는다면 송가장의 성세
를 수백 년은 이어갈 수 있으리라 생각한 두 사람이었다.

그런데 하룻밤 사이에 불사 나왕이 떠났으니 마치 화수분 같
은 보물 항아리를 잃어버린 것과 같은 기분이었다.

"아직은 모르지 않습니까? 가주께서 혹여 서운한 말씀을 하

셨더라도 잠시 기분을 전환하고 돌아오실 수도 있을 겁니다. 불사께 송가장은 집과 같은 곳인데……."

지난밤 송유목 가족이 나눈 대화의 내용을 알지 못하는 비검 장편이 말했다.

"그건… 물론 그럴 수도 있겠지만……."

말은 그렇게 해도 송유목은 나왕이 다시는 돌아오지 않을 거라는 걸 알고 있었다.

본래 나왕은 자존심이 무척 강한 사람이었다. 그런 사람이 오직 송유목 가족에게만 모든 것을 양보했던 것이다. 하지만 자신들의 속마음을 알게 된 이상 더는 그가 자신들의 수족 노릇을 하길 기대할 수 없었다.

물론 송유목은 차마 자신들이 나눈 말들이 무슨 내용이었는지 비검 장편에게 밝힐 수는 없었다. 그 대화를 알게 된다면 나왕이 아니라 송가장의 다른 사람들도 송가장을 떠날 수 있었다.

가뜩이나 나왕을 송가구왕으로 부르며 동정하는 사람들이 적지 않음을 모르지 않는 송유목이었다.

"일단 제가 출문하여 불사 대협을 찾아보겠습니다."

비검 장편이 말했다.

"후우, 아닐세. 때가 되면 자네 말대로 돌아오겠지. 하루 이틀 맺은 인연이 아니니."

나왕이 떠난 건 떠난 거고, 그가 떠난 이유가 자신들이 그를 속였기 때문이란 것을 다른 사람들에게 알릴 수는 없었다. 그걸 막자면 가능한 송가장의 사람이 따로 나왕을 만나는 것을 막아야 했다.

나왕이 입이 무거운 사람이란 것을 누구보다 잘 알고 있는 송유목이었다. 그러니 나왕이 송가장의 사람이 아닌 타인에게 자신이 송가장을 떠난 이유를 발설하지는 않을 것이다. 나왕 자신의 자존심 때문에라도.

　"그래요. 아마 곧 돌아오실 거예요."

　금수련도 송유목과 같은 생각이었으므로 얼른 송유목의 말을 거들었다.

　"하지만……."

　송가장에서 나왕의 중요성을 누구보다 잘 아는 비검 장편이다. 그로서는 송유목이 반대를 해도 이대로 나왕을 보낼 수는 없다고 생각했다. 그래서 나왕을 찾아 출문할 것을 다시 한번 청하려는 순간 뜻밖의 일이 그를 막았다.

　"가주님!"

　비검 장편의 말을 중간에서 끊는 목소리가 문밖에서 들려왔다.

　"무슨 일이냐?"

　껄끄러운 상황을 벗어나게 해준 목소리가 반가운지 송유목이 얼른 문밖을 보며 물었다.

　"웬 여자가 불사 대협의 서신을 가지고 왔습니다."

　"뭐라고! 서신을? 어디 있느냐?"

　"문 앞에서 서신만 전하고 떠났습니다."

　"서신은 가져왔느냐?"

　"예. 가주!"

　"얼른 가져오너라."

송유목의 말에 문이 열리고 정문을 지키는 경비 무사가 서둘러 송유목 앞으로 다가왔다. 그러고는 한 장의 서찰을 송유목에게 건넸다.

송유목이 얼른 서신을 받아 급히 읽기 시작했다.

"뭐라고 해요? 정말 그의 서신이 맞아요?"

별로 많아 보이지도 않은 글을 말없이 들여다보고 있는 송유목의 행동이 답답했는지 금수련이 물었다. 그러자 송유목이 말없이 서신을 금수련에게 건넸다.

친구, 송가구왕 노릇은 이제 그만해야 할 것 같네. 사실 내게는 오래전부터 마음에 둔 여인이 있었는데, 알다시피 내 몰골이 이 지경이라 감히 올려다볼 처지가 못 되어 마음에만 두고 있었네. 그런데 듣자하니 아직도 그녀가 혼자라더군. 이제라도 한 번 내 마음이라도 전해봐야 할 것 같네.

부디 행운을 빌어주게.

그리고… 송가장과 나의 인연은 오늘로서 완전히 끝내려 하니 앞으로 송가장의 일에 불사 나왕이란 이름을 더 이상 쓰지 마시게나!

검산 역시 내 제자 노릇하는 것을 괴로워하는 듯하니, 더 이상 나의 제자가 아니라고 전해주게.

물론 그렇다 해도 내가 전수해 준 백화수는 사용해도 무방하네. 이별의 선물쯤이라고 해두지.

할 말은 많지만 마음속에 묻어두려네.

수련과 검산에게 안부 전해주고.

송가장의 무운을 비네.

작별의 편지치고는 극히 짧은 글이다. 이십여 년의 인연을 생각하면 더욱 그렇다.

그러나 그 짧은 글 안에는 나왕이 하고 싶은 모든 말이 들어 있었다.

먼저 송가구왕이라는 말을 사용했으니 그간 자신이 송유목과 금수련에게 철저하게 이용당했다는 것을 알았다는 뜻이었고, 둘째, 자신이 마음에 두고 있는 여인을 찾아간다고 했으니 지난밤 송유목 등이 말했던 금수련을 향한 음흉한 마음 따위는 애초에 없었다는 것을 밝힌 것이다.

더불어 송검산이 더 이상 자신의 제자가 아니라고 한 것은 자신에게서 불파선공과 일살검을 얻을 생각을 말라는 뜻일 것이다.

특히 앞으로 자신의 이름을 송가장의 일에 사용치 말라는 것은 매서운 경고나 마찬가지였다.

결국 나왕은 짧은 이별의 편지로 송유목과 금수련 부부가 그를 속이며 얻어왔던 이득들을 더 이상 얻지 못할 것이라는 뜻을 전했다.

"결국… 이자가……."

나왕의 편지를 모두 읽은 금수련의 얼굴이 붉게 상기되었다.

특히 마음에 두고 있는 여인이 자신이 아니라 다른 사람이라는 것, 그 여인을 감히 쳐다보지도 못했다는 대목에 이르러서는 눈앞에서 나왕에게 면박을 당한 것처럼 수치심이 몰려왔다.

"떠난 사람 어쩔 수 없지. 모두 돌아가라!"

송유목이 차갑게 명을 내렸다. 그 역시 나왕의 서신으로 인해 무척 화가 난 듯 보였다.

송유목의 명에 장내에 있던 송가장의 고수들이 두 사람의 눈치를 살피며 급하게 밖으로 나갔다.

나왕을 찾으러 나가겠다던 비검 장편 역시 가주 부부의 심기가 심상치 않음을 깨닫고는 아무 말 없이 송유목의 처소를 벗어났다.

모든 사람들이 나가고 송유목 부부와 송검산만이 남자 금수련이 손으로 나왕의 서신을 움켜쥐며 말했다.

"어쩔 거예요?"

"뭘 말이오?"

"그를 그대로 둘 거예요? 그자가 강호에 나가 우리에 대해 이러쿵저러쿵 떠들어대면 송가장의 명예는 땅에 떨어질 거예요."

"그럴 일은 없을 거요. 당신도 그의 성격을 알지 않소? 스스로 자신의 얼굴에 먹칠을 하고 다닐 사람은 아니오."

"지금 이 상황에서 그자를 두둔하는 거예요?"

금수련이 표독한 표정으로 따져 물었다.

"두둔하는 게 아니라 사실을 말하고 있는 거요. 다만 문제는……."

"달리 걱정해야 할 일이 있나요?"

"아직은 송가장에 그의 이름이 필요하다는 것이오. 송가장이 비록 구패의 자리에 오르기는 했으나, 아직은 그 입지가 단단하지 않소."

"자신의 이름을 쓰지 말라잖아요. 송가장의 일에."

금수련이 싸늘하게 말했다.

"그래서 걱정이오. 그자는 자신의 경고를 무시하면 반드시 그 대가를 받아내려 할 테니까."

그때 송검산이 조심스레 물었다.

"아주… 떠난 것입니까?"

송검산은 아직 나왕의 편지를 읽지 못한 상태였다.

"보거라."

금수련이 손안에 구겨져 있던 편지를 송검산에게 건넸다.

그러자 송검산이 급히 나왕의 편지를 읽다가 신경질적으로 중 얼거렸다.

"결국… 시간만 낭비한 거군요."

"그런 셈이지."

"애초에 그자의 제자 노릇 따위는 하지 말았어야 했어요."

송검산이 두 사람을 원망하듯 말했다. 그러자 송유목이 엄한 목소리로 송검산을 꾸짖었다.

"오늘 이 사태가 벌어진 것에 네 잘못은 없는 줄 아느냐? 그러 니 입 다물고 있거라. 그리고 내일 당장 화산으로 가."

"그래라. 이젠 어쩔 수 없다. 지난 시간이 아깝긴 하지만 이제 라도 화산의 무공을 수련하는 것이 네게 남은 유일한 길이구나."

"알았어요. 애초에 그게 더 좋았을 거예요."

송검산이 퉁명스럽게 대답했다.

"아무튼 그가 떠난 사실이 강호에 알려지지 않게 해야 해. 우 리가 그의 이름을 앞세우지 않더라도 침묵만 지키면 세상은 여 전히 그가 우리 송가장 사람이라고 생각할 테니까."

"그렇긴 하지요."

금수련이 고개를 끄떡였다. 두 부부에 불사 나왕이란 이름은 이렇게도 쉽게 포기할 수 없는 것이었다.

그러나 그들의 바람은 며칠 지나지 않아 허무하게 끝나 버렸다.

왜냐하면 불사 나왕이 기녀 연빈에게 맡긴 서신이 하나 더 있었기 때문이다.

*   *   *

"그러니까, 나왕이란 사람이 이 편지를 내게 전하라고 했단 말이오?"

개봉의 수많은 다리 중 하나인 황개교 밑에 거처를 정하고 있는 초로의 거지 노광이 자신을 찾아온 기녀 연빈을 보며 되물었다.

나왕의 심부름값으로 자신을 옭아매고 있던 빚을 청산하고 자유의 몸이 된 연빈은 송가장을 찾아 나왕의 서신을 전한 후, 남은 심부름 하나를 마저 끝내기 위해 열흘 거리의 개봉으로 와 늙은 거지 노광을 찾은 것이었다.

"그렇게 부탁받았습니다."

연빈이 공손하게 대답했다.

이제 연빈도 자신이 하룻밤 인연을 맺은 사내가 얼마나 대단한 사람이었는지 명확히 깨닫고 있었다.

송가장에 들러 그의 이름을 말했을 때, 그 대단한 송가장의 무사들이 보인 반응을 잊을 수가 없었다.

그러니 두 번째 나왕의 편지를 받은 사람도 결코 범상치 않은 인물인 것이 분명하다. 그래서 상대가 비록 늙은 거지라도 말과 행동을 조심할 수밖에 없었다.

"이상한 일이군. 이런 일은 그에게 어울리는 것이 아닌데······."

늙은 거지 노광이 고개를 갸웃하며 연빈에게 받은 서찰을 펼쳤다. 그리고 잠시 후, 그의 입에서 득의한 웃음이 흘러나왔다.

"흐흐흐, 결국 내 충고를 받아들였군. 더군다나 이런 소문까지 내달라는 부탁을 한 걸 보면 단단히 화가 난 모양이야. 그는 어디 있소?"

노광이 연빈에게 물었다.

"벽산 근처에서 이 일을 부탁하시고 떠나셨습니다만······."

"그럴 리가. 그는 결코 일을 이렇게 불확실하게 처리하는 사람이 아니오. 그는 무척 철저한 사람이거든. 오직 송가장 사람들에 대해서만 이상하리만치 허술했던 거지."

"하지만 분명 그분은 제게 서신을 맡기고 떠나셨어요. 송가장과 어르신께 전하는 서신 두 개를 맡기시고······."

"송가장에도 들리셨소?"

노광이 흥미진진한 표정으로 물었다.

"그렇습니다만."

"흠, 그럼 분명 이 주변 어딘가 있겠군."

"설마요."

"물론 처자는 그가 떠났다고 생각하겠지. 하지만 그는 아마 어디선가 처자를 지켜보고 있었을 거요. 만약의 경우 송가장에서 처자가 위험해질 수도 있을 거라 생각했을 테니까. 이보시게, 불사! 어디 계시나?"

늙은 거지 노광이 다리 밑에서 나와 주위를 돌아보며 큰 소리로 외쳤다. 그러나 어디서도 나왕의 모습은 보이지 않았다.

"하하하, 내 말이 맞고, 자네의 생각이 틀렸다고 흉보지 않을 테니 얼굴 좀 보세."

노광이 다시 소리쳤다.

그러나 역시 나왕의 모습은 보이지 않았다.

"좋아, 좋아. 불사께서는 부끄러움이 많은 고귀한 분이시니 오늘은 그냥 보내 드리겠네. 부탁한 일은 내 처리하지. 아마 보름이 지나지 않아 불사께서 송가장을 떠났다는 사실이 강호에 널리 퍼질 것이네. 하지만 나중에 꼭 왜 갑자기 이런 일이 벌어졌는지 그 내막을 말해줘야 하네! 알고 있겠지만 난 궁금한 것은 도통 참지 못하는 성미라서……."

미친 사람처럼 허공에다 대고 소리를 질러댄 노광이 실실거리며 다시 다리 밑으로 들어왔다.

그러자 연빈이 물었다.

"정말 그분이 여기까지 오셨을까요?"

"물론이오."

"그럼 굳이 왜 제게 이런 심부름을 시키셨을까요?"

"그야 당연히 송가장의 사람들과 얼굴을 마주치기 싫어서 아니겠소?"

"하지만 어르신께 서신을 전하는 일은……."

"그것도 이유가 있지. 내가 자신을 놀릴 걸 알고 있을 테니까."

"대체 그 서신들엔 무슨 내용이 있는 거죠?"

이쯤 되면 연빈도 서신의 내용이 궁금하지 않을 수 없었다. 그러자 노광이 망설이지 않고 말했다.

"뭐, 별거 없소. 불사가 아, 강호에선 당신에게 심부름을 시킨 사람을 불사란 별호로 부른다오. 아무튼 그가 오랫동안 몸을 의탁했던 송가장을 떠난다는 내용이오."

노광이 뭐가 그리 즐거운지 실실거리며 말했다.

"그게… 이런 비밀 서신으로 전해야 하는 일인가요?"

"하하, 비밀스레 일을 한 것이 아니라 단지 그는 자신이 직접 자신의 일을 말하고 다니기 싫었던 거요. 그건 그렇고 처자도 개봉에 볼일이 있다고 쓰여 있는데……."

노광의 말에 연빈이 놀란 표정으로 되물었다.

"그런 말씀도 있나요?"

"그렇소. 처자가 이곳에 정착할 생각이면 도와주라는 당부가 있구려. 그의 부탁이라면 나도 거절할 처지가 아니니 내 도와드리리다."

"그래주신다면야……."

연빈이 의심쩍은 표정을 지으면서도 고개를 숙여 보였다.

하지만 그녀의 속마음을 숨길 수는 없었다. 그녀의 표정에 남의 밥이나 빌어먹는 거지가 뭘 도와줄 수 있겠느냐는 기색이 엿보였던 것이다.

그런 연빈을 보며 노광이 빙그레 미소를 지었다.

"이보시오, 처자. 난 생각보다 쓸모가 많은 사람이오. 그 대단한 불사 나왕이 부탁을 할 만큼 말이오."

＊　　　　＊　　　　＊

　나왕은 개봉의 수많은 고루거각 중 황개교가 보이는 기와지붕 위에 앉아서 개방의 노개 노광과 기녀 연빈의 만남을 지켜보고 있었다.

　기녀 연빈의 뒤를 따른 것은 그의 천성 때문이었다. 무림맹의 일원으로 칠마, 십육마문과 싸울 때도, 송가장에 와서 송유목을 도와 송가장을 일으켜 세울 때도 나왕의 행보는 잘 짜인 천처럼 빈틈이 없었다.

　그래서 독심이라는 소리를 들을 만큼 철두철미한 성격의 나왕이 지난 이십 년간 누군가에게 속아 살아왔다는 것이 그 자신조차 이해가 되지 않았다.

　"역시 늙은 거지가 노련한 면이 있어."

　자신이 이곳에 와 있음을 알고 있는 노광을 보며 나왕은 그의 노련함에 혀를 내둘렀다.

　"하긴 그러니까 내가 속고 있음을 알고 있었겠지. 역시 늙은 이들 말은 흘려들을 게 못 된다니까. 쓸모없는 고집들을 부리지만 않으면 제법 새겨들을 말들이 있지."

　개방의 노개 노광과 나왕의 나이 차는 이십여 세에 이른다. 나왕의 나이가 마흔 초반이니 노광은 육십을 넘은 나이였다. 물론 그렇다고 해도 강호에서 늙은이 소릴 들을 나이는 아니지만 나왕에게 노광은 항상 늙은 거지였다.

　나왕이 노광을 만난 것은 칠마십육문의 난이 한창이던 시절이었다. 무림맹 신응조의 일원으로 위험한 일들을 처리하던 나왕은 가끔 개방의 거지들과 함께 일을 하는 경우도 있었다.

천하에 퍼져 있는 개방은 무림맹의 눈과 귀로 활동해서 신응조의 일에도 큰 도움이 되었던 것이다.

노광 역시 그때 나왕과 인연을 맺었고, 함께 칠마의 무리를 상대하는 동안 노광은 젊은 나왕의 능력에 크게 감탄하곤 했다.

그래서 나왕이 무림맹을 떠나 송가장에 몸을 의탁한다고 했을 때 누구보다 안타까워했던 인물 중 한 명이기도 했다.

물론 이후에도 두 사람의 인연은 계속 이어졌다. 나왕은 가끔 송가장의 일을 처리하기 위해 노광의 도움을 받았는데, 노광은 송가장의 일이라면 못마땅해하기는 했지만 나왕의 도움을 거절하진 않았다.

그러던 나왕이 드디어 오늘 송가장의 일이 아닌 자기 자신의 일을 노광에게 부탁한 것이다. 송가장이 더 이상 자신의 이름을 이용하지 못하도록, 개방을 통해 전 무림에 자신이 송가장을 떠났다는 사실을 알리는 것이 바로 그 일이었다.

그리고 늙은 거지 노광은 이번 부탁만큼은 망설이지 않고 수락했다. 만나기만 하면 송가장을 떠나라고 충고하던 노광이기 때문이었다.

"이젠 그만 가야겠군."

나왕이 지붕 위에서 몸을 일으켰다. 그러다 문득 여전히 노광과 대화를 나누고 있는 연빈을 한 번 바라봤다.

"잘살겠지. 운이 조금 안 좋았을 뿐 강단 있는 여자니까. 뭘 해도 성공할 수 있을 거야. 하지만… 제길! 역시 하룻밤 인연을 맺은 것은 실수였어."

나왕이 고개를 저었다.

물론 기녀 연빈과의 하룻밤에 책임감 같은 것을 느끼는 것은 아니었다. 강요한 것도 아니고 돈을 주고 산 것이라고 할 수도 없었다. 둘은 그저 삶에 지친 사람들끼리 인연이 닿아 하룻밤 서로를 위로해 준 것뿐이었다.

하지만 그래도 남녀 사이의 관계는 묘해서 이상하게 연빈에게 신경이 쓰이는 나왕이었다.

그래서 개봉까지 그녀를 따라오고 그녀가 무사히 노광을 만나는 것을 자신의 눈으로 확인해야 했던 것이다.

하지만 그것도 이제 끝이다. 노광의 도움을 받는다면 더 이상 연빈의 앞날을 걱정할 필요가 없었다.

"숨겨둔 진주를 찾아 장사라도 하겠지. 이제 나도 숨겨진 보물을 찾으러 가보자. 그런데 과연 천일검황가의 약속은 아직도 유효한 걸까?"

나왕이 고개를 갸웃하며 중얼거렸다.

*   *   *

적월은 해가 뜨기 전부터 길 떠날 채비를 시작했다.

서둘지 않으면 닷새 안에 돌아오지 못할 수도 있었다. 집 안에 남은 양식이라야 열흘을 버티지 못할 것이다. 서둘러 돌아오지 않으면 그의 양부모와 세 명의 남매들은 꼼짝 없이 굶을 판이었다.

아니, 굶주림이야 며칠 버틸 수 있었다. 하지만 서둘러 돌아와

약을 쓰지 않는다면 석 달째 앓고 있는 양부 장산은 살지 못할 수도 있었다.

가볍게 짐을 꾸린 적월이 문을 열고 나서자 북방의 한기가 얼굴을 때렸다.

"후욱!"

적월이 깊이 숨을 들이마신 후 툇마루로 나가 신발을 신으려는데 부엌 쪽에서 무심한 여인의 목소리가 들렸다.

"정말 가려느냐?"

적월이 고개를 돌리자 지친 듯 보이는 중년 여인이 손에 작은 보따리를 들고 서 있었다.

"예."

적월이 짧게 대답했다. 얼추 소년에서 사내로 변해가는 열다섯의 나이, 목소리도 제법 굵어진 적월이다.

그러자 여인이 적월 옆에 다가와 보따리를 건네며 말했다.

"감자 몇 개 삶아 넣었다. 하루 요기는 될 게다."

"집에 남은 양식도 없는데. 동생들이나 주세요."

"일하러 가는 사람이 든든히 먹어야지."

적월의 어머니, 정확하게는 그의 양모 이삼녀가 굳이 적월의 짐 속에 삶은 감자가 든 보따리를 쑤셔 넣었다.

"곧 돌아올게요."

적월이 바랑을 어깨에 걸치며 자리에서 일어났다.

"돌아오긴 할 거냐?"

이삼녀가 급히 물었다.

"그럼 제가 집 놔두고 어딜 가겠어요."

"집… 집이라니. 그렇게 말해주니 고맙구나."

이삼녀가 적월의 눈을 마주치지 못하고 말했다. 그런 이삼녀를 적월이 잠시 바라보다가 걸음을 옮기며 말했다.

"걱정 마세요. 반드시 산삼 몇 뿌리를 캐 올 테니까."

"돌아오지 않아도 원망은 않겠다."

적월의 등에 대고 이삼녀가 말했다.

"그럴 일 없습니다. 추워요. 들어가세요."

적월이 단호하게 말하고는 새벽어둠을 뚫고 집을 나섰다. 그러고는 이내 어둠 속으로 사라졌다.

이삼녀는 적월의 모습이 사라질 때까지 그 자리에 서 있다가 적월의 모습이 보이지 않자 툇마루에 털썩 주저앉았다. 그러고는 변명하듯 중얼거렸다.

"미안하다. 하지만 그때는 나도 어쩔 수 없었다. 가뜩이나 갓 난아이까지 셋이나 먹여 살려야 하는 살림에, 입 하나 더 느는 것이 천 근의 짐을 지는 것 같았지. 그래서 네게 매정할 수밖에 없었어. 그런데 이젠… 우리 다섯 식구가 적월 너 하나를 보고 사는구나. 우릴 떠나면 네 한 몸은 편히 살 수 있으련만… 이럴 줄 알았으면 좀 더 잘해주는 건데."

삼 년 흉년이 이어지고 있었다. 근 반백 년 이래 최악의 가뭄이 이어져 풀뿌리도 캐 먹기 힘든 시절이었다.

길에 나가면 굶어 죽는 사람들이 부지기수, 그나마 이 가족이 목에 풀칠이라도 하는 것은 하루가 멀다 하고 산을 타 약초나 먹을 것을 구해오는 가장(家長) 장산과 장산이 칠 년 전 데리고 온 적월 덕분이었다.

장산과 적월은 근방에서 이름 난 약초꾼으로 이 흉년 속에서도 여섯 식구가 배는 주리지 않을 수 있었다.

그런데 석 달 전 모든 것이 변했다. 장산이 험한 산을 오르다 실족하는 바람에 몸져눕게 된 것이다. 장산의 상태는 몹시 위중했다. 의원의 말로는 살아날 확률이 거의 없다고 했었다.

그러나 산을 다니며 단련된 단단한 몸은 쉽게 죽지 않았다. 한 달을 넘기지 못할 것이라는 의원의 예상과 달리 장산은 석 달을 넘게 살아 있었고, 오히려 제대로 약을 쓰면 살 수 있을 만큼 호전되었던 것이다.

그러나 문제는 장산을 완쾌시킬 약이 없다는 것과 병이 아니라 굶주림으로 인해 그의 기력이 다시 떨어지고 있다는 것이었다.

적월이 하루가 멀다 하고 산을 다니면서 캐 온 약초들은 여섯 식구 입에 풀칠하기도 버거웠다. 이 와중에 은자가 아닌 금자가 필요한 약을 사는 것은 거의 불가능했다.

그렇다고 장산을 그대로 죽게 내버려 둘 수는 없었다. 적어도 적월에게 장산은 양부 이상의 의미를 가진 사람이었다.

죽어가는 자신을 구했고, 이삼녀의 반대를 무릅쓰고 양자로 받아들여 지금까지 키워준 양부 장산이었다.

물론 학당에 보내 글을 읽게 하거나 좋은 옷, 좋은 음식을 먹이고 입히지는 못했다. 하지만 장산은 적월을 자신의 친자식들과 조금도 차별하지 않았다.

장산은 적월이 철이 들 무렵부터는 자신이 없는 동안 이삼녀의 눈칫밥을 먹을까 걱정되어 적월을 데리고 산행을 나가기 시작했다. 그리고 그 이후의 시간들은 적월에겐 무척 행복한 시간이었다.

장산은 자신이 알고 있는 산과 약초에 대한 지식을 마치 사부가 제자를 가르치듯 세심하게 가르쳤고, 적월은 그런 장산의 가르침을 빠르고 정확하게 습득했다.

"넌… 참 아까운 아이야. 나 같은 약초꾼이 아니라 제대로 된 사람이 돌봐줬어야 하는데……."

적월의 총명함에 놀라는 한편 아쉬움과 미안함을 담은 표정으로 장산이 수시로 하는 말이었다.

그러나 적월은 장산과 산을 타는 것이 다른 어떤 삶보다 좋았다. 산속에서 장산은 온전히 적월만의 아버지였기 때문이다.

아무튼 그렇게 장산이 적월을 데리고 산을 타기 시작한 지 삼년쯤 지나자 적월은 장산 못지않은 약초꾼이 되어 있었다.

그리고 이제 적월은 장산에게 배운 산사람으로서의 모든 재주를 동원해 운령산 천마봉에 오를 생각이었다.

평소 장산이 절대 가지 말라고 경고했던 운령산 천마봉, 장산뿐 아니라 근방 수백 리 안의 산사람들은 절대 가지 않는 곳이었다.

사람의 발길이 닿지 않은 천마봉에는 귀한 약초들이 지천으로 널려 있다고 알려졌지만, 약초꾼들은 절대 천마봉에 가지 않았다.

이유는 단 하나, 그 약초들을 탐내며 천마봉에 갔던 사람들 중 살아 돌아온 사람이 거의 없기 때문이었다.

"저주받은 봉우리다. 항상 운무가 끼어 있어 길을 찾기 어렵고, 백척간두의 절벽과 수백 척 깊이 계곡들이 즐비하지. 마귀가 만들어놓은 봉우리란 말이 허언이 아니다. 보기에나 좋지 우리 같은 약초꾼들에게는 지옥 같은 산이야."

평소 멀리 천마봉이 보이면 장산이 하는 말이었다.

천마봉이라는 이름은 어느 방향에서 보든 하늘을 나는 말의 형상을 한 봉우리 때문이었다. 그래서 장산의 말대로 멀리서 즐기기에는 더없이 절경인 천마봉이었다.

적월은 바로 그 위험한 천마봉에 오르기 위해 길을 떠난 것이었다. 그러니 비록 적월을 달가워하지 않던 이삼녀라도 적월의 산행이 걱정스러운 것은 어쩔 수 없었다.

"부디 무사히 돌아오너라. 그럼 그때는… 정말 진심으로 네 엄마가 되어주마."

더 이상 보이지 않는 적월에게 이삼녀가 들리지 않는 목소리로 중얼거렸다.

＊　　　　＊　　　　＊

뛰듯이 산을 탄 덕에 적월의 몸은 나뭇가지에 스쳐 성한 곳이 없었다. 찢어진 옷 곳곳에 엷은 핏자국도 묻어났다.

그러나 산사람에게 이 정도 상처는 아무것도 아니다. 쉬는 동안 야생의 약초로 응급처치만 해도 다음 날이면 멀쩡하게 아무는 상처들이라서 적월의 이동을 방해하지 못했다.

그렇게 급하게 움직인 덕에 적월은 이틀이 지나지 않아 운령산 깊숙한 곳에 우뚝 솟아 있는 천마봉을 바라보고 있었다.

"하루! 하루 안에 삼을 찾아야 해. 귀한 약재들이 지천으로 깔렸다고 해도 산삼은 그리 흔치 않지. 보자… 남쪽 능선을 타고 올라 아침에 잠깐 해가 드는 동쪽 절벽 위로 가야겠구나. 그쯤에 삼이 있을 가능성이 가장 커. 후우……."

적월이 세심하게 천마봉을 살피면서 한편으로 두려운 듯 계속 손을 비벼댔다.

"일단 배를 채우고……."

적월이 바랑을 벗어 그 안에서 이삼녀가 넣어준 찐 감자를 꺼냈다. 이틀 새 여섯 개를 먹었고, 이제 단 두 개가 남아 있었다.

적월이 천천히 감자를 입에 넣었다.

산에서 양식이 부족할 때는 가급적 천천히 식사를 해야 한다는 가르침 역시 장산에게서 배운 것이다.

"이번에 천마봉에서 살아만 나온다면… 이후에는 좀 더 쉽게 천마봉을 탈 수 있을 거다. 그렇게 천마봉에 익숙해지면 흉년을 넘기는 것은 물론 우리 식구가 편히 살 집을 마련할 수도 있겠지. 사람들 말처럼 천마봉에 귀한 약재들이 널려 있다면……."

적월이 스스로에게 다짐하듯, 혹은 자기 자신에게 용기를 불어넣으려는 듯 중얼거렸다. 감자를 씹으며 안개에 휩싸인 천마봉을 바라보는 적월의 눈이 나이답지 않게 강렬했다.

제3장
누가 주인인가?

위험을 감수한 대가는 예상대로 실망스럽지 않았다.

안개를 뚫고, 목숨의 위협을 느끼며 산 중턱에 오르자 여기저기 귀한 약재들이 눈에 들어오기 시작했다.

그러나 적월은 평소라면 쉬지 않고 캤어야 할 약초들에 전혀 관심을 보이지 않았다. 오늘 이 위험한 천마봉에 오른 것은 보통 약초를 캐기 위한 것이 아니었기 때문이다.

지금 그에게 필요한 것은 산삼이었다. 산삼만이 장산을 살리고 지금 그의 가족에게 닥친 흉년의 위기를 넘길 수 있었다.

"저쪽인가?"

삼이 있을 만한 곳을 천마봉에 오르기 전에 이미 봐둔 적월이었다. 천마봉 동쪽 가파른 지형이 그가 가고자 하는 곳이었다.

그러나 천마봉 중턱부터 안개가 짙어 방향이 정확치 않았다.

왜 이곳에 들어온 약초꾼들이 대부분 집으로 돌아오지 못했는지 그 이유를 알 수 있는 환경이었다.

그나마 하늘에 떠 있는 해가 만들어내는 빛의 흐름으로 대략적인 방향을 짐작할 수 있었다. 물론 이것 역시 노련한 약초꾼이 아니면 이용할 수 없는 방법이다.

적월이 빛이 가리키는 방향을 따라 다시 위태로운 산을 걷기 시작했다.

산은 숲이 우거진 곳에도, 그 바닥에는 신기할 정도로 바위가 많았다. 오랜 세월 사람의 발길이 닿지 않아 무성하게 자란 나무들이 그 바위를 가리고 있어 멀리서 사람들의 눈에 보이지 않았던 것이다.

그렇게 가파른 산비탈과 날카롭고 위태롭게 매달린 바위들이 앞을 막았지만 적월은 느리게라도 꾸준히 전진했다.

가끔 걸음을 멈추고 산을 오르던 중간에 캔 산마로 허기를 달랬다. 양어머니 이삼녀가 준비해 준 감자가 없으니 천마봉에 들어와선 스스로 끼니를 해결할 수밖에 없었다.

다행히 천마봉에는 주린 배를 채울 산마들이 지천으로 깔려 있었다. 할 수만 있다면 집에서 굶주리고 있는 양부모와 동생들을 모두 천마봉으로 데려오고 싶을 정도였다.

그렇게 산마로 배를 채우며 꾸준히 앞으로 나아가다 보니 어느새 해가 지기 시작했다.

"오늘은 결국 산에서 자야겠군. 잘 곳을 찾아야겠어. 흉한 짐승들이 있을 수도 있으니."

산 중의 해는 금세 진다. 노을빛이 보이기 시작했으니 곧 어둠

이 밀려올 것이다.

적월이 잠시 주위를 살피다가 장정 서넛이 팔을 둘러야 휘어 감을 수 있는 소나무를 발견했다.

소나무는 고산(高山)의 나무들이 대부분 그러하듯 그 가지가 위로 높게 자라기보다는 옆으로 넓게 퍼져 있었다. 덕분에 그 가지 위에 적월이 하룻밤 잘 수 있는 잠자리를 마련할 수 있을 것 같았다.

"땅에서는 맹수들의 공격을 받을 수 있으니 나무 위에 잠자리를 마련하는 게 좋겠지."

결심을 한 적월이 거대한 소나무를 향해 걸어갔다.

잠자리는 생각보다 아늑했다. 촘촘하게 자란 가지들이 적월이 밑으로 떨어지는 것을 넉넉히 막아주었다. 그 위에 솔잎을 깔자 요를 깐 것보다도 푹신했다.

그렇게 잠자리를 만든 적월은 산에 다닐 때 가지고 다니는 얇은 가죽 천을 꺼내 이불 삼아 덮고 잠을 청했다.

어느새 사방은 어두워졌다. 산 곳곳에서 짐승들 울부짖는 소리가 들려왔다.

"내가 정말 위험한 산에 들어왔구나. 이렇게 맹수들이 많을 줄이야… 내일 아침에 산 채로 눈을 뜨길 빌어야겠군."

양아버지 장산은 약초꾼의 운명은 산신에게 맡긴다고 했었다.

그래서 적월도 오늘 자신의 운명을 산신에게 맡기기로 하고 맹수가 득실대는 천마봉 중턱에서 잠을 청했다.

*　　　　*　　　　*

적월이 눈을 떴다.

쪼르르쪼르르!

따스하게 얼굴을 감싸는 햇살, 귀를 간질이는 새소리가 오래 전에 아침이 밝았음을 말해줬다.

"이런, 설마 늦잠을 잔 건가?"

적월이 허탈한 표정으로 자리에서 일어났다. 그러자 아침 안개를 허리에 감은 천마봉의 전경이 한눈에 들어왔다. 밤새 산 아래로 내려앉은 안개로 인해 산 중턱 위쪽은 투명한 아침 빛으로 가득했다.

"정말 좋구나."

적월이 자신도 모르게 탄성을 터뜨렸다. 눈앞에 펼쳐진 풍경이 간밤 맹수들이 울어대던 그 위험한 천마봉이란 사실이 믿기지 않았다.

구름을 아래에 두고 우뚝 솟은 천마봉은 인간 세상 위에 존재하는 다른 세계처럼 신비로운 모습을 하고 있었다.

수백 년 묵은 나무들이 만들어내는 신선함, 산 아래 세상의 오래된 가뭄과 다르게 피부에 느껴지는 촉촉한 아침의 습기, 그 산이 뿜어내는 생기가 밥을 먹지 않아도 힘이 나게 만들었다.

더군다나 적월이 올라 있는 소나무 동편으로 펼쳐진 깎아지르는 절벽은 아침 햇살을 받아 백옥처럼 눈부시게 빛나고 있었다. 그간 적월이 수많은 산행 중에 한 번도 보지 못한 광경이었다.

그리고 그 백옥 같은 절벽에서 하나의 약초가 적월을 유혹하고 있었다.

"저건!"

적월이 자리를 박차고 일어났다. 그가 눈부신 아침 햇살의 방해를 받지 않으려는 듯 손으로 그늘을 만들고 자신이 발견한 것을 자세히 살피기 시작했다.

범상치 않은 크기의 다섯 갈래 잎, 그리고 그 잎들의 중심에서 올라온 줄기에는 빨간 열매가 보석처럼 달려 있었다.

"삼(蔘)이다!"

적월이 소리쳤다.

그가 죽음을 무릅쓰고 천마봉에 오른 이유가 거기 있었다.

"딱 봐도 수백 년은 묵은 것 같아!"

적월의 목소리가 떨렸다.

적월은 마치 누군가 먼저 그 삼을 캐 갈 것 같은 불안감에 바랑을 손에 들고 재빨리 나무에서 내려왔다. 그러고는 삼이 보인 백옥의 절벽 쪽으로 달리기 시작했다.

"이건… 쉽지 않겠어."

적월의 눈에 두려움이 떠올랐다. 산삼은 생각보다 위험한 위치에 있었다.

산삼은 백옥의 절벽 정상에서 십여 장 밑으로 내려간 곳에서 자라고 있었다. 어린 적월에게 그곳까지 내려가는 것은 그리 쉬운 일이 아니었다.

만약을 위해 가지고 온 밧줄을 나무에 묶고 내려가면 얼추 닿을 수 있는 거리지만 문제는 어느새 산 위로 밀려 올라오고 있는 안개였다. 밤공기에 눌려 산 아래로 내려가 아침에 잠깐 천마봉의 장관을 보여줬던 안개들이 어느새 세상의 온기를 타고 산 위로 오르고 있었다.

더군다나 산 위로 올라오는 안개들은 보통 산안개와 달리 마치 폭풍을 몰고 오는 먹구름처럼 맹렬하게 바람을 일으키며 솟구쳐 오르고 있었다. 단지 시야를 가리는 것이 문제가 아니라 자칫 안개바람에 휩쓸리면 줄을 놓치고 절벽 아래로 떨어질 수도 있었던 것이다.

"천마봉이 불귀의 봉우리라 불리는 데는 이유가 있었어."

적월이 절벽을 타고 오르는 안개가 자신을 덮칠 것 같은 두려움에 한 걸음 뒤로 물러나며 중얼거렸다.

후웅!

그 순간 절벽을 치솟아 오른 안개바람이 적월의 얼굴을 덮쳤다.

"웃!"

차가운 냉기와 강렬한 바람, 적월이 자신도 모르게 손을 내밀어 커다란 바위를 잡았다. 그리고 재빨리 그 뒤로 돌아가 밀려오는 안개바람을 피했다.

안개바람은 한동안 계속됐다. 거꾸로 흐르는 강물처럼 그렇게 산 아래에서 산 위로 불어대는 안개바람으로 인해 적월은 한동안 꼼짝하지 못하고 바위 뒤에 몸을 숨기고 있었다.

그렇게 반 시진 정도가 지나자 바람의 세기가 조금씩 약해졌다. 물론 안개는 이미 산 전체를 뒤덮고 있었다.

그래도 바람이 잔잔해지니 움직일 만은 해서 적월이 다시 절벽 쪽으로 걸어가 아래를 내려다보았다.

"역시 안 보여."

자욱한 안개로 인해 더 이상 산삼의 모습이 보이지 않았다. 그러나 보이지 않는다고 산삼이 사라진 것은 아니다. 이미 그 위치는 적월의 머릿속에 들어 있었다.

단지 문제는 한 치 앞도 보기 힘든 안개를 뚫고 절벽을 내려가 삼을 캘 수 있을까 하는 것이었다.

하지만 포기하기에는 적월의 머리에 남아 있는 산삼의 유혹이 너무 컸다. 그 한 뿌리면 단숨에 가족의 위기를 넘길 수 있을 것이 분명했다.

"바람만 세지 않으면 돼."

적월은 더 이상 망설이지 않았다.

적월에게 두려움은 일을 시작하기 전에나 느끼는 것이다. 일단 무슨 일이든 시작하게 되면 적월은 두려움을 잊었다.

양부 장산은 그런 적월의 성격을 보고 언젠가는 큰일을 하게 될 거라 말하곤 했었다.

적월이 커다란 나무 밑동에 단단히 밧줄을 동여맸다. 그러고는 줄 한쪽을 자신의 겨드랑이에 둘러매고 절벽 끝으로 다가갔다.

세기는 많이 줄어들었지만 여전히 절벽 아래에선 끊임없이 안개바람이 불어오고 있었다.

"후우!"

적월이 크게 심호흡을 했다. 그리고 망설임 없이 절벽 아래로 내려가기 시작했다.

"생각보다 어렵지 않구나."

역시 뭐든 일단 시작하고 볼 일이다.

위에서는 매끄러운 거울 같아 보이던 절벽이 조금 내려오자 곳곳에 손과 발을 지탱할 수 있는 곳이 적지 않았다. 마치 누군가 절벽 아래로 내려갈 수 있도록 미리 준비를 해둔 것 같은 모습이었다.

덕분에 적월은 큰 어려움 없이 그가 보았던 산삼이 있는 곳까지 내려왔다.

"좋아!"

한순간 적월이 소리쳤다. 그의 눈에 안개 속에서 영롱하게 빛나는 산삼이 보였다.

"적어도 수백 년이야."

적월의 목소리가 떨렸다. 어려서부터 양부 장산을 따라 여러 산을 다녔지만 이렇게 오래된 산삼을 보는 것은 처음이었다. 제대로 주인을 만나면 무가지보가 될 수도 있었다.

"조심해서 캐야 한다. 다치지 않게……."

적월이 스스로를 경계하며 조심스럽게 산삼 쪽으로 다가갔다. 그리고는 침착하게 산삼 주변을 살피기 시작했다.

한동안 산삼 주변을 살피던 적월이 바랑에서 약초를 캐는 곡괭이를 꺼내 산삼의 먼 바깥쪽부터 파 들어가기 시작했다.

백옥 같은 절벽 위에 산삼이 자랄 만한 흙이 존재한다는 것도 신기하지만 산삼이 어쩌다 이런 곳에 씨앗을 뿌렸는지가 더 신기했다.

투투툭!

흙과 돌덩이가 함께 절벽 아래로 떨어졌다. 한동안의 괭이질로 어느새 산삼 주변의 흙들은 거의 사라졌다. 그러자 서서히 산삼의 몸통이 보이기 시작했다.

"좋아. 굵기도 적당해."

적월이 조심스럽게 산삼 주변의 흙들을 손으로 털어내기 시작했다. 그러고는 뿌리의 끝이 보이자 가볍게 산삼을 들어 올렸다.

"좋구나. 이제 고생은 끝났어!"

산삼을 손에 쥔 적월이 감격스러운 표정으로 중얼거렸다.

그런데 바로 그 순간 갑자기 적월의 발밑에서 강력한 안개바람이 소용돌이치듯 솟구쳐 올라왔다.

"헉!"

순식간에 강풍에 휘말린 적월이 낙엽처럼 허공으로 휘날렸다.

다행히 밧줄을 몸에 두르고 있어서 절벽 아래로 떨어지지는 않았지만, 강풍에 날린 적월의 몸이 삼사 장 옆으로 날아가 그대로 절벽을 향해 돌진했다.

이대로라면 뼈 몇 군데는 부러질 각오를 해야 한다. 그렇다고 손에 든 산삼을 놓고 손으로 충격을 줄일 수도 없었다.

오늘 캔 산삼은 그와 그의 가족에겐 생명줄이나 다름없었다. 몸이 부서진다 해도 산삼을 놓을 수 없었다.

적월이 무서운 속도로 다가오는 절벽을 보며 이를 악물었다. 그리고 산삼을 품에 안은 채 최대한 충격을 줄이기 위해 몸을 둥글게 말았다.

쾅!

"악!"

자신도 모르게 비명이 터져 나왔다. 아무리 강한 정신력을 지니고 있어도 어린아이는 어린아이였다. 강풍에 날려 맨몸으로 절벽과 충돌한 충격을 이겨내는 것이 결코 쉽지 않았다.

그런데 그 순간 적월이 예상치 못한 일이 벌어졌다. 단단한 절벽과 충돌한 적월의 몸이 밖으로 튕겨 나오지 않고 그대로 절벽을 뚫고 들어가 버린 것이다.

적월과의 충돌로 거짓말처럼 무너져 내린 절벽 안쪽으로 검은 동굴이 나타났다. 적월은 밧줄에 매달린 채 그대로 동굴 안쪽으로 빨려들어 갔다가 이내 밧줄이 끄는 힘에 의해 다시 절벽 밖으로 딸려 나왔다.

"어어어!"

적월이 당황하며 본능적으로 삼을 들고 있지 않은 다른 손을 휘둘렀다.

턱!

아슬아슬하게 동굴 입구 한 부분에 적월의 손이 걸렸다. 덕분에 적월의 몸이 절벽 밖으로 튕겨 나가지 않고 동굴 입구에 대롱대롱 매달렸다.

"후욱후욱!"

적월이 급히 숨을 몰아쉬었다. 안개바람에 휘말리면서부터 정체 모를 동굴 입구에 매달려 있는 지금까지의 일은 눈 깜짝할 사이에 벌어진 일이지만, 그에게는 마치 큰 산을 넘은 것 같은 느낌이 들 정도로 길고 힘든 시간이었다.

"이게 대체 뭐지?"

잠시 허공에 매달려 숨을 고른 적월이 정신을 차리고 동굴 안쪽을 보며 중얼거렸다.

분명 자연적으로 만들어진 동굴은 아닌 듯싶었다. 그 이유는 동굴 안쪽 깊은 곳에서 흘러나오는 빛 때문이었다.

천마봉이 수평으로 뚫려 있어 반대편에서 빛이 들어온다고는 도저히 생각할 수 없었다. 천마봉은 그렇게 작은 봉우리가 아닐뿐더러 설혹 반대편까지 동굴이 뚫려 있다고 해도 일직선이 아닌 이상 빛이 관통할 수는 없었다.

더군다나 빛이 흘러나오는 부근에 사람의 손길이 닿은 듯한 흔적이 있었다.

무언가가 올려진 작은 석대의 그림자가 언뜻 동굴 벽에 비치고 있었던 것이다.

"어쩌지?"

적월은 망설였다. 본능처럼 동굴 안쪽에 대한 호기심이 생겼지만 두려움도 함께 일어났다.

동굴을 막고 있던 입구가 무너지며 충격을 흡수해 준 덕에 몸은 크게 다치지 않았다. 몇 군데 긁혀서 피가 나기는 했지만 절벽을 올라가는 것은 전혀 문제가 되지 않았다.

더군다나 여전히 적월의 손에는 산삼이 들려 있었다. 이 산삼으로 그와 그의 가족은 전혀 다른 삶을 살 수 있었다. 그러니 굳이 뭐가 있을지 모르는 동굴 속으로 들어가 예상치 못한 위험에 빠질 필요가 없었다.

하지만 그런 마음이 들수록 마음 다른 한쪽에선 동굴 안으로 들어가 보라는 유혹이 점점 더 강해졌다.

그리고 모든 사람이 그러하듯 결국 적월은 호기심을 이기지 못했다.

"뭐, 사는 사람도 없는 것 같은데 무슨 일이야 있겠어? 혹 또 모르지. 누가 보물이라도 숨겨뒀을지."

적월이 삼을 쥐고 있던 손을 등 뒤로 돌려 산삼을 조심스럽게 바랑에 넣고 동굴 벽을 더듬어 바닥에 내려섰다.

동굴 바닥에 내려선 적월이 몸에 묶고 있던 밧줄을 풀어 큰 돌덩어리에 묶어놓고는 조심스럽게 동굴 안쪽으로 들어가기 시작했다.

"대단하구나."

적월이 한순간 걸음을 멈추고 고개를 들어 동굴 천장에 박혀 있는 커다란 야명주를 바라봤다.

어른 주먹만 한 야명주가 흘려내는 청색의 광채가 바로 동굴 입구에서 보았던 빛의 주인이었다.

어린 적월이지만 이런 야명주가 무척 비싸게 거래된다는 것은 알고 있었다. 당연히 야명주에 대한 욕심도 생겼다.

"하하, 오늘 내가 재신(財神)을 만나는 날인가 보네. 수백 년 된 산삼에 더해 이런 보물이라니."

적월의 입에서 자신도 모르게 웃음을 흘러나왔다. 수백 년 묵은 산삼에, 주먹만 한 야광주라면 굶주림을 벗어나는 것 정도로 끝날 일이 아니었다.

그와 그의 가족은 아마도 완전히 새로운 삶을 살 수 있을 것이다.

"천장이 높아서 고생은 좀 하겠네."

적월이 아쉬운 듯 중얼거렸다. 야광주가 박혀 있는 동굴 천장은 그가 두 손을 들어도 닿지 않는 높이였다. 그러니 당장 야광주를 뽑아낼 수는 없었다. 바닥에 돌을 쌓든지 해서 손이 닿아야 야광주를 뽑을 수 있을 것이다.

"저놈은 나중에 뽑아도 되고, 저건 또 뭘까?"

적월은 동굴 안쪽 작은 방처럼 생긴 공간에 서 있는 석대를 보며 말했다. 석대 위에는 먼지가 쌓인 작고 검은 함이 놓여 있었는데, 먼지에 덮여 있어도 무척 귀한 물건으로 보였다.

적월이 동굴 입구에서 그림자로 보았던 것의 정체가 바로 그 석대와 함이었다.

이미 산삼과 야광주라는 보물을 얻는 적월의 눈에 새로운 기대감이 서렸다. 그 모든 것보다도 석대 위 검은 함에 들어 있는 물건이 더 귀할 것 같기 때문이었다.

적월이 한껏 기대에 부푼 표정으로 석대로 다가갔다. 그리고 입으로 바람을 불어 함에 쌓인 먼지를 날렸다.

"에이!"

자신이 불어 올린 먼지가 얼굴로 밀려오자 적월이 손을 저어 먼지를 흩트렸다.

잠시 후 먼지가 가라앉자 검은 함의 모습이 야광주의 빛 아래 온전히 드러났다. 먼지에서 벗어난 함은 예상대로 무척 신비롭게 보였다.

"정말 귀한 보물이 들었을 것 같아."

적월이 자신도 모르게 떨려오는 가슴을 진정시키며 함에 손을 댔다.

그런데 바로 그 순간 갑자기 그의 등 뒤에서 서늘한 목소리가 들려왔다.

"그 함에서 손을 떼거라. 주인이 있는 물건이다!"

"헉!"

적월이 마치 도둑질을 하다 들킨 사람처럼, 그러나 손으로는 본능적으로 뺏기지 않으려는 듯 검은 목함을 집어 들며 뒤를 돌아봤다.

그러자 작은 키의 중년 사내가 빛을 등지고 성큼성큼 걸음을 옮겨 동굴 안쪽으로 들어왔다.

적월이 사내가 들어오는 거리만큼은 아니지만 야광주가 흘려내는 빛의 경계선까지 물러났다.

오 척 단신의 키, 귀한 천으로 만들었지만 옷감이 아까울 정도로 추레해 보이는 옷매무새, 그리고 무엇보다도 작은 눈에 낮은 코와 구멍이 숭숭 뚫린 얼굴을 가진 사내가 적월에게 손을 내밀었다.

"내놔라. 주인이 있는 물건이다."

목소리가 사납지는 않았지만 이상하게 거부하기 힘든 힘을 지니고 있었다.

하지만 적월도 만만찮은 소년이었다.

"그 주인이 당신인가요?"

"당신? 어린 녀석이 버릇이 없구나. 하긴 뭐… 처음 보는 사람이니 그럴 수도 있지. 아무튼 내가 본래 주인은 아니지만 십칠 년 전 그 물건을 처음 발견했던 사람인 건 맞다."

"그럼 누가 본래 주인이죠?"

"본래 주인은 아주 오래전 죽었다."

"주인은 이미 오래전에 죽었고, 물건은 오랫동안 이곳에 방치돼 있었는데, 십몇 년 전 먼저 발견했었다는 확인할 수 없는 이유로 이 물건이 당신 것이라고 말하면 누가 승복할 수 있을까요?"

적월이 사내를 보며 냉정하게 말했다.

"지금 내가 거짓말을 한다는 거냐?"

사내가 화가 난 듯 되물었다.

"누구라도 의심하지 않을 수 없는 상황이잖아요?"

적월이 쉽게 목함을 내주지 않겠다는 표정으로 대꾸했다.

"강호에 나가 물어봐라. 불사 나왕이란 사람이 거짓말을 할 사람인지."

사내는 바로 송가장을 떠난 불사 나왕이었다. 그가 왜 이곳에 나타났는지 알 수는 없었지만, 그에겐 소년 적월이 들고 있는 검은 함이 무척 중요한 물건인 것 같았다.

나왕의 말에 적월은 다시 두려움이 솟구쳤다. 강호라는 말과 불사 나왕이라는 호칭은 아무리 아둔한 사람이라도 이 사내가 도검을 쓰는 무림인이란 것을 말해주는 것이기 때문이었다.

그리고 그제야 적월의 눈에 나왕의 허리춤에 매달려 있는 가늘고 짧은 검이 보였다.

검을 쓰는 무인, 이런 자들 앞에선 누가 먼저 보물을 발견했는지 중요치 않다. 서슴없이 검을 들어 자신을 죽이고 보물을 가져갈 수도 있는 자들이 무림인이었다.

거기까지 생각이 미치자 적월은 더 이상 버티지 못하고 함을 포기해야겠다는 생각이 들었다. 자칫하다가는 동굴 천장에 박혀 있는 야광주까지 포기해야 할 수도 있었다.

아니, 야광주도 포기할 수 있었다. 하지만 여기서 죽어버리면 바랑 속의 산삼도 가족에게 가져갈 수 없었다.

그래서 더 이상 고집부리지 않고, 검은 함을 나왕에게 건네려는 순간 나왕이 다시 입을 열었다.

"나 불사 나왕은 한 번도 거짓을 말한 적이 없는 사람이다. 그러니 내 말을 믿거라."

그런데 그 말이 함을 포기하려던 적월의 생각에 변화를 가져왔다. 가만 보니 이 나왕이란 사람은 무척 고지식할뿐더러 소위 말하는 협사의 기질을 가지고 있는 듯 보였기 때문이다.

강호의 협사란 자들은 명예를 소중히 생각해서 함부로 사람을 해치지 않는다고 들어온 적월이다.

그래서 적월은 이런 협사란 자들이 시장 바닥에서 막무가내로 주먹을 휘두르는 왈패들보다 더 상대하기가 쉬울 것 같은 느낌이 들었다.

'말만 잘하면……'

적월이 앞으로 내밀려던 손을 멈추고 입을 열었다.

"그럼 아저씨가 사람들이 말하는 소위 그 영웅협사인가요?"

"영웅협사까지는 아니더라도 내 입으로 뱉은 말은 반드시 지키는 사람이지."

적월의 말투가 변한 것을 의아하게 생각하면서 나왕이 대답했다.

"그렇군요. 이제 보니 강호의 영웅대협이셨군요."

"글쎄, 영웅이라고까지는 할 수 없다니까."

영웅이란 말이 듣기 거북한지 나왕이 손사래까지 치며 말했다.

"어쨌든 대협께서는 세상의 이치에 어긋나는 행동은 하지 않으시겠군요?"

"그렇다."

"그럼 여쭤볼 것이 있어요. 만약 길을 가다 주인 없는 금덩어리가 떨어져 있어 그걸 주웠는데 뒤따라오던 사람이 자신이 먼저 금덩이를 보았다고 말하면 그 사람에게 금덩이를 줘야 하나요?"

적월의 당돌한 질문에 나왕이 순간 당황한 표정을 짓다가 고개를 저으며 대답했다.

"질문이 잘못됐다. 난 그 함을 먼저 발견한 것뿐 아니라 이곳에 보관해 둔 사람이다."

"그 말은 이 동굴을 만든 사람이 대협이란 말씀이신가요?"

"아니, 이 동굴은 그 함의 주인이 만든 것이다."

"그럼 다른 곳에서 이 함을 가져다 이곳에 놓아두셨다는 건가요?"

"음… 그것도 아니다. 그 함은 본래부터 이곳에 있었지. 하지만 분명 십오륙 년 전쯤 내가 이곳을 찾아내 그 함을 발견한 후 세상에 가지고 나가지 않고 이곳에 놓아두었던 것은 분명하다."

나왕이 진지한 표정으로 말했다.

하지만 말을 하면서도 그 스스로 자신의 말이 뭔가 어색하다는 것을 인정할 수밖에 없었다.

"후… 물론 전 대협께서 거짓말을 한다고는 생각지 않습니다. 하지만 지금 그 말씀을 제가 아닌 다른 누군가에게 하신다면 과연 그 말을 믿는 사람이 있을까요?"

적월이 한숨을 쉬며 물었다.

"음… 그건……."

적월의 질문에 나왕이 제대로 대답하지 못했다.

"그것 보세요. 결국 아무도 믿지 못하는 말씀을 제게 믿으라고 하시는 거잖아요? 그럴 바에는 차라리 검으로 절 협박하세요. 전 겁도 많고, 나이도 어려서 검으로 협박하시면 그 즉시 이목을 드릴 거예요."

적월의 말은 은근히 나왕의 심기를 건드리는 말이었다.

스스로 옳지 않은 일은 하지 않는다고 말한 나왕에게 어린애를 검으로 협박하는 도적 같은 행동은 결코 할 수 없는 것이었다.

적월은 나왕이 결코 그렇게 하지 못할 사람이란 걸 이미 짐작하고 있었다.

"아니, 절대 그럴 수는 없다. 나 불사 나왕은 결코 그런 소인배가 아니다. 차라리 내가 그 함을 포기하더라도. 에이, 그래! 포기하지 뭐. 애초에 내 것도 아니고. 그저 홧김에 하려던 일이니까."

"그럼 이제 이건 제 것인가요?"

적월이 재빨리 물었다.

그러자 나왕이 고개를 끄떡였다.

"그래, 이젠 네가 주인이다. 하지만… 조심하거라. 그 존재가
세상에 알려지면 무척 위험한 물건이니까."

겁을 주려는 것이 아니라 진심으로 충고를 하는 나왕의 말투
다.

"본래 보물이란 항상 위험을 부르는 법이죠."

"보물? 넌 그 안에 뭐가 들었는지 알고나 있느냐? 참, 그러고
보니 이렇게 증명이 되는군. 그 안에 뭐가 들었는지 내가 알고
있다면 그 물건을 내가 먼저 찾았었다는 걸 증명하는 게 아닐
까?"

"그건 아니죠. 먼저 보거나 찾지 않았어도 이 동굴의 주인을
알고 있다면 이 물건의 정체도 알 수 있는 것 아닌가요? 그래서
찾으러 온 것일 수도 있고요."

적월이 즉시 반문했다.

"음, 그런가? 아무튼 그게 뭔지 아느냐?"

"글쎄요. 뭐, 열어보면 알겠죠."

적월이 망설이지 않고 목함의 뚜껑을 열었다.

그런데 목함 안의 물건을 본 적월의 얼굴이 한순간 실망감으
로 일그러졌다. 목함 안에는 깨진 동편(銅片) 한 조각만 있을 뿐
다른 어떤 보물도 없었던 것이다.

깨진 동편에는 흐릿하게 호랑이를 닮은 짐승이 새겨져 있었
고, 그 위로 작은 글씨 수십 글자가 깨알처럼 음각되어 있었다.

"이게……"

적어도 동굴 천장에 박힌 야명주 이상의 보물이 들어 있을 거라 기대했던 적월로서는 실망스럽고 당황스러운 일이 아닐 수 없었다.

"왜 기대와 달라 실망했느냐?"

나왕이 빙글거리며 물었다. 아마도 적월이 당황하는 모습이 재미있는 모양이었다.

"이게 뭐죠?"

적월이 나왕에게 물었다.

"그건 말이다. 백 년 전 천하제… 잠깐, 내가 왜 그걸 말해줘야 하지?"

나왕이 함에 든 물건의 정체를 설명하다 말고 적월에게 물었다.

"그야……."

나왕이 군이 물건의 내력을 말해줄 이유가 없다는 것을 깨달은 적월이 말을 얼버무렸다. 하물며 조금 전까지 물건의 소유권을 두고 말씨름을 하던 사이가 아닌가.

그러자 나왕이 적월을 보며 거만한 자세를 취하고 말했다.

"그 물건은 필요한 사람에게는 만금의 가치가 있을 수도 있지만 필요 없는 사람에게는 그냥 쇳조각에 지나지 않는다. 일반적인 금은보화와는 다른 것이지. 그러니 그 동편은 네겐 쓸모없는 물건이지."

"그럼 이 물건의 가치를 아는 사람에게 팔면 되죠."

"그런 사람이 누군지나 알고 있느냐?"

나왕이 물었다.

그러자 적월이 잠시 입을 다물었다가 반항하듯 말했다.

"뭐 저자에 가지고 나가 무관이라도 찾아가 보죠. 정말 가치 있는 것이라면 무관의 무인들은 알아볼 테니까요."

적월의 말에 나왕이 즉시 고개를 저었다.

"아니. 나라면 절대 그러지 않을 거다. 만약 네가 그 물건을 강호의 무인 누구에게라도 보여준다면 네겐 두 가지 일이 일어날 수 있다."

"…어떤 일이죠?"

적월이 본능적으로 두려움을 느낀 듯 작은 목소리로 물었다.

"첫째, 삼류무사라면 그 물건의 가치를 알아보지 못하고 쓸모없는 것이라며 버리라고 할 거다. 그건 그나마 좋은 경우지. 하지만 두 번째 경우, 즉 누군가 그 물건의 내력을 알고 있는 자라면 필시… 널 죽이고 그 물건을 취할 거다. 최악의 경우지."

나왕의 말에 적월이 부르르 몸을 떨었다. 믿고 싶지 않지만 나왕의 말이 틀리지 않다는 걸 적월도 본능적으로 알고 있었다.

풍문에 들은 강호무림이란 세계는 도검을 사랑하는 자들이 사람의 피를 먹고 살아가는 곳이라고 하지 않던가.

"그러니 그 물건은 사실 네겐 복보다 화가 될 물건이다."

나왕이 진심으로 충고했다.

그러자 적월이 시선을 내려 함에 든 동편을 바라봤다. 왠지 모르게 동편의 붉은 기운이 핏빛처럼 느껴졌다. 그러다가 갑자기 한 가지 생각이 떠올랐다.

아주 드물지만 이 동편을 두고 자신과 거래를 할 수 있는 사람이 분명히 존재한다는 생각이었다. 그리고 눈앞에 있는 죽지 않는 자라는 별호를 가진 사람이 그중 한 명일 수 있었다.

"나와 거래하실래요?"

적월이 생기를 되찾은 목소리로 물었다.

"하하하! 녀석 정말 눈치가 빠르구나."

적월의 제안에 대답하는 대신 나왕이 호탕하게 웃음을 터뜨렸다.

"그래서 제게 겁을 주신 것 아닌가요?"

적월이 다시 물었다.

"거래를 원하긴 하지만 일부러 네게 겁을 준 것은 아니다. 사실 그 물건은 정말 위험한 물건이니까. 그 물건의 존재가 세상에 알려지면 수많은 칼잡이들이 그 물건을 노리고 몰려들 거다. 그만큼 귀하고 위험한 물건이지."

"좋아요. 대협의 선의를 믿지요. 아무튼 그래서 거래하실래요?"

"원하는 게 뭐냐?"

나왕이 물었다.

적당한 선에서 거래를 한다면 나쁠 것도 없었다.

"음… 대협께선 부자신가요?"

"원하는 게 금자구나?"

"아버지가 아파요. 동생들은 굶주리고 있고요."

"그렇구나. 하긴 한동안 가뭄이 계속되고 있으니까. 그래서 이 위험한 산에 오른 거냐?"

생각해 보면 천마봉은 적월 같은 소년이 있을 곳이 아니다. 그런데도 적월이 이 산에 있다는 것은 그만큼 절박한 상황이란 뜻이었다.

"예. 뭐… 약초가 많으니까요."

"약초라. 약초를 캐러 왔다가 우연히 이곳을 발견했다는 거군."

"맞아요."

"그럼 동굴 입구 옆에 있던 산삼도 네가 가졌겠구나."

"어? 그… 그걸 어떻게?"

적월이 너무 놀라 입을 다물지도 못하고 나왕을 바라봤다.

"내가 말했지? 오래전 난 분명히 이곳에 왔었다고. 그때도 그 산삼은 있었다. 아마 적어도 수백 년은 되었을걸? 네가 약초꾼이 라니 당연히 그 산삼을 캐었겠지. 들어올 때 보니 캐낸 흔적이 있더구나. 아무튼… 산삼을 캐러 절벽을 내려왔다가 이 동굴을 발견한 모양이구나?"

"맞아요. 제가 캤어요. 그래서, 뭐 잘못됐나요?"

적월이 어깨를 으쓱거렸다.

마치 그것도 당신 거냐는 듯한 표정이다. 그러나 적월의 얼굴 에는 다시 불안감이 깃들고 있었다. 산삼의 존재까지 알고 있다 면 지금까지 나왕이 한 말이 전부 사실이라는 뜻이기 때문이었 다.

그렇다면 동편은 물론 동굴 천장의 야명주와 바랑 속의 산삼 까지 모두 나왕에게 빼앗길 수도 있었다.

"아니, 잘못된 것은 없다. 네 말대로 보물은 먼저 취한 자가 임자니까. 아무튼 대단한 배짱이구나. 이 천마봉은 노련한 산사 람들도 오르지 않는 곳인데……"

"급하면 뭐든 해요. 사람은……"

"그렇게 사정이 안 좋으냐?"

"아버지가 아프다고 했잖아요."

"어디가 아프신 거냐?"

"함께 약초를 캐러 갔다가 실족하셨어요. 그런 실수는 좀처럼 하지 않는 분인데. 아무튼 약을 쓰지 못하면……."

"약으로 고칠 수 있다고 하더냐?"

"의원이 그렇게 말했어요. 하지만 무척 비싼 약재들을 써야 한다고 해서 엄두를 내지 못하고 있었지요."

"음… 낙상으로 다친 경우 약은 그리 소용이 없을 텐데. 설혹 약으로 상처가 낫는다 해도 부러지거나 뒤틀린 뼈들은 그대로 굳어서 평생 불구로 살아야 할 수도 있지."

"의술을 아세요?"

적월이 물었다.

"무림에 사는 사람들은 대부분 조금씩은 의술을 알지. 워낙 험한 곳이니까. 아무튼 말이다. 이건 어떠냐? 내가 네 아버지를 고쳐주겠다. 낙상으로 인한 병고라면 내가 고칠 수 있다. 다른 병이면 몰라도."

"정말요?"

"그래. 어떠냐?"

나왕이 다시 물었다.

그러자 적월이 얼른 고개를 끄떡이다가 갑자기 손을 들어 동굴 천장의 야명주를 가리켰다. 나왕은 적월의 의도를 금세 알아챘다.

"야명주를 갖겠다고?"

"예. 저것만 있으면……."

"나쁘지 않지. 너희 일가족이 평생 편히 살아갈 기반을 마련할 수 있을 테니까."

"그럼 저건 제 건가요?"

"마찬가지로 네가 먼저 발견했으니까. 난 그 동편이면 족하다."

그러자 적월이 기쁜 표정으로 동편이 담긴 함을 나왕에게 내밀었다.

"가지세요."

"역시 아직은 어리구나. 본래 대금은 일이 끝난 다음에 치르는 거다."

"그건 상대를 믿지 못할 때의 경우죠."

"날 믿는다는 뜻이냐?"

"네."

"기분은 좋다만……."

"받으세요."

적월이 함을 나왕의 눈높이까지 들어 올렸다.

나왕이 잠시 뜸을 들이다가 적월에게서 목함을 받아 들었다. 그러고는 동편을 꺼내 만지작거리며 혼잣말을 중얼거렸다.

"어쩌면 의미 없는 짓을 하는 걸지도……."

"무슨 말씀이시죠?"

적월이 혹시 이 거래에 문제가 생긴 건가 해서 급히 물었다.

"아니, 내 문제다. 아무튼… 선금을 받았으니 나도 보답을 해야겠지?"

나왕이 무심한 얼굴에 가벼운 미소를 드리우더니 갑자기 가늘고 짧은 검(劍)을 뽑아 동굴의 천장을 향해 휘둘렀다.

서걱!

나왕의 검에서 날카로운 빛이 번쩍이는가 싶더니 천장에서 무엇인가 잘려 나가는 소리가 들렸다. 적월이 화들짝 놀라 뒤로 물러나며 나왕을 보자 어느새 검은 다시 그의 허리춤에 들어가 있었다.

대신 그의 손이 천장의 야명주를 향해 있었는데 야명주가 천장을 벗어나 솜털처럼 가볍게 나왕의 손에 내려앉았다.

"아……!"

적월의 입에서 감탄인지 두려움인지 모를 음성이 흘러나왔다.

그도 그럴 것이 적월은 태어나서 처음으로 무림 고수의 무공을 보았던 것이다.

가끔 양부 장산과 함께 약초를 팔러 저자에 나갔을 때 상인들 등이나 치고 사는 왈패들의 완력 자랑이나 칼부림을 본 적은 있었으나, 오늘 나왕이 보여주는 무공이란 것은 왈패들의 힘자랑과는 전혀 다른 성질의 것이었다.

"받아라."

적월이 나왕의 무공에 놀라 입을 다물지 못하고 있는데, 나왕이 손에 든 야명주를 적월에게 건넸다.

"정말… 절 주시는 건가요?"

"나도 선금을 받았으니까."

"고, 고맙습니다."

적월이 자신도 모르게 고개를 꾸벅 숙여 보였다. 그러고는 서둘러 야명주를 자신의 바랑에 넣으려는데 나왕이 급히 적월을 말렸다.

"잠깐, 그 바랑에 산삼이 있지 않느냐?"

"그런데요?"

"그럼 야명주를 그곳에 넣으면 안 된다. 보기에는 차가워 보여도 야명주는 결국 양기를 지닌 물건이거든. 산삼과 한 곳에 두면 산삼이 상하게 될 거다."

"그, 그런가요?"

"음… 달리 네 몸에 지닐 곳이 없는 듯하니 둘 중 하나는 내게 맡겨라."

"알았어요."

적월이 순순히 야명주를 나왕에게 건넸다. 그러자 나왕이 야명주를 받아 품속에 넣으며 말했다.

"이제 그만 나가볼까?"

"네."

적월이 망설이지 않고 대답했다. 사실 적월은 한시라도 빨리 집으로 돌아가야 한다는 생각으로 이미 마음이 급한 상태였다.

적월의 대답을 들은 나왕이 앞서서 걸음을 옮겨 동굴 입구로 걸어가기 시작했다.

제4장
불파일맥(不破一脈)

"그럴 필요 없다."

적월이 절벽을 오르기 위해 동굴 입구 바위에 묶어두었던 밧줄을 풀어 몸에 감으려는데 나왕이 적월의 행동을 막았다.

"왜요?"

적월이 의아한 표정으로 물었다. 그러자 나왕이 가볍게 적월의 허리를 감싸 안으며 말했다.

"몸을 내게 맡겨라."

그러고는 적월이 뭐라고 말할 사이도 없이 동굴 입구에서 밖으로 몸을 날렸다.

"악!"

적월의 입에서 비명이 터져 나왔다. 나이 어린 적월에게 아무런 준비도 없이 동굴 밖 허공으로 몸을 날린 나왕의 행동은 미친 짓이나 다름없다.

그러나 다음 순간 적월은 자신의 몸이 아래로 떨어지지 않고 빠르게 위로 떠오르는 것을 느꼈다.

파파팟!

그사이 나왕이 두 발과 한 손으로 절벽을 밟고 쳐냈다. 그 힘으로 두 사람은 한 몸이 되어 십여 장에 이르는 절벽을 거슬러 올라 단숨에 허공으로 솟구쳤다.

"아!"

적월의 입에서 두려움과 놀라움이 뒤섞인 음성이 흘러나왔다.

나왕은 적월이 놀라거나 말거나 허공에서 가볍게 방향을 틀어 절벽 위 바위에 가뿐하게 내려섰다. 그러고는 적월의 허리를 감고 있던 한 팔을 풀었다.

순간 적월의 몸이 비틀거렸다. 마치 꿈을 꾸듯 절벽을 날아오른 경험이 그의 다리에 힘이 풀리게 만든 것이다.

"괜찮으냐?"

토할 것 같은 표정의 적월을 보고 나왕이 물었다.

"대체 어떻게 한 거죠?"

적월이 나왕을 보며 물었다.

"놀랄 것 없다. 제대로 된 무림인이라면 누구나 할 수 있는 거니까. 물론 제대로 된 무인이 그리 많은 것은 아니지만."

나왕이 별일 아니라는 듯 말했다.

"사람이 하늘을 날 수 있어요?"

"하늘을 나는 사람이 어디 있겠느냐. 그럼 신선이지."

"그럼 어떻게……?"

"손과 발의 힘을 강하게 해서 그 반탄력으로 절벽을 오른 것이다."

"하지만 아무리 힘이 세도……."

"보통 사람은 근육으로 힘을 내지만 무림인은 다르단다. 내공이란 것으로 힘을 내지."

"내공이 뭐죠?"

적월이 아이가 옛 이야기에 빠져들 듯 계속 질문을 던졌다. 그러자 나왕이 적월에게 되물었다.

"왜, 무공을 배우고 싶으냐?"

"제… 제가요?"

"그럼 너 말고 여기 누가 더 있느냐?"

"하지만 제가 어떻게……?"

"그럼 뭘 그렇게 꼬치꼬치 캐묻느냐? 배울 것이 아니라면 굳이 알 필요도 없는 이야기들이다. 자, 어서 가자꾸나. 너도 알다시피 이 천마봉은 내려갈 때를 놓치면 험한 밤을 보내야 하는 곳이다."

나왕이 퉁명스럽게 말을 하고는 먼저 걸음을 옮기기 시작했다.

적월은 나왕의 말에 서운한 표정을 짓다가 이내 나왕을 놓칠세라 급히 뛰어갔다.

내려가는 길을 알고 있는 것으로 보아 나왕은 그의 말대로 천마봉에 처음 온 것이 아님이 확실했다. 아니, 어쩌면 길을 알고 있는 것이 아니라 길을 만드는 것일 수도 있었다.

근방에서 가장 위험하다고 알려진 천마봉의 거친 숲과 바위도 나왕이 걸음을 옮기면 바로 길을 열어주었다. 그래서 적월이 생각하기에는 나왕이 이 천마봉의 은밀한 비밀 같은 것을 알고 있는 것처럼 느껴지기도 했다.

아무튼 그렇게 나왕이 만들어내는 길을 따라 산을 내려온 덕에 두 사람은 해가 지기 전에 천마봉 아래에 당도했다.

깊은 계곡이 이어진 천마봉 아래는 이미 어둠의 그늘이 지고 있었다.

"밤새 걷겠느냐? 아니면 쉬어갈까?"

"대협께서 괜찮으시다면 밤길이라도 가고 싶습니다."

적월의 말투가 한결 공손해졌다. 절벽의 동굴에서부터 천마봉 아래까지 나왕과 동행하면서 그가 자신들과는 견줄 수 없는 세계의 사람임을 자신의 눈으로 확인했기 때문이다.

"밤길도 좋지. 그런데 힘들지 않겠느냐?"

적월이 공손해진 만큼 나왕도 부드러워져 있었다. 그 역시 동굴을 나와 산을 내려오는 동안 은밀히 살펴본 적월의 성정이 마음에 들었던 것이다.

"괜찮아요. 아버지랑 산을 탈 때도 종종 밤길을 걸었는걸요. 그리고 사실 전 밤길 걷는 게 좋아요."

"왜지?"

"잘 모르겠어요. 그냥… 어둠 속에서 길을 걷다 보면 이상하게 어둠이 포근하게 느껴져요."

"허! 이상한 일이군. 본래 아이들은 어둠을 차갑고 두렵게 느껴야 정상 아니냐?"

"그러게요. 그런데 전 그렇지 않더라고요."

"하여간 넌 좀 이상한 녀석이야. 뭐, 알겠다. 일단 출발하자."

나왕이 앞서서 걸음을 옮기기 시작했다. 그러자 적월이 재빨리 그의 뒤를 따라붙었다.

그런데 몇 걸음 옮기다 말고 나왕이 다시 물었다.

"그런데 언제부터 산을 탔느냐?"

"열 살인가? 뭐 그쯤부터요."

"너무 빠른 것 아니냐?"

"사정이 조금 있었어요."

"무슨 사정?"

나왕이 다시 물었지만 이번에는 적월이 바로 대답하지 않았다.

"괜한 걸 물어본 모양이구나."

적월의 표정이 좋지 않은 것을 보고 나왕이 말했다.

"아뇨. 뭐… 숨길 일은 아니죠. 단지 조금 우울한 이야기죠. 집에 계신 부모님은 사실 제 친부모님이 아니세요."

"응? 그럼?"

"전 기억에 없는데… 아니, 몇 가지 기억들이 단편적으로 떠오르기는 해요. 아무튼 정확한 것은 기억할 수 없지만, 제가 대여섯 살쯤 아버지께서 절 구해주셨어요."

"구해? 무엇으로부터?"

"아버지가 절 발견하셨을 때 전 강물에 떠내려오는 작은 쪽배에 정신을 잃고 쓰러져 있었다고 해요. 몸에 날카로운 상처도 제법 있었고, 아버지는 제가 누군가의 도검에 베인 상태였다고 하시더라고요. 피를 너무 많이 흘려서 정신을 잃었다고. 그리고 그 부분은… 저도 희미하게 기억이 나는 것 같아요. 하지만 왜 그런 상태가 되었는지는 모르겠어요."

"음, 그럼 네 본래 내력은 전혀 모르느냐?"

"예. 나이도 사실 정확한 것은 아니에요."

"본래 이름도 기억에 없고?"

"네. 참 제 이름도 모르시죠? 전 적월이라고 해요. 아버지 성을 따서 장적월."

"이상한 이름이구나. 붉은 달이라니……."

나왕이 고개를 갸웃했다. 아이의 이름치고는 왠지 모르게 너무 섬뜩한 느낌이 드는 이름이었다.

"아버지가 절 구하신 날 붉은 달무리가 가득했다고 하더라고요. 그런 달빛은 아버지 평생 처음 있는 일이라던데……."

"붉은… 달무리! 십여 년 전의 그……."

"대협께서도 그날을 기억하고 계세요?"

적월이 반가운 표정으로 나왕에게 물었다.

"음… 그런 날이 있었지. 나 역시 평생 한 번밖에 경험하지 못한 밤이라 기억하고 있다. 그리고 그날은……."

나왕이 무슨 말인가를 하려다가 입을 다물었다. 적월이 호기심 어린 표정으로 나왕의 다음 말을 기다렸지만 나왕은 더 이상 입을 열지 않았다.

그러자 적월이 나왕의 말을 기다리지 않고 자신의 이야기를 이어갔다.

"당시 제 양부모님께는 세 명의 아이가 있었어요. 물론 모두 저보다 어렸지요. 막내 녀석은 갓난아이였고… 당시도 지금처럼 흉년이 들어 먹을 것이 부족한 시절이었지요. 그런 상태에서 나를 집에 들이는 것을 어머니는 싫어하셨어요."

무슨 일이 있었는지는 더 이상 듣지 않아도 알 수 있었다.

약초꾼 양부가 집을 떠나 있으면 어린 적월은 양모의 눈칫밥을 먹으며 견뎌야 했을 것이다. 양부 역시 그 사실을 알고 있었을 것이고, 그래서 적월을 일찍부터 산에 데리고 다녔을 것이다.

"힘들었느냐?"

"그냥 뭐… 하지만 생각해 보면 당연한 거죠. 당시에는 마을에서 굶어 죽는 사람도 많았는걸요. 그걸 생각하면 그래도 어머니는 절 굶기지는 않았으니까. 그리고 어쨌든 제가 아버지를 따라 산을 타면서부터는 모든 게 좋아졌어요. 어머니께서도 절 잘 대해주셨고요. 이번에도 집 안에 남아 있는 감자를 전부 삶아주셨어요."

적월이 집을 떠날 때 이삼녀가 했던 말과 그녀가 싸준 삶은 감자를 떠올리며 빙그레 미소를 지었다.

"관계가 좋아졌다니 다행이구나."

"이번에 돌아가면 모든 게 좋아질 거예요. 산삼과 야명주라면… 우리 가족은 지금까지와는 다르게 살 수 있어요."

"그렇긴 하지. 하지만 그러려면 제대로 된 구매자를 만나야 한다."

"물론 그렇지요."

적월이 고개를 끄떡였다.

"그래서 말인데 하루 정도 길을 돌아가는 것은 어떻겠느냐?"

"왜요?"

"내가 그 물건들 값을 제대로 쳐줄 사람을 알고 있거든."

"정말요?"

적월이 반가운 표정으로 나왕을 바라봤다. 그도 그럴 것이 사실 귀한 산삼과 야명주를 어떻게 처분해야 하나 무척 걱정을 하던 참이기 때문이었다.

그런 귀한 물건을 살 수 있는 재력가를 만나기도 어려울뿐더러 그런 자들이 과연 제대로 값을 쳐줄지도 모를 일이기 때문이었다. 어쩌면 그 물건들로 인해 오히려 화를 입을 수도 있었다.

그런데 무림인인 나왕이 거래를 도와준다면 전혀 걱정할 필요가 없었다. 왜냐하면 그가 경험한 나왕은 누구도 함부로 대할 수 없는 사람인 듯 보이기 때문이었다.

"그렇게 하겠느냐?"

"하루 정도면 괜찮을 거예요. 더군다나 밤을 새워 걷는다면……."

조금이라도 빨리 집으로 돌아가야 하지만 제대로 된 거래를 포기할 순 없었다.

"알겠다. 그럼 내가 이 거래를 주선해 보마. 아무튼 길을 좀 서둘러야겠지?"

"걷는 거라면 자신 있어요."

"좋아. 가보자!"

나왕이 고개를 끄떡이고는 속도를 높이기 시작했다.

*　　　　*　　　　*

"여, 여기는……."

적월이 겁에 질린 표정으로 말을 더듬었다.

"아는 곳이냐?"

"그럼요. 이 근방 백 리 안에서 가장 큰 표국인데… 귀한 약초를 캐면 아버지는 마을을 떠나 이 북진성(北進城)으로 오셨어요. 이곳에 와야 그래도 제대로 된 값을 받을 수 있었거든요. 그때 아버지가 말씀해 주셨어요. 이 대령표국이야말로 백 리 안에서 가장 큰 표국이라고……."

"맞는 말이다. 그래서 네가 가진 그 두 가지 보물을 제대로 거래할 수 있는 곳이기도 하다."

나왕이 말했다.

"하지만……."

"왜?"

"대령표국에서 저 같은 걸 상대해 줄까요?"

"아마도 그럴 거다."

나왕이 자신 있게 말했다.

"정말요?"

"그럼. 날 믿고 일단 가보자꾸나."

나왕이 적월을 재촉해 대령표국을 향해 다가갔다.

"뭐요?"

대령표국의 정문을 지키던 표사가 나왕과 적월이 다가오자 턱을 치켜들며 물었다.

그도 그럴 것이 행색으로 보자면 나왕과 적월은 결코 대령표국과 거래할 사람들이 아니었다. 장성 인근의 재력가들이나 고관대작들만 상대하는 대령표국의 표사 눈에 두 사람은 비렁뱅이나 다름없었다.

"팔 게 있어 왔소."

나왕이 젊은 표사의 냉대에도 화를 내지 않고 무심하게 대답했다.

"여기가 어딘지 알고 온 거요?"

"대령표국을 모르는 사람이 있겠소?"

나왕이 되물었다.

"그럼 대령표국이 아무하고나 거래하지 않는다는 것도 알겠구려."

"알고 있소. 그리고 난 당신이 말하는 아무나는 아니오."

나왕이 전혀 주눅 들지 않고 대답하자 표사의 표정이 살짝 변했다.

대령표국의 표사쯤 되면 간혹 이렇게 볼품없이 생긴 자를 조심해야 할 때도 있다는 것을 알고 있기 때문이었다. 더군다나 자세히 보면 이 추레한 사내의 허리춤에 검이 매달려 있지 않은가. 그건 곧 이자가 무림인이란 뜻이다.

"혹, 무림인이시오?"

표사가 조금 누그러진 표정으로 물었다.

"강호에 몸을 담은 사람은 맞소."

"음… 대체 뭘 팔려고 하시오? 혹시 표사 자리라도 얻으려는 거요?"

　도검 좀 쓴다는 자들 중 대령표국의 표사가 되기 위해 불쑥
찾아오는 자들이 간혹 있기도 했다.

　"아니오. 난 산삼을 팔려고 왔소. 아마… 이백 년?"

　나왕이 말을 하다 말고 적월을 바라봤다.

　그러자 적월이 고개를 저었다.

　"자세히 살펴보니 삼백 년은 된 것 같아요."

　적월이 대답하자 나왕이 다시 대령표국의 표사를 보며 말했
다.

　"어떻소. 거래할 만한 물건 아니오? 현재의 대령표국에 꼭 필
요한 물건 같은데……."

　순간 젊은 표사의 얼굴이 차갑게 굳어졌다.

　"당신… 대체 누구요? 어떻게……?"

　표사가 말을 하다 입을 닫고는 나왕을 노려봤다. 여차하면 검
이라도 뽑을 기세다.

　그런데 그때 표국의 정문 뒤쪽에서 표사와 나왕의 대화를 듣
고 있던 중년의 사내가 밖으로 걸어 나오며 소리쳤다.

　"정추, 무슨 일이냐?"

　중년 사내가 밖으로 나오자 정추라 불린 젊은 표사가 옆으로
비켜서며 말했다.

　"표두님! 이 사람이 삼백 년 된 산삼을 팔겠답니다. 그런데…
표국에 오래된 삼이 필요하다는 것을 알고 왔답니다."

　젊은 표사 정추의 말에 중년 사내가 나왕을 날카로운 눈으로
살피며 물었다.

"본 표국이 좋은 삼을 필요로 한다는 걸 어찌 알았소? 그 사실은 본 가의 사람 중에서도 극히 일부만 알고 있는 사실인데……."

본래 타인의 내밀한 사정을 알고 있는 자는 둘 중 하나다. 친구 아니면 적. 대령표국의 표두인 중년 사내가 나왕을 경계하는 것은 당연했다.

사내의 물음에 나왕이 조금 귀찮은 표정으로 물었다.

"혹… 구 표두가 표국 내에 계시오?"

"구 표두님과 안면이 있소?"

중년의 표두가 놀란 듯 물었다.

"아마… 날 기억할 거요. 오래전에 잠깐 본 사이기는 하지만."

나왕의 대답에 중년 사내가 재차 물었다.

"정말 구 표두님을 뵌 적이 있단 말이오?"

그러자 나왕이 짧게 대답했다.

"그가 표국에 있다면 가서 전하시오. 불사(不死)가 잠시 만나자고 한다고 말이오."

"알겠소. 구 표두께 그리 전하겠소. 잠시 기다리시오."

사내가 대답을 하고는 급히 문 안으로 들어가려다 말고 갑자기 얼어붙은 듯 그 자리에 멈춰 섰다.

잠시 굳은 듯 서 있던 사내가 아주 천천히 나왕을 향해 돌아섰다. 몸을 돌려 나왕을 보는 사내의 얼굴에 언뜻 두려움이 엿보였다.

"좀 전에 불사(不死)라 하셨습니까? 혹 제가 잘못 들은 것이 아닌가 하여……."

어느새 사내의 말투가 변했다. 무척 조심스러운 표정이기도 했다.

"그렇소."

나왕이 망설이지 않고 대답했다.

"그럼 설마 정말 그… 송가장의……."

"강호에 아직 소문이 나지 않았소?"

"아, 물론 소문은 들었습니다. 송가장을 떠나셨다는! 헉! 그럼 정말 그 불사 대협이십니까?"

"그렇소."

"아이쿠!"

순간 중년 사내의 입에서 실성한 듯한 소리가 흘러나오더니 급히 나왕 앞으로 달려와 고개를 숙였다.

"감히 강호의 대영웅을 몰라뵙고 제가 큰 실수를 하였습니다. 대령표국의 표두 조충이 불사 대협을 뵙습니다."

표두 조충이 비굴할 정도로 인사를 하며 고개를 숙였다. 그러자 나왕이 무덤덤하게 대답했다.

"됐소. 가서 구 표두나 불러주시오."

"아닙니다. 절 따라오십시오. 바로 국주님께 모시겠습니다."

"음, 번거로운 것은 싫소. 구 표두와 조용히 거래만 하고 돌아가고 싶소만."

"아닙니다, 아닙니다. 불사 대협께서 오셨는데 국주께 모시지 않는다면 전 대령표국에서 쫓겨날 겁니다. 그러니 부디……."

표두 조충이 사정하듯 말했다.

그러자 나왕이 잠시 불편한 표정을 짓다가 이내 고개를 끄떡였다.

"알겠소. 하긴 워낙 귀한 물건들이라 구 표두 선에서 거래가 가능하지 않을 수도 있을 거라 생각하고는 있었소. 갑시다."

그의 말에 표두 조충이 얼른 나왕을 안내해 표국 안으로 들어갔다.

적월은 자신이 생각보다 훨씬 대단한 사람을 만났다는 것을 실감했다. 대령표국의 국주라면 적월 같은 소년은 감히 바라볼 수도 없는 존재였다.

그런데 자신과 동행한 나왕을 만난 대령표국의 국주는 오히려 그를 어려워하는 것 같았다. 대령표국의 국주 정도 되는 사람이 어려워한다면 적월은 정말 엄청난 사람과 동행하고 있는 것이었다.

그러자 두렵기도 하면서 한편으로는 왠지 뿌듯한 감정이 느껴지기도 했다. 겨우 만난 지 이틀밖에 되지 않았지만, 마치 불사 나왕과 오랫동안 함께 지낸 것 같은 느낌이 들었기 때문이다.

어린 자신이 대령표국의 국주와 마주 앉을 수 있을 것이라고 언제 생각이나 해봤던가. 그런데 지금 그는 대령표국의 국주와 거래를 하기 위해 마주 앉아 있었다.

"이 귀한 것을 어떻게……?"

한참 동안 불사 나왕에게 환영의 인사를 늘어놓던 대령표국의 국주 곽도영이 나왕이 적월에게 받아 내놓은 산삼을 보며 놀란 표정으로 물었다.

"이 아이가 캤소."

"이 아이가요?"

곽도영이 적월을 바라봤다. 적월의 나이가 어린 것을 보고는 믿지 못하겠다는 듯한 표정이었다.

"어려서부터 부친을 따라 약초를 캐러 다닌 모양이오."

"그렇다면 그럴 수도 있겠군요. 그런데 어디서 이 귀한 걸 캤느냐?"

"천마봉에서……."

곽도영의 질문에 적월이 주눅 든 표정으로 대답했다.

"천마봉? 운령산 천마봉 말이냐?"

"예."

"그곳은 노련한 약초꾼들도 가지 않는 위험한 곳인데……?"

곽도영이 신뢰할 수 없다는 표정으로 되물었다.

그러자 나왕이 나섰다.

"내가 이 아이를 만난 것도 그곳이오."

"대협께서도 천마봉에요?"

"그렇소. 우연히 그곳을 지나다 이 아이를 만났소. 그리고 내가 이 아이에게 약간의 도움을 받은 일이 있어서 이렇게 산삼과 야명주의 처분을 돕기로 한 것이오. 어떻소? 이 두 물건을 사시겠소?"

나왕이 이야기가 길어지는 것이 싫다는 듯 물었다. 그러자 곽도영이 얼른 고개를 끄떡였다.

"당연합니다. 특히 산삼은 지금 당장 제게 필요한 것이라……."

"따님의 이야기는 들었소."

"그걸 어떻게?"

곽도영이 놀란 표정으로 나왕을 바라봤다.

"송가장의 눈과 귀가 천하에 퍼져 있다는 것을 아시지 않소. 비록 내가 지금은 송가장을 떠났지만 얼마 전까지는 그곳에 있었소."

"후우… 역시 천하구패의 능력은 대단하군요. 벽산과 이곳은 꽤 먼 거리인데……."

곽도영이 씁쓸한 표정으로 말했다. 아마도 집안의 비밀스러운 일이 외부에 알려진 것이 썩 유쾌하지는 않은 모양이었다.

"그래도 그 덕에 이 물건과 인연을 맺게 된 것이니 너무 언짢아 마시오."

나왕이 산삼을 가리키며 말했다.

"하긴 그렇군요. 제 딸아이의 병에 대해 모르셨다면 대협께서 산삼을 가지고 절 찾아오지는 않으셨겠지요. 깊이 감사드립니다."

곽도영이 가볍게 고개를 숙여 보였다.

"값만 제대로 쳐주시오."

나왕이 무심하게 대답했다.

"금 일천 냥! 어떻습니까?"

곽도영이 물었다.

적지 않은 금액이다. 만약 대령표국이 아니라 다른 곳을 찾아갔다면 절대 받을 수 없는 금액이었다. 대령표국주 곽도영이 불사 나왕의 체면을 봐 후하게 쳐준 값이라 할 수 있었다.

"어떠냐?"

나왕이 적월에게 물었다. 적월이 너무 큰 금액에 놀라 어리둥절한 표정을 짓고 있다가 얼른 대답했다.

　"대협께서 결정해 주세요."

　"음… 내 결정에 따르겠느냐?"

　"예."

　적월이 얼른 대답했다.

　"알겠다. 국주님!"

　"말씀하시지요."

　"금 일천 냥이면 국주께서 내 체면을 꽤나 봐주신 금액이란 걸 나도 알고 있소. 그런데 난 다른 방식으로 거래를 했으면 하는데……."

　"말씀하시지요."

　"혹 근방에 대령표국이 소유한 땅 중 농사짓기 좋은 땅이 있소? 물길이 좋아 가뭄에도 물이 마르지 않는 곳으로 말이오."

　"땅을… 원하십니까?"

　"아무래도 이 아이의 가족에게는 그게 좋을 것 같아서 말이오. 물이 마르지 않아 언제나 농사를 지을 수 있는 땅이라면 적은 크기라도 그게 좋을 것 같소. 그리고… 가능하면 그 땅에서 나는 곡식이나 채마를 대령표국에 철마다 팔 수 있으면 더 좋겠고 말이오."

　"그야… 어려운 일은 아니지요. 마침 알맞은 땅도 있고 말입니다. 사실 이 산삼으로 딸아이의 병이 나을 수 있다면 저로서는 더한 것도 내놓을 수 있습니다. 그렇게 하지요. 그런데……."

　곽도영이 말꼬리를 흐렸다.

"문제가 있소?"

"그런 것은 아닙니다. 다만, 이 소년과 불사 대협께선 그저 산에서 우연히 만난 관계라 하셨는데 비록 약간의 도움을 받았다고 해도 이렇게까지 신경을 써주시는 이유가 달리 있으신지 해서……."

사실 이상한 일이긴 했다.

강호의 절대고수 중 한 명으로 손꼽히는 불사 나왕이 산에서 우연히 만난 소년을 위해 대령표국을 찾아와 직접 거래를 하고, 또 소년의 가족이 평생 편히 지낼 준비를 해주려는 것이 선뜻 이해하기 어려웠다.

더군다나 불사 나왕은 송가장의 일 말고는 강호에서 타인의 일에 관여하지 않는 것으로 유명한 사람이었다.

그런 강호의 평판을 생각하자면 오늘 나왕이 소년 적월에게 베풀고 있는 호의는 정말 특별한 것이었다.

"말했지만 이 아이에게 약간의 도움을 받은 일이 있어서 그렇소. 그리고… 사실 앞으로도 한 가지 꼭 도움받을 일도 있소. 그래서 나도 신경 쓰지 않을 수 없구려."

"음… 그러시군요."

그래도 곽도영은 여전히 나왕의 행동이 지나치다고 생각하는 모양이었다. 불사 나왕 같은 사람이 약초꾼 소년에게 받을 도움이 뭐가 있을까 하는 표정이었다.

물론 곽도영의 의문에 나왕이 해명할 이유는 없었기에 더 이상 묻지는 못했다.

"아무튼 그럼 거래는 성사된 것으로 알겠소. 이 아이의 집이 이곳에서 멀지 않으니 내일이라도 사람을 보내 거래를 마무리해 주시구려."

"알겠습니다. 내일 사람을 보내지요."

"고맙소이다. 그럼 우린 이만 가보겠소."

나왕이 자리에서 일어났다. 그러자 대령표국의 국주 곽도영이 당황한 듯 벌떡 일어났다.

"대협, 대협께 한 끼 식사 대접도 하지 않고 보낸다면 전 천하 무림의 비난을 받을 것입니다. 오늘 하루 묵어가심을 청합니다."

곽도영의 진심이 보인다. 그로서는 불사 나왕과 인연을 맺을 기회를 놓치고 싶지 않은 것이다.

"나도 오랜 여행으로 며칠 쉬어가고 싶지만 사정이 그렇지가 않구려. 급히 살펴봐야 할 사람이 있어서 말이오."

나왕의 말에 곽도영의 시선이 자연스럽게 적월에게 향했다.

이유가 있다면 반드시 이 어린아이 때문일 것이라고 생각한 것이다. 그리고 예상대로 적월의 얼굴에서 조급함을 발견한 곽도영이 아쉬운 듯 입을 열었다.

"사정이 있으시다면 아쉽지만 어쩔 수 없지요. 다음에라도 꼭 한 번 모실 기회를 주십시오."

"음… 알겠소. 가끔 들리리다. 이 아이의 가족들이 사는 모습도 볼 겸해서……."

나왕이 선선히 고개를 끄떡였다.

"알겠습니다. 그럼 그때를 기다리지요."

"그럽시다. 가자."

나왕이 적월을 보며 말하고는 자신이 먼저 걸음을 옮겼다.

그러자 곽도영이 급히 나왕을 배웅하려는데 나왕이 그를 만류했다.

"나오실 것 없소. 사람들의 이목이 번거롭소. 그보다 말이나 한 필 내어주시오."

"알겠습니다. 그리하지요. 구 표두가 준비해 주시게."

곽도영이 나왕과 약간의 인연이 있었다는 대령표국의 노련한 표두 구삼천에게 말했다.

"예, 국주!"

구삼천이 대답하며 앞으로 나서자 곽도영이 나왕을 보며 정중하게 포권을 해 보였다.

"그럼 이곳에서 인사드리겠습니다. 평안히 가십시오."

"국주께서도 평안하시오."

나왕이 마주 포권을 해 보이고는 서둘러 곽도영의 거처를 나섰다.

그러자 그 모습을 보고 있던 곽도영이 두려운 듯 입을 열었다.

"무서운 사람이구나. 듣던 대로."

"무서운 사람이라니 왜 그런 말씀을 하십니까?"

곽도영의 말에 그의 오랜 가신이자 노련한 표두 조충이 의아한 표정으로 물었다.

나왕이 비록 무뚝뚝하기는 했어도 강압적인 말이나 행동은 하지 않았기 때문이다.

"언중유골. 그의 말에 뼈가 있네."

"그의 어떤 말이……?"

"함께 온 아이의 가족들이 잘 사는지 살펴보려고 가끔 들리겠다고 한 말 말일세. 그 말은 내가 그에게 한 약속을 지키는지 확인하러 오겠다는 말이 아닌가?"

"그게 그런 겁니까?"

"음… 그러니 향후 그 아이 가족의 일에 각별히 신경을 써야 할 것 같네. 보아하니 보통 인연이 아닌 것 같아. 불사 나왕과 같은 사람과 악연을 맺는 것은 좋지 않지."

"알겠습니다."

조충이 심각한 표정으로 대답했다.

그러자 곽도영이 다시 중얼거렸다.

"대체 불사 나왕 같은 사람이 산골 약초꾼 아이에게 부탁할 일이 뭐가 있을까?"

*　　　*　　　*

나왕과 적월은 대령표국에서 내준 말을 타고 쉬지 않고 길을 달렸다. 중간에 잠깐 적월의 집에 필요한 물건을 사는 것 말고는 다른 일에 눈길 한번 주지 않고 길을 달린 두 사람은 다음 날 아침 무렵 적월의 집이 있는 매화촌 어귀에 다다랐다.

적월은 말을 탈 줄 몰라서 한 필의 말에 나왕과 함께 타고 있었다. 덕분에 말도 지쳐서 매화촌에 이르렀을 때는 더 달릴 수도 없는 지경이 되었다.

"다 왔어요."

나왕이 말의 속도를 늦추자 적월이 말했다.

"제법 크구나."

나왕이 지친 말에서 내리며 말했다.

그러자 적월도 훌쩍 말에서 뛰어내린 후 굳은 몸을 풀려고 기지개를 켜며 대답했다.

"작지는 않죠. 마을에 사는 사람 숫자가 삼백이 넘는걸요."

"가뭄만 없다면 나쁘지 않는 곳이군."

나왕이 매화촌을 주욱 돌아보며 말했다.

"맞아요. 밭도 많고… 산도 가까워 우리 같은 약초꾼이 살기에 좋은 곳이죠."

"그럼 거래를 잘못한 거냐?"

"예?"

무슨 말이냐는 듯 적월이 되물었다.

"금자 대신 땅을 받기로 한 것 말이다. 이곳에서 계속 살고 싶었던 것 아니냐?"

"아, 아니요. 멀리 가는 것도 아닌데요. 가끔 들러보면 되지요. 그리고 아버지는 더 이상 산을 타지 못하실 거예요. 워낙 많이 다치셔서……."

적월이 시무룩한 표정으로 말했다.

"그건 일단 네 부친을 보고 나서 이야기하자. 그나저나 넌 어떠냐?"

"뭐가요?"

"혹… 이곳을 떠날 생각은 없느냐?"

나왕이 진지하게 물었다.

"집을 떠난다고요?"

"음⋯⋯."

"아뇨. 그런 생각은 안 해봤어요. 갈 곳도 없고⋯⋯."

적월이 고개를 저었다. 그러자 나왕이 한참 망설이다 조심스럽게 말했다.

"내 말을 듣고 하루 이틀 잘 생각해 보거라."

"⋯⋯?"

"정식으로 말한 적은 없지만 난 불사 나왕이란 사람이다."

"그거야 뭐⋯⋯."

대량표국에서 이미 나왕의 신분을 자세히 알게 된 적월이다. 그러니 새삼스레 나왕이 자신이 누군지 말할 필요도 없었다.

그런데 나왕은 계속해서 자신이 어떤 사람인지 말을 이었다.

"자랑은 아니지만 강호에서 난 제법 유명한 사람이다. 혹자는 강호백대고수 안에 날 포함시키기도 하지. 하지만⋯ 그건 잘못된 평가다."

"그렇게까지는 아니시라는 건가요?"

"아니. 솔직히 말해서 난 강호백대고수가 아니라 적어도 이십대고수 안에는 포함시켜야 할 사람이란 뜻이다."

나왕의 말에 적월이 뭐 이런 사람이 다 있나 하는 표정으로 나왕을 바라봤다.

물론 나왕의 말이 사실일 수도 있지만, 그래도 자기 자신에 대한 평가를 스스로 이렇게 후하게 하는 사람은 드물기 때문이었다.

"내가 허황된 말을 한다고 생각하느냐?"

"그건⋯ 모르죠."

부인하지 않는 적월의 심장도 제법 강한 편이다.

"후후, 그래. 그렇게 생각하는 것이 당연하지. 내 몰골하며, 혼자 돌아다니는 모습이 강호의 절대고수 행보와는 어울리지 않으니까. 사실 강호백대고수니 십대고수니 하는 말들 자체가 허황된 이야기이기도 하다. 무공의 고하는 겨뤄보기 전에는 결코 알 수 없는 법이니까. 고쳐 말하마. 난 아직 강호에서 누군가에게 패한 적이 없는 사람이다. 물론 나보다 강한 사람이 없단 뜻으로 한 말은 아니다. 만나지 못한 것이겠지."

"알겠어요. 그런데 왜 그런 말씀을 하시는 거예요?"

나왕이 자랑하려고 한 말이 아니라는 것은 적월도 눈치채고 있었다. 나왕이 자부심이 강한 사람이기는 하지만, 그렇다고 자신의 능력을 떠벌리고 다니는 사람도 아닌 듯 보이기 때문이었다.

그러니 나왕이 자신의 무공에 대해 이렇게 장황하게 이야기하는 데는 분명 그 이유가 있을 것이다.

"너, 혹시 이런 사람의 제자가 되는 것은 어떻게 생각하느냐?"

나왕이 걸음을 멈추고 진지한 표정으로 적월을 보며 물었다.

적월은 너무 뜻밖의 제안에 놀라 어리둥절한 표정을 지으며 되물었다.

"지금… 제게 하신 말씀이세요?"

"그럼 여기 너 말고 다른 사람이 있느냐?"

"왜… 제게?"

"자세히 설명하긴 힘들다. 하지만 한 가지는 분명한 것이 있다. 넌 좋은, 아니, 뛰어난 무인이 될 자질을 가지고 있다."

"제가… 말인가요?"

"그래."

"그걸 어떻게 아세요?"

"우리 같은 사람은 그걸 알아보는 눈을 가지고 있다."

"하지만……."

"됐다. 말했지만 하루 이틀 고민해 보고 대답하거라. 신중해야 할 문제니까."

나왕이 적월의 말을 막았다.

그러자 적월이 여전히 당황한 듯하면서도 결국 고개를 끄떡였다.

"알았어요. 하지만 나 혼자 쉽게 결정할 수 있는 문제가 아니에요. 나에겐… 가만, 혹시 그래서 그러셨나요?"

"뭐가 말이냐?"

"산삼과 야명주를 파는 일을 도와주신 거요. 그리고 그 대가로 금자가 아니라 제 가족이 평생 편히 지낼 수 있게 준비를 해주신 것 말이에요."

"눈치가 빠르구나. 네가 결심했을 때, 가족에 대한 부담 없이 떠날 수 있도록 미리 준비한 것이다."

나왕이 부인하지 않고 대답했다.

"이제야 이해가 되네요. 왜 대협께서 제게 그런 호의를 베푸셨는지……."

"후후, 호의라면 사실 내 제자가 되라는 것이 가장 큰 호의일 것이다."

나왕이 가벼운 웃음을 흘리며 말했다.

"그런가요?"

"그럼, 강호의 모든 젊은이들이 내 무공을 탐내지. 그래서 내 몰골에 거부감을 느끼면서도 내 앞에서는 억지로 웃음을 짓는단다."

"전 그런 짓은 안 해요."

적월이 단호하게 말했다.

"그러게 말이다. 그래서 네게 내 제자가 되어보란 제안을 하는 거다. 적어도 넌 믿을 수 있는 아이 같거든."

나왕이 우울한 표정으로 말했다.

"사람을 믿지 못하시는군요?"

"약한 존재지. 사람은… 명예와 재물에 대한 유혹에서 누구도 쉽게 벗어나지 못하니까. 그렇다고 사람을 싫어하는 것은 아니다. 물론 사부는 그랬지만."

"대협의 사부님이요?"

적월이 물었다.

"음……."

"살아 계세요?"

"아니. 이십 년 전쯤 세상을 떠나셨다."

나왕은 이어지는 적월의 질문에 끈기 있게 대답했다. 평소 타인과 대화를 꺼리는 나왕이지만 마음에 드는 제자를 들이려면 이 정도 노력은 아무것도 아니었다.

솔직히 말하면 불안하기도 했다. 자신의 보잘것없는 외모로 인해 적월이 선입견을 가질 수도 있기 때문이었다.

그런 걱정 때문에 나왕은 지난 며칠 동안 자신의 능력을 숨기지 않았고, 대령표국의 국주를 상대할 때도 일부러 고압적인 자세를 취했던 것이다.

그는 적어도 적월에게 자신이 외모와 달리 제법 대단한 존재라는 것을 눈으로 확인시켜 주고 싶었다.

그만큼 적월이 마음에 든 나왕이었다. 송가장의 소가주 송검산과는 전혀 다른 모습의 적월. 어쩌면 송검산과 정반대의 환경과 성격을 지니고 있는 듯한 적월이기에 마음이 가는 것인지도 모른다.

"음… 궁금한 게 있어요."

"말해보거라."

"제가 알기로 강호무림에서 활동하는 무인들은 어떤 한 문파란 것에 속해 있다고 하던데 대협께선 어떤 문파에 속해 계시나요?"

"난… 문파가 없다."

한순간 소름이 돋았다. 무의식중에 자신이 송가장의 사람이라고 말하려 했던 것이다.

사람의 본능이란 무서워서, 송가장을 떠나기는 했지만 그의 본능 속에서 송가장을 완전히 정리되는 데는 꽤 많은 시간이 필요할 것 같았다.

"문파가 없어요?"

"문파가 없다기보단… 강호무림에는 말이다. 오직 한 명의 제자에게만 무공을 전하는 사람들이 있다. 보통 그런 사람들을 일인전승의 무공이라고들 하는데 나도 그런 경우지."

"그런 사람들도 있군요."

적월이 알겠다는 듯이 고개를 끄떡였다.

"내 사부는 금강검왕 능찬이란 분이셨다. 아는 사람들은 나의 무맥을 불파일맥(不破一脈)이라 부른다."

"불파일맥(不破一脈)……."

적월이 나직하게 뇌까렸다.

제5장

운명과 인연

이삼녀와 세 아이들은 마당에 놓인 평상에 앉아 맥없는 손길로 소나무 껍질 안쪽에 붙어 있는 연한 속살들을 긁어내고 있었다.

집안에 곡식이 떨어진 것이 벌써 오래전, 그들의 얼굴에선 생기를 찾아볼 수 없었고, 방 안에서는 장산의 나직한 기침 소리가 들려왔다.

굶주림은 허기를 제외한 모든 감각을 잃게 만들어 이삼녀와 세 아이들은 불사 나왕과 적월이 집 앞에 다가설 때까지도 그들의 등장을 눈치채지 못했다.

그러다가 가장 나이가 어린 장소화가 지루함을 견디지 못하고 평상 아래로 내려가려다가 생경한 말발굽 소리에 놀라 고개를 들었다.

"오라버니!"

장소화의 입에서 반가운 목소리가 비명처럼 터져 나왔다. 그 소리에 놀란 이삼녀와 다른 두 사내아이도 고개를 돌렸다.

"오라버니!"

장소화는 벌써 흙투성이가 된 맨발로 적월에게 달려가고 있었다. 이삼녀와 달리 그녀의 세 아이들은 적월을 잘 따랐다.

특히 적월이 아버지 장산을 따라 산을 탄 이후에는 더욱더 적월을 좋아했다. 산에 갔다 올 때면 적월의 손에 항상 아이들이 좋아하는 것들이 들려 있었기 때문이다.

그중에서도 장소화는 특히 적월을 좋아했다. 적월 역시 막내인 장소화에게 특별히 신경을 쓰는 편이기도 했다.

"소화! 잘 있었니?"

적월이 자신을 향해 달려온 장소화를 안아 올렸다.

"오라버니. 약초는 많이 캤어?"

소화가 기대가 가득한 표정으로 물었다. 어린 소화는 본능적으로 적월의 표정에서 이번 산행의 결과가 꽤 좋다는 것을 느낀 모양이었다.

"그럼. 이번에는 아주 운이 좋았단다. 이젠 굶지 않아도 될 거야."

"와! 정말?"

"그럼. 내일은 모두 시전에 나가 맛난 것들도 먹자."

"정말이지?"

"이 오라버니가 언제 거짓말을 하든? 자자, 일단 어머니를 뵙고."

적월이 소화를 내려놓고 엉거주춤 평상에서 일어나 적월을 바라보고 있는 이삼녀에게 다가갔다.

"돌아… 왔구나."

아마도 이삼녀는 적월이 돌아오지 않을 수도 있다고 생각한 모양이었다.

"예, 조금 늦었지요? 그리고 이젠 걱정 마세요. 이번엔 아주 운이 좋았어요. 정말 귀한 산삼을 캤지 뭐예요."

적월이 마치 이삼녀와 아무런 문제도 없이 지내온 모자지간처럼 살갑게 말했다.

"산삼을?"

이삼녀가 놀란 표정으로 되물었다.

"예. 그 산삼을 오는 길에 대령표국에 팔았어요."

"대령표국? 그 큰 표국에 네가 어떻게……?"

대령표국이 어떤 곳인지는 이삼녀도 잘 알고 있었다. 아무리 산골에 사는 촌부라도 이 근방에서 대령표국을 모르는 사람은 없기 때문이었다.

"이분이 도와주셨어요. 산에서 우연히 만나 동행하게 된 분이에요. 여러 가지 도움을 많이 받았어요."

적월의 말에 이삼녀가 좀 전부터 불안한 눈길로 곁눈질하던 불사 나왕을 바라봤다.

"뭘 하는 분이시기에……?"

이삼녀의 눈에는 나왕을 추레한 외모보다 그의 허리춤에 매달려 있는 검이 먼저 들어왔다. 검을 쓰는 사람에 대한 본능적인 경계심으로 이삼녀의 표정은 처음부터 굳어 있었다.

"무림인이세요. 아주 대단하신 분이에요. 대령표국주님도 어려워하시더라고요."

적월이 나직하게 말했다.

"그런데 왜 여기까지……?"

우연히 만난 소년을 도와줄 수도 있는 일이지만, 자신의 집까지 동행한 것은 이해하기 힘들었다.

"아버지 이야기를 드렸더니 살펴봐 주시겠대요."

"정말?"

이삼녀의 얼굴에 화색이 돌았다.

"병이 아니라 실족해 뼈와 근육이 다친 것이면 봐주실 수 있데요."

"정말? 아! 이렇게 고마운 일이! 인사를 드려야겠다."

이삼녀가 적월에게 말하자 적월이 고개를 끄떡이고는 이삼녀를 나왕 앞으로 데려갔다.

"대협님, 어머니세요."

적월이 소개하자 이삼녀가 허름한 옷매무새를 다듬으며 고개를 숙여 인사를 했다.

"제 아이를 도와주시고, 또 이렇게 남편을 살펴봐 주러 오셔서 감사합니다."

그러자 나왕이 고개를 저었다.

"내가 도움을 주기만 한 것은 아니오. 나도 도움을 받았으니 괘념치 마시오. 그나저나 먼저 환자를 좀 볼까?"

나왕은 이삼녀와는 길게 이야기하고 싶지 않은지 적월을 보며 물었다.

"알았어요. 어머니, 당장 먹을 양식들을 사왔어요. 일단 밥을 지어 아이들을 먹이세요. 아버지께서 드실 미음도 좀 쒀주시고 요."

"알겠다."

이삼녀가 울 듯한 표정으로 고개를 끄떡였다.

"너희들은 어머니를 도와드려. 짐이 꽤 된다."

적월이 두 사내아이에게 말했다.

"알았습니다, 형님!"

"고생하셨어요, 형!"

두 사내아이, 장일과 장이라는 이름을 가진 아이들이 생기를 되찾은 표정으로 얼른 대답했다.

대답을 들은 적월이 나왕을 보며 말했다.

"들어가세요."

"그러자."

나왕이 고개를 끄떡이자 적월이 나왕을 데리고 장산이 있는 방으로 들어갔다.

"와! 정말 쌀이다."

적월과 나왕의 등 뒤에서 소화의 놀란 목소리가 들려왔다.

"쿨룩!"

나왕과 적월이 어두운 방으로 들어서자 누워 있던 약초꾼 장산이 한 차례 기침을 한 후 고개를 돌려 적월을 바라봤다.

본래 기골이 장대한 편이었던 장산은 몇 개월 병상에 누워 있는 동안 살이 빠져 얼굴의 광대뼈가 툭 튀어나올 정도로 말라 있었다.

끼니라도 제대로 먹었으면 이런 해골 같은 모습은 아닐 테지만 흉년으로 인해 끼니도 제대로 챙기지 못해 그의 몸은 한결 쇠약해 보였다.

"아버지……."

떠날 때보다도 훨씬 쇠약해 보이는 장산의 모습에 놀란 적월이 재빨리 장산 곁에 다가가 앉았다.

"어서 와라. 삼을 캤다고?"

방 안에 누워 있기는 했지만, 방문 밖에서 들리는 대화는 모두 듣고 있었던 장산이다.

"예. 운이 좋았어요."

"산도 가뭄을 탈 텐데 이 와중에 어디서 삼을……?"

"……."

장산의 질문에 적월이 선뜻 대답을 하지 못했다. 그러자 장산이 갑자기 화가 난 듯 물었다.

"너, 설마 천마봉엘 갔었느냐?"

"예……."

"이 녀석아! 거긴 절대 가면 안 된다고 하지 않았더냐?"

"어쩔 수 없었어요. 전부 굶어 죽을 수는 없잖아요. 그리고 어쨌든 결과도 좋고……."

적월이 부드럽게 장산의 마른 손을 주무르며 말했다.

"결국 내가 널 사지로까지 보내는구나. 절벽에서 떨어졌을 때 그냥 죽었어야 했는데……."

"그런 말씀 마세요. 다른 사람들에겐 천마봉이 죽음의 산일지 모르지만 우리 가족에겐 행운의 산이니까요. 아버지, 제가 캔 삼이 삼백 년이 넘은 것이었어요."

"삼백 년?"

"예. 천마봉에는 정말 약초들이 많더라고요."

"그래도 다시 가는 것은 절대 안 된다."

"하하, 알았어요. 그리고 사실 이젠 다시 산에 가지 않아도 돼요."

"그건 또 무슨 말이냐?"

장산이 불안한 표정으로 물었다.

"대령표국과 거래를 하면서 금자를 받는 대신 물이 마르지 않는 곳에 땅과 집 한 채를 받기로 했어요. 그곳에서 농사를 지으면서 곡식과 채마를 대령표국에 팔기로 했고요. 그러니 이제 힘들게 산을 타실 필요 없어요."

"금자 대신 땅을… 그리고 곡식과 채마를 대령표국에 댄다고?"

"예. 아마 바빠지실 거예요."

"아무리 산삼이 귀한 물건이라고 해도 그런 거래가 가능할 수 없는데……."

장산의 불안감이 외려 더 깊어진 것 같았다.

적월이 대령표국과 한 거래가 삼 한 뿌리의 대가치고는 너무 좋은 것이 오히려 그의 불안감을 부채질한 것이다.

"산삼만 거래한 것은 아니에요."

적월이 얼른 대답했다.

"다른 약초도 있었느냐?"

"약초가 아니라 야명주 하나를 얻었어요. 천마봉에서."

"야명주? 그 귀한 보석을 말이냐?"

"예. 그래서 금자 일천 냥 정도의 거래가 되었는데 여기 불사 대협께서 금자로 받는 것보다는 땅과 집으로 받는 게 좋을 것 같다고 하셔서……."

적월이 방 안에 들어온 후 자리에 앉지도 않고 서 있는 불사 나왕을 가리켰다.

왜소해 보이는 키에 추레한 얼굴은 어둠 속에서도 숨길 수 없다. 그러나 장산은 적어도 외모로 사람을 판단하지 않는 현명함을 지니고 있는 사람이다.

"이거… 손님이 오셨는데 일어나 맞질 못합니다. 몸이 이래서… 아들놈을 도와주셨다고요?"

장산의 말에 이삼녀와 마찬가지로 경계심이 깃들어 있다. 세상에 대가 없는 호의란 없는 법이기 때문이었다.

"부인께도 말했지만 나만 적월을 도와준 것이 아니오. 적월도 날 도와주었으니 솔직히 말하면 우리도 거래를 한 것이오."

"이 아이가 대협을 도울 만한 일이 있었습니까?"

장산이 여전히 의심스러운 표정으로 물었다.

"산에서 내가 찾던 물건을 찾아주었소. 내겐 아주 중요한 물건이었소."

"그런 일이 있었군요."

장산이 누운 채로 고개를 끄떡였다. 그러자 불사 나왕이 적월에게 말했다.

"좀 서둘러야 할 것 같구나."

"예?"

"네 부친을 살펴보는 것 말이다."

"아, 예."

적월이 재빨리 자리를 비켰다. 그가 보기에도 장산의 상태가 무척 좋지 않아 보였기 때문이다.

적월이 자리를 비키자 나왕이 장산의 머리맡에 앉으며 말했다.

"밖에서 하는 이야기는 들으셨을 거요. 내가 몸을 살펴도 되겠소?"

나왕의 말에 장산이 잠시 나왕을 바라보다 고개를 끄떡였다.

"어차피 놔두면 죽을 목숨, 봐주시면 고맙지요."

"좋소. 그럼 한번 봅시다."

나왕이 대답을 하더니 서슴없이 장산의 몸에 손을 댔다.

나왕은 망설임이 없었다. 의원들의 세심한 손길 같은 것은 애초에 기대할 바가 아니었다.

나왕의 손길이 장산의 전신을 살피는 사이 장산의 입에서는 간간이 참기 힘든 비명이 흘러나왔다. 그러나 무림인으로 살아온 나왕에게 장산의 신음은 관심의 대상이 아니었다. 그는 오직 장산의 몸 속 사정을 살피는 데만 집중하고 있었다.

적월은 장산의 신음이 흘러나올 때마다 불안한 표정으로 장산의 이마에 맺힌 땀을 닦아냈다.

그렇게 세 사람이 한 몸이 되어 근 반 시진 동안 장산의 몸을 살핀 끝에 불사 나왕이 드디어 장산의 몸에서 손을 뗐다.

"어떠신가요?"

장산에게서 물러나는 나왕을 보며 적월이 물었다. 그러자 나왕이 조금 심각한 표정으로 대답했다.

"낙상으로 인해 골절된 곳이 열한 곳, 그중 그동안 자연적으로 아문 곳이 여덟 군데다. 하지만 세 군데는 아직 아물지 않았다. 더군다나 아물지 않은 곳 주변의 근육과 내장들이 상하기 시작했다. 그래서 일어나지 못하고 오히려 쇠약해지는 것이다. 이대로라면… 좋지 않지."

나왕의 대답에 적월이 파랗게 질린 얼굴로 물었다.

"나으실 수 있나요?"

"내가 생각했던 것보다는 쉽지 않겠지만 낫기야 하겠지. 하지만……."

"말씀하세요. 필요한 것은 뭐든 할게요."

"음… 산삼을 괜히 판 것 같구나."

"산삼이 필요한가요?"

"다쳤을 때 제대로 된 치료가 되었으면 좋았을 텐데, 시기를 놓쳐 원기가 훼손되고 장기까지 상했으니 역시 영약이 필요하다."

"그럼… 후우, 어쩔 수 없지요. 대령표국과의 거래를 취소하는 수밖에. 야명주만 팔아도 집안 살림은 좋아질 거예요."

적월이 고민할 것 없다는 듯 말했다.

그러자 나왕이 고개를 저었다.

"그 거래를 되돌릴 수는 없다."

"대령표국에서 거절할까요?"

"표국은 무림과 상계의 경계에 있는 집단이지만 무림의 법을 따른다. 한 번 거래한 것을 되돌리는 것은 그들의 명예를 건드리는 문제지. 나조차도 그걸 요구할 수 없다. 하지만 그 이유 때문에 거래를 되돌리는 것이 어렵다는 것은 아니다."

"그럼 왜 안 된다는 거죠?"

"그들이 이미 그 산삼을 사용했을 테니까 어렵다는 거다."

"아, 그 대령표국주님의 따님에게……."

"음, 그쪽도 한시가 급한 일이니까."

나왕이 고개를 끄떡였다.

"그, 그럼 어쩌죠? 땅을 포기하고 금자를 받은 후 산삼을 사볼까요?"

"너도 알다시피 제대로 된 산삼이란 것은 금자가 있다고 살수 있는 것은 아니지 않느냐? 특히 네가 판 것과 같이 오래된 것은……."

"그럼… 다시 천마봉엘 가야겠군요."

"간다 한들 다시 그런 산삼을 캘 수 있겠느냐? 그리고 네 아버지에겐 그렇게 많은 시간이 없다. 당장 손을 써야 해."

나왕이 냉정하게 말했다.

"그, 그럼 어떡하죠?"

적월이 당황한 얼굴로 되물었다. 분명 불사 나왕에게는 해결책이 있을 것처럼 느껴졌기 때문이다.

"음… 너, 나와 다시 한번 거래를 해볼래?"

나왕이 신중한 표정으로 물었다.

"거래요?"

"그래."

"무슨 거래를 원하시는데요?"

"일단 이걸 보거라."

나왕이 대답을 하는 대신에 자신이 가지고 다니는 작은 짐 속에서 가죽 천에 둘둘 말려 있는 물건을 꺼냈다.

그러고는 적월과 장산 앞에 가죽 천을 펼쳤다. 그러자 그 안에서 이끼에 싸인 산삼이 보였다.

"이, 이건!"

적월이 놀란 표정으로 나왕을 바라봤다.

"백두에서 캔 산삼이다. 꽤 오래되기는 했지만 아직 약효는 그런대로 남아 있을 게다."

"대협께서도 산삼을 가지고 계셨군요?"

"누굴 주려고 캤었는데 줄 필요가 없어져서 그냥 가지고 있었지. 약효가 떨어지기 전에 필요한 사람을 만나지 못하면 술안주로 먹어버리려고 했는데 마침 이렇게 쓰일 수도 있구나."

나왕이 산삼 따위 별것 아니라는 투로 말했다.

나왕이 내놓은 산삼은 그가 송가장의 소가주 송검산을 위해 백두에서 직접 캐 온 것이었다.

송가장을 떠나면서 송검산과의 관계까지 정리했으므로 송검산을 위해 산삼을 남겨둘 이유가 없었다.

그래서 짐 속에 넣어두고 있던 것이 오늘 제대로 쓰일 사람을 만난 것이다.

"이 귀한 것을 거래하신다면 분명 그 대가가 만만치 않을 터인데 원하시는 것이……."

장산이 누운 채로 물었다.

"내가 원하는 것은 이미 적월에게 말했소."

"제게 말했다고요? 언제……?"

적월이 무슨 말인지 모르겠다는 듯 되물었다.

"오면서 네게 한 제안이 있지 않느냐?"

그제야 적월은 나왕이 자신을 제자로 삼고 싶다고 한 말이 생각났다.

"하지만 그건… 흥정할 일은 아니잖아요?"

"물론 그렇지. 그래서 나도 거래라기보다는 선물이라고 말하고 싶구나."

나왕의 말에 누워 있던 장산이 힘겹게 물었다.

"대체 적월에게 뭘 원하시는 겁니까? 난 죽어도 좋은 사람입니다. 그러니 내 목숨 가지고 이 아이를 협박하지 마십시오."

장산은 힘만 있다면 자리를 박차고 일어날 표정이었다. 그는 나왕이 적월에게 무리한 것을 요구하고 있다고 느낀 모양이었다.

그러자 나왕이 장산을 보며 말했다.

"걱정 마시오. 이 아이를 협박한 것은 아니니까. 오히려 난 이 아이에게 기회를 주고 싶은 것이오."

"무슨 기회 말입니까?"

"평범하지 않은 삶을 살 기회 말이오. 난 적월이 내 제자가 되길 바라오. 그걸 제안했던 것이고… 에이, 거래란 말 따위는 괜히 꺼내서. 본래 보물은 주인이 따로 있다고 했으니 이 산삼은 그대를 위해 쓰겠소. 물론 적월이 내 제자가 되든 말든 상관없이 말이오. 우리 같은 사람에게 이런 산삼 따위는 사실 하찮은 것이니까. 하지만⋯⋯."

나왕이 무슨 말을 하려다가 입을 닫았다.

"하실 말씀이 있으면 망설이지 마시고 하십시오."

누운 상태로도 장산은 전혀 나왕에게 주눅이 들지 않았다.

나왕은 그런 장산을 보며 내심 탄복했다. 누구라도 강호의 무인이란 사람 앞에서는 겁을 먹게 마련인데 장산은 걱정을 할지언정 겁을 먹은 것 같지는 않았다. 약초꾼치고는 대단한 배포를 지닌 사람인 것이다.

"음⋯ 그대도 아마 짐작은 하고 있을 것이오. 이 아이가 결코 약초나 캐며 살아가기는 힘든 운명이란 것을."

"그게 무슨⋯⋯?"

"적월이 십여 세 때부터 산을 탔다고 들었소."

"그렇습니다만⋯⋯."

"그렇다면 이 아이가 남다른 몸과 두뇌를 가지고 있다는 걸 아실 것이오."

"그건⋯⋯."

장산이 말을 얼버무렸다.

"특별한 아이오. 약초꾼으로 사는 삶이 나쁜 것은 아니지만, 이 아이에겐 다른 운명이 있을 것 같소만."

"후우⋯ 역시 소문대로 강호 고수분들의 보는 눈은 특별하시군요. 아마도 그래서 이곳에 오신 것이겠지요?"

장산이 물었다.

"뭐, 그것도 이유 중 하나요. 하지만 그것과 상관없이 이미 적월에게서 중요한 도움을 받은 것이 있기 때문이기도 하오. 그러니 만약 두 사람이 내 제안을 거절한다 해도 상관없소. 아무튼, 치료나 시작합시다. 늦으면 늦을수록 힘든 일이니. 일단 아물지 않은 뼈들을 제대로 맞추는 것으로 시작하겠소. 그리고 무림인들이 쓰는 방법으로 뼈들이 빠른 시간 안에 붙도록 할 거요. 그 사이 이 산삼을 복용해 내상을 치료하면 오히려 다치기 전보다 건강해질 수 있소. 그 이후 산을 타든 농사를 짓든 그건 알아서 하시구려. 적월!"

"예. 대협!"

적월이 얼른 대답했다.

"이 치료는 네가 없어야 편히 할 수 있다. 넌 나가서 삼(蔘)을 달여라. 오래 달일 필요는 없다. 단지 삼키기 좋을 정도로 무르면 된다. 뿌리째 복용할 것이니 그리 알고."

"예. 대협!"

"그럼 시작하자."

불사 나왕의 말에 적월이 고개를 숙여 보이고는 나왕이 내놓은 산삼을 들고 밖으로 나갔다.

"좀 아플 거요."

적월이 나가자 나왕이 장산에게 말했다.

"고통을 참는 것은 자신 있습니다."

장산이 가볍게 웃으며 대답했다.

＊　　　　＊　　　　＊

그날 밤 적월의 가족들 중 깊이 잠을 잔 사람은 한 명밖에 없었다. 아직 철이 들지 않은 장소화만이 오랜만에 배불리 저녁을 먹고 일찍 잠이 들었고, 다른 사람들은 꾸벅꾸벅 졸면서도 장산의 방에 신경을 쓰느라 깊게 잠에 들 수 없었다.

특히 적월과 이삼녀는 아예 방으로 들어갈 생각조차 하지 않고 마당 평상에 앉아 말없이 촛불 그림자가 드리운 장산의 방문을 바라보고 있었다.

"일단 뼈들은 모두 제대로 맞춰졌소. 삼을 복용했으니 이제 시간은 그대 편이오. 시간이 흐르면 몸이 좋아지게 될 거요."

나왕이 소매를 들어 그 땀을 닦으며 말했다.

나왕 같은 무림의 고수도 장산처럼 중환자를 치료하는 것은 힘든 일이어서 치료를 마친 나왕의 얼굴에도 땀이 맺혔다.

"후우… 정말 고맙습니다."

장산이 대답했다.

치료가 끝난 것에 대한 기쁨보다는 더 이상 고통이 없을 거란 생각에 안도하는 표정이었다. 고통을 참는 것에는 자신 있던 장산도 이미 아문 뼈까지 다시 비틀어 제대로 방향을 맞추는 나왕의 치료는 고통이 너무 커서 정신을 잃을 정도였던 것이다.

"정말 대단한 인내력을 가지셨소. 이 치료는 무림인도 견디기 어려운 것인데……."

나왕이 장산을 보며 말했다.

"후후, 저희 같은 사람들은 일생을 고통을 견디며 살지요. 고통의 종류가 다르긴 해도 말입니다. 그래도 이번에는 좀 힘들더군요."

"아무튼 잘 견뎠소. 그리고 이제 당신 가족들은 더 이상 고통

속에서 살지는 않을 거요. 대령표국에서 내어주는 땅은 제법 괜찮은 땅이오. 잘만 관리하면 대대손손 편히 살 수 있을 거요."

"고마운 일이지요. 모든 게 대협 덕분입니다. 그리고……."

장산이 문 쪽으로 고개를 돌렸다. 적월을 찾는 듯 보였다.

그러자 나왕이 무릎걸음으로 문 쪽으로 가더니 살짝 방문을 열었다. 차가운 밤공기가 한순간에 밀려들어 정신을 번쩍 들게 했다.

나왕이 열린 문틈으로 슬쩍 마당 쪽 사정을 살폈다. 이제는 지쳤는지 적월과 이삼녀가 평상에 앉아 꾸벅꾸벅 졸고 있었다.

그 모습을 본 나왕이 다시 장산 곁으로 다가와 입을 열었다.

"적월, 저 아이 말이오. 저 아이에 대해 말해줄 수 있소?"

나왕의 말에 장산이 의아한 눈으로 나왕을 보며 물었다.

"적월이에 대해선 모두 알고 계시지 않습니까?"

"대여섯 살 무렵 저 아이를 데려왔다고 했소?"

"그렇습니다만……."

"듣자하니 적월이를 구하던 날 붉은 달이 떴다던데……."

"맞습니다. 그래서 녀석의 이름을 적월로 지었지요. 그런데 지금 생각해 보면 이름을 잘못 지은 것 같습니다. 적월이란 이름은 좀 괴이한 느낌이 들어서……."

장산이 후회하는 표정으로 말했다.

하지만 나왕은 적월의 이름 같은 것은 관심이 없는 듯 보였다.

"저 아이를 어디쯤에서 발견했소? 그리고 그때 어떤 상태였소?"

"그것이 이곳에서 보름은 가야 하는 곳인데. 우공산에서 발원한 강이 흐르는 곳이었지요. 처음 봤을 때 참 비참한 모습이었습니다. 솔직히 살아날 거란 생각을 하지 못할 정도였지요. 몸여러 군데 크고 작은 상처가 있었고, 피를 많이 흘려서 사경을 헤매고 있었지요. 당시 제가 캤던 귀한 약재들을 거의 모두 썼습니다. 그래도 살 수 있을 거란 생각은 못 했는데, 신기하게도 놀라운 회복력을 가지고 있더군요. 한 달이 지나지 않아 몸이 완전하게 회복되었습니다."

"음… 그렇겠지."

나왕이 자신도 모르게 중얼거렸다.

순간 장산의 눈빛이 번쩍였다.

"그 말씀은… 설마 적월의 내력에 대해 알고 계시는 겁니까?"

"짐작 가는 일이 있소."

"…적월 저 아이, 어떤 아이인 겁니까?"

장산이 두려운 눈빛으로 물었다.

그 역시 적월을 구했을 때부터 적월의 내력이 범상치 않다는 것은 짐작하고 있었다. 입고 있던 옷부터가 특별해서 결코 평범한 집안의 아이는 아닌 것이 분명했기 때문이다.

그리고 적월이 보여준 놀라운 회복력과 명석한 두뇌 역시 평범한 것이 아니었다. 아쉬운 것은 적월 스스로 자신의 과거를 기억하지 못한다는 것이었다. 이름도 마찬가지였다.

"모르는 게 좋을 것 같소. 확실한 것도 아니고……."

장산의 물음에 나왕이 대답했다.

"아비가 몰라서 좋을 아들의 과거는 없지요."

장산이 다부지게 말했다.

"그래도 모르는 것이 좋소. 당신 가족과 적월을 위해서라
도……."

"그래도… 알고 싶군요. 비록 내가 위험해진다 해도."

장산이 고집을 부렸다. 그러자 나왕이 물끄러미 장산을 바라
보다 불쑥 물었다.

"혹, 적월이 타고 있던 배에 다른 물건은 없었소?"

"그걸 어떻게……?"

장산이 나왕을 보며 되물었다.

"내가 말해보리다. 혹 적월이 타고 있던 배에 호랑이 문양이
새겨진 작은 검이나 토끼 모양이 새겨진 옥 목걸이가 있지 않았
소?"

순간 장산이 화들짝 놀랐다.

"정말 적월의 내력을 아시는군요?"

"있었구려."

"그… 그렇습니다. 토끼 모양의 목걸이가 있었지요. 옥으로 만
들어진 것이었는데, 아무래도 적월이 가지고 있으면 위험할 것
같아 제가 보관하고 있었지요."

"어디에 두었소?"

"집 섬돌 아래 묻어두었습니다. 아무래도 다른 사람이 알면
위험할 것 같아서, 안사람도 모릅니다."

장산이 누가 들을세라 조심스럽게 말했다. 그러자 나왕이 물
끄러미 장산을 보다가 물었다.

"그 옥 목걸이를 팔면 가난을 면할 수 있었을 텐데 왜 팔지 않

고 보관했소?"

"제가 비록 가난한 산꾼이지만 남의 물건에 손을 대지는 않습니다. 더군다나 적월에게는 중요한 물건인 듯싶고… 아들의 내력을 알 수 있는 물건을 팔 수 있나요."

장산이 무뚝뚝하게 대답했다.

그러자 나왕이 고개를 끄떡였다.

"적월은 정말 양부모를 잘 만난 것 같소."

"그렇지 않습니다. 어려서부터 고생만 시켰는데… 아무튼 적월의 친부모는 누굽니까?"

장산이 물었다.

그러자 나왕이 잠시 고민을 하다가 입을 열었다.

"앞서도 말했지만 이 이야기가 세상에 알려지면 당신은 물론 당신 가족 모두가 해를 당할 수도 있소. 그래도 듣겠소?"

나왕의 경고에 장산이 침을 한 번 꿀꺽 삼켰다. 하지만 이내 고개를 끄떡였다.

"듣겠습니다. 저 역시 말씀드렸듯이 아들의 일이니까요."

장산이 대답하자 나왕도 더 이상 망설이지 않았다.

"좋소. 자세히 말해줄 수는 없소. 솔직히 나도 잘 알지는 못하니까. 아무튼 오래전 강호무림에 특이한 방파가 하나 있었소. 십이지방이라는 방파인데 정사지간의 뛰어난 고수 열두 명이 모여 만든 방파였소. 당신이 숨겨놓은 그 옥토끼 모양의 목걸이는 그 열두 명의 고수 중 한 명의 것이오."

"그, 그럼 적월의 친부모를 찾을 수 있다는 겁니까?"

"아니오. 그들은… 그들은 지금은 이 세상에 존재하지 않소."

"죽었단 뜻입니까?"

"아마도……."

나왕이 고개를 끄떡였다.

"그럼 그날 밤……."

장산이 다시 물었다.

그러자 나왕이 대답 없이 고개를 끄떡였다.

"대체 그날 무슨 일이 벌어진 겁니까?"

"그건 나도 모르오. 사실 나도 그들에 대해 자세히 아는 것은 없으니까. 단지 붉은 달이 떴던 그날 밤, 우공산 근처에서 십이지방에 큰 일이 발생한 것은 맞소. 멸문에 가까운… 아무튼 적월은 결국 무림의 아이요. 그리고 기왕 무림과 인연을 맺으려면 내 제자가 되는 것도 나쁜 것은 아니오."

나왕의 말에 장산이 천천히 고개를 끄떡였다.

사람의 운명이란 결국 그 뿌리를 찾아가게 되어 있지 않던가.

무림에 뿌리를 둔 아이라면 결국 무림을 향하게 될 수밖에 없다. 약초꾼 장산도 그 정도 세상 이치는 알고 있었다.

"대협께선… 저 아이를 지켜주실 수 있습니까?"

장산이 물었다.

그러자 나왕이 고개를 저으며 말했다.

"세상에서 가장 믿지 말아야 할 사람이 반드시 약속을 지킬 것이라고 말하는 사람이오. 누구도 앞날을 확신할 수는 없소. 하지만… 적어도 내 검이 그리 녹록하지 않다는 건 말해줄 수 있소. 강호에서 날 뭐라 부르는지 아시오?"

"그야… 제가 알 수 없지요."

약초꾼 장산이 나왕의 별호 같은 것을 알 리 없다.

"무림에선 날 불사(不死)라고 부르오. 그만큼 죽이기 어렵다는 뜻이오."

"그런 별호로 불리신다면… 믿을 수 있겠군요."

"그럼 저 아이를 보내주시겠소?"

"…아이가 원한다면 그러겠습니다. 십 년, 즐거운 시간이었지만 이젠 제 운명을 찾아갈 때가 되었지요."

"고맙소."

나왕이 진심으로 말했다.

"고맙긴요. 외려 아들놈 지켜주시겠다는 대협께 제가 감사드려야지요."

적월의 내력을 듣고도 장산에게 적월은 여전히 아들인 모양이었다.

"아니오. 진심으로 고맙소. 적월 같은 아이를 제자로 둘 수 있다면 무인은 누구나 행운으로 생각할 것이오. 아이의 과거가 문제가 아니라 참 좋은 근골을 가지고 있소."

"역시 피는 속일 수 없는 것인가 보군요."

"단지 저 아이의 혈통 때문은 아니오. 당신이 저 아이를 어려서부터 산으로 데리고 다녔기 때문에 무공을 수련하기에 아주 좋은 몸을 가지게 된 것도 있소. 의도치 않은 수련이랄까."

"그게 그렇게도 되는군요."

장산이 씁쓸한 미소를 지었다.

"한 가지 충고할 게 있소. 반드시 명심해야 하오."

"말씀하시지요."

"혹시라도 언젠가 사람이 찾아올 수도 있소."

"아이를 찾아서 말입니까?"

"그렇소. 그럼 그냥 불사 나왕이란 사람이 데려갔다고만 말하시오. 오늘 내가 한 이야기는 절대 입 밖으로 내지 마시고 말이오. 십이지방이니, 옥토끼 목걸이니 하는 것 말이오."

"알겠습니다."

장산이 대답했다.

"나와 적월의 안위 때문이 아니라 그대 가족들의 안위 때문에 그리해야 한다는 거요."

"명심하지요."

장산이 다시 한번 고개를 끄떡였다.

"좋소. 그럼 이제 쉬시오."

"언제 떠나실 겁니까?"

장산이 급히 물었다.

"뭐… 한 며칠은 있어야지 않겠소? 대령표국에서 내어준 땅도 봐야 하고, 적월도 당신이 회복하는 것을 확인하고 싶어 할 테니……"

"다행이군요. 전 대협께서 당장 내일 떠나실 수도 있다고 생각했습니다."

"후후, 사실 나도 그리 각박한 사람은 아니오. 생긴 게 이래서 그렇지."

나왕이 가볍게 웃으며 말했다.

*　　　*　　　*

대령표국의 표두 구삼천이 땅 문서를 가지고 온 직후부터 적월 가족은 이사를 준비하기 시작했다.

이삿짐이라야 겨우 마차 한 대도 채우지 못할 짐이 전부였지만, 그래도 이사는 이사여서 삼 일간 분주히 살던 초가를 정리하고 나서야 겨우 이사 준비가 끝났다.

짐을 실은 마차에 사람이 타도 자리는 넉넉했다. 나왕과 적월은 올 때처럼 말에 올라 마차 뒤를 따랐다.

놀라운 것은 장산의 회복력이었다. 장산은 나왕의 치료를 받은 지 하루 만에 앉을 수 있었고, 다시 하루가 지나자 부축을 받고 걷기까지 했다.

나왕의 의술이 뛰어난 것이지, 혹은 나왕이 가지고 있던 산삼의 효능이 대단한 것인지는 알 수 없었으나, 어쨌든 장산은 그렇게 눈에 띄게 건강이 호전되기 시작했다.

그래서 적월 가족의 이사 길은 즐거웠다.

정든 고향집을 떠나는 것은 서운한 일이지만 그들을 기다리고 있는 새집과 농사지을 땅이 있기에 그 아쉬움은 금세 잊혀졌다.

적월 가족이 모두 떠난 텅 빈 초가, 쓸쓸한 가을바람이 불어오는 초가지붕 위에 문득 사람 그림자가 어른거렸다.

그리고 어디서 나타났는지 작은 키에 허름한 옷을 입은 사내가 지붕 위에 걸터앉아 초가에서 멀어지는 마차를 보며 중얼거렸다.

"불사 나왕이라……."

사내가 고민에 빠진 것처럼 모호한 표정을 지었다. 그러고는 버릇처럼 손으로 초가지붕의 낡은 이엉들을 뜯어냈다.

"송가장을 떠났다더니 이곳에 나타날 줄은 몰랐군. 후우……."

사내가 길게 한숨을 내쉬고는 주섬주섬 옆구리를 뒤져 술병 하나를 꺼내 들었다.

그러고는 술을 흘릴까 걱정하는 것처럼 조심스럽게 술병 마개를 열고 홀짝거리며 술을 마시기 시작했다. 그 모습이 마치 나락을 훔쳐 먹는 들쥐처럼 보이는 사내다.

"나왕이라면 믿을 만한 자이긴 한데. 무림맹과 송가장 일을 했다는 것이 마음에 걸리는군."

사내가 이번에는 호주머니에서 마른 육포를 꺼내 안주 삼아 씹기 시작했다.

"그래도 불파일맥은 일인전승이니 복잡한 인연에는 얽히지 않을 거 같고, 또 불파일맥의 무공을 얻는 것도 소요에게 나쁜 일은 아니지. 더군다나 불사 그라면 소요를 안전하게 지킬 능력도 있으니 나도 잠시 시간을 낼 수 있을 테고. 이번처럼 잠시 떠나 있던 사이 문제가 생길 걱정은 안 해도 되겠지. 그래도 다행이야. 천마봉이라니. 그 위험한 곳을. 쯔쯔, 고약한 여편네 같으니라고. 친자식이라면 거길 보냈겠어?"

아마도 이삼녀에게 화가 난 듯한 사내다.

사내가 이제는 점으로 변한 적월 일행을 바라보다가 초가지붕 위에 벌렁 드러누웠다. 그러고는 술주정을 하듯 중얼거렸다.

"형님, 형수… 소요는 이제 좋은 사부를 만난 것 같으니 너무 걱정 마시구려. 불사 나왕이라면 나보다 열 배는 나은 스승이지. 더군다나 나와 함께 있으면 언제 위험에 빠질지 모르는 것이고… 아무튼 이젠 나도 본격적으로 그날 일을 조사할 수 있을 것 같소. 그리고 그 일의 전모가 밝혀지면 내 맹세하리라. 반드시 그 일을 일으킨 자들을 모두 죽이겠소!"

사내가 누운 채로 하늘을 보며 중얼거렸다.

그리고 다음 순간 사내의 몸이 초가지붕 속으로 쑥 빨려 들어갔다. 그러고는 어디서도 사내의 흔적을 찾을 수 없었다.

*　　　　*　　　　*

집 뒤 높은 산은 오랜 가뭄에도 무성한 숲을 가지고 있었다. 그 숲에서 흘러나오는 작은 개울은 가뭄에 어울리지 않게 수량이 제법 풍부했다.

높은 산이 품고 있는 지하수가 아직도 충분하다는 뜻이다.

"본래 삼 년 가뭄은 없다고 했다. 올해가 삼 년째이니 올해면 가뭄도 끝날 것이다. 그렇게 보면 이 개울물은 마를 날이 없다고 해야겠지. 삼 년의 가뭄에도 이렇게 싱싱하게 살아 있으니."

말 위에서 너른 발 옆으로 흐르는 개울을 보며 나왕이 말했다. 그러자 적월이 대답했다.

"좋은 땅이에요. 정말 마음에 들어요."

"대령표국에서 제법 신경을 쓴 듯하구나."

"모두 대협님 덕분이에요."

"아니다. 삼백 년 된 산삼와 귀한 야명주의 대가다. 이 정도는 돼야지. 그나저나 집은 좀 작은 듯도 한데……."

마차가 향하는 곳에는 작은 기와집이 있었는데, 담장에 둘러싸여 있어서 그런지 집 크기는 적월 가족이 살던 초가와 크게 다를 바가 없어 보였다. 그 크기가 나왕에게는 마음에 들지 않는 모양이다.

"아니에요. 적당해요. 너무 크면 오히려 손이 많이 가죠."

"하지만 아이들이 크면 좁을 거다."

"그땐 조금씩 늘려가면 되죠. 뭐."

"하긴 그렇기도 하구나. 그런데 적월아. 이젠 나도 대답을 듣고 싶구나."

나왕이 신중한 목소리로 말했다. 그러자 나왕의 등 뒤에 타고 있던 적월이 잠시 침묵을 지키다가 말했다.

"열흘만 주세요."

"응?"

"열흘 뒤에는… 함께 떠나겠습니다."

"내 제안을 받아들이는 거냐?"

"아버지가……."

"장 형이 권하더냐?"

장산을 두고 하는 말이다.

"제겐 다른 운명이 기다리고 있다고 하시더군요."

적월이 우울한 목소리로 말했다.

장산 가족을 떠나는 것이 서운한 모양이었다.

"좋은 아버지다."

적월의 마음을 아는지 모르는지 나왕이 기쁜 목소리로 말했다.

"그래서 더 서운한 거죠. 떠나기가……."

"아무튼 내 무공을 배워보겠다는 거지?"

"예."

적월이 시원하게 대답했다.

제6장
나왕의 특별한 계획

천마봉 언저리는 오늘도 안개에 싸여 있었다. 지루할 틈을 주지 않는 날씨의 변화가 보기에는 기경일지 모르지만 천마봉을 세상에서 고립시켰다.

그런데 그렇게 고립된 천마봉에서 살아가는 사람도 있었다.

툭툭!

건장한 청년이 얼음처럼 매끄러운 절벽을 맨몸으로 오르고 있었다. 작은 실수만 해도 아래로 떨어져 몸이 산산조각이 날 만큼 위험한 절벽을 청년은 별 어려움 없이 오르고 있었다.

언제나처럼 해가 솟을수록 산 아래에서 위로 치달아 오르는 안개가 청년의 허리쯤까지 차올랐다.

그러자 청년이 안개에 질 수 없다는 듯 속도를 내기 시작했다. 그는 절벽을 기어오르는 것이 아니라, 마치 평지를 뛰듯 절벽을 오르기 시작했다.

산짐승도 흉내 낼 수 없는 속도로 절벽을 오르던 청년의 발밑으로 그만큼 속도를 낸 안개가 지지 않고 밀려들었다.

"좋아!"

한순간 청년의 입에서 다부진 목소리가 터져 나왔다. 그러고는 마치 자살이라도 하려는 사람처럼 절벽을 박차고 밀려 올라오는 안개바람에 몸을 던졌다.

그 순간 놀라운 일이 벌어졌다. 청년의 몸이 갑자기 안개에 떠밀려 허공으로 치솟기 시작한 것이다.

"핫!"

파도를 타듯 안개에 밀려 떠오르던 청년이 다시 기합성을 토해내자 그의 몸이 새처럼 안개 위로 솟구치기 시작했다.

순식간에 청년이 절벽 위쪽으로 날아올랐다. 절벽의 정상보다 훨씬 높은 곳까지 솟구친 청년이 허공에서 가볍게 몸을 틀어 절벽의 안쪽으로 내려섰다.

그 순간 절벽 한쪽의 너른 공터에 지어진 오두막 앞에서 한 사내의 목소리가 들렸다.

"벌써 왔느냐?"

"사부께선 배고픔을 참지 못하시잖아요?"

청년이 중년의 사내에게로 다가가며 말했다.

"우리 인간에겐 먹고사는 문제가 가장 중요한 거야."

사내가 변명하듯 말했다.

"아무튼 석 달은 충분할 겁니다."

청년이 오두막 앞 평상에 등에 지고 있던 보따리를 내려놨다.

"보자. 호, 쌀이구나. 쌀을 살 수 있다는 것은 역시 지난해 농사가 괜찮았다는 뜻이겠지?"

"흉년이 끝난 지가 언젠데요."

청년이 새삼스레 무슨 말이냐는 듯 말했다.

"하긴 인생사 새옹지마라고 그 극심하던 가뭄이 끝나고는 거짓말처럼 날이 좋아 삼 년째 풍년이 드는구나. 이런 날만 계속되면 좋을 텐데."

"어떻게 매일 좋은 날만 있겠어요."

"어린놈이 늙은이 같은 소리를 하는구나. 아무튼 세상은 좀 어떻더냐?"

사내가 물었다.

"뭐, 별다른 소문은 없던데요? 다만, 변경에서 칠마의 후예로 보이는 자들이 간혹 모습을 드러낸다고 하더군요."

"칠마의 후예가?"

사내가 놀란 표정으로 되물었다.

"예. 그런데 왜 그렇게 놀라세요? 그들은 전멸한 것이 아니라면서요? 그럼 그 잔당들이 목격되는 것은 당연한 일 아닌가요?"

청년이 물었다.

"아니다. 그건 조금 다른 문제다. 칠마와 십육마문이 뿌리 뽑힌 것은 아니지만 그 후예들은 철저하게 자신들의 존재를 감춘 채 살아왔다. 무림맹에서 눈에 불을 켜고 그들을 찾았지만 난이 끝난 지 십여 년 동안은 그들의 흔적을 찾을 수 없었다. 간혹 발견되는 자들도 홀로 지내는 자들이었지. 그런데 그들이 한 번이 아니라 여러 번 목격되었다는 것은 다시 활동을 시작했다는 의미일 수도 있다."

"뭐, 그렇게 생각할 수도 있겠네요."

청년이 별일 아니라는 듯 말했다.

"이 녀석아. 이건 무척 심각한 문제야."

중년 사내가 청년의 무심함을 질책했다.

"사부님께는 중요한 문제일지 모르지만 제게는 아니죠. 사부님은 무림맹 신응조의 사람이지만 전 아니잖아요?"

"야, 이 매정한 녀석아! 사부 일이 곧 제자 일이지!"

사내가 소리쳤다.

그러자 청년이 차갑게 고개를 저으며 말했다.

"제가 분명히 말씀드렸잖아요. 전 무림맹 일에 관심 없어요. 관여하지도 않을 거고요. 사람들은 믿을 게 못 돼요. 정사(正邪)를 떠나서 인간이란 족속은……."

청년의 목소리가 단호했다. 그러자 중년 사내가 얼굴을 찌푸리며 말했다.

"에이, 내가 너무 많을 걸 말해줬어. 송가장 이야기는 자세히 하지 말았어야 했는데. 그 이후로 넌 세상을 너무 비관적으로 본단 말이야."

"저는 사부님이 이상해요. 십 년이 훌쩍 넘게 이용당하시고도 사람을 믿으세요?"

청년이 물었다.

진심으로 궁금한 표정이다.

"내가 한 가지 비밀을 말해줄까?"

"갑자기 비밀이라뇨?"

생뚱맞은 사내의 말에 청년이 되물었다.

"이건 말이다. 정말 중요한 비밀인데……."

"아직도 제게 숨기는 것이 있으셨어요?"

청년이 눈살을 찌푸렸다.

"이런 인생의 비밀은 쉽게 말해줄 수가 없는 거지. 하지만 오늘은 오랜만에 하얀 쌀밥을 먹게 되었으니 말해주마. 에… 사실 송가장 사람들은 날 속이지 않았어. 내가 날 속인 거지."

"그건 또 무슨 궤변이세요?"

청년은 대단한 비밀이라도 듣는 줄 알았다가 사내가 엉뚱한 말을 하자 심드렁하게 반응했다.

"이 녀석아, 이건 정말 중요한 문제야. 잘 들어라. 송가장 사람들은 분명 입으로는 내게 거짓말을 했다. 항상 따뜻하게 말해주고, 날 존중했지. 그리고 항상 한 가족이라고 누누이 말했다. 물론 모두 거짓이었지. 하지만 그들의 몸은 항상 진실을 말하고 있었다. 내게 일정한 거리를 두는 것, 언뜻 보이는 차가운 눈빛, 같은 공간 안에 있는 것에 대한 불편함 같은 것들 말이다. 웃음 속에 숨은 멸시감도 있었군. 그런데 그 모든 것을 내가 보지 못했을 것 같으냐?"

사내의 물음에 청년이 갑자기 심각한 표정을 지었다.

그의 사부가 하는 말이 결코 단순한 넋두리가 아니라는 것을 깨달았기 때문이다.

그러자 사내가 말을 이었다.

"돌이켜 보면 난 그 모든 것을 내 눈으로 보고 있었다. 단지 내 마음이 그것들을 인정하려 들지 않았을 뿐이지. 그러니 결국 그들이 날 속인 게 아니라 내가 나 자신을 속인 거다."

"정말… 사부님 말씀을 듣고 보니 그렇게 말할 수도 있겠네요."

청년이 무겁게 고개를 끄덕였다.

"그러니까 사람이란 존재를 너무 부정적으로 보지는 말거라. 단지, 그 사람의 말이 아닌 행동으로 그 사람의 마음을 볼 수 있도록 노력하거라. 그럼 누군가에게 속을 일은 없을 게다."

"그게 어디 쉽나요."

청년이 퉁명스럽게 말했다.

"하긴 어려운 문제지. 특히 애정을 가진 사람들에게는 더더욱 어렵지. 불가능할 수도 있고… 그래도 사람은 사람과 함께 살아야 하는 거야."

"아뇨. 꼭 그렇지는 않아요. 태생이 무리에 섞이는 걸 싫어하는 사람도 있다고요. 돌아가신 사조님처럼요."

"늙은 사부? 맞아. 그 양반처럼 사람들의 눈을 피해 즐거움을 찾는 사람도 있긴 하지. 아쉽구나."

"뭐가요?"

"네 녀석과 죽은 사부는 죽이 잘 맞았을 것 같아서 말이다. 살아서 널 봤으면 무척 즐거워하셨을 거다. 비슷한 면이 있어. 그러고 보면 우리 불파일맥에서는 오히려 나 같은 사람이 이상한 존재였구나."

"뭐, 피가 같은 집안에도 가끔 돌연변이도 나오는 거니까요."

"뭐? 돌연변이? 이놈아. 그게 사부에게 할 소리냐!"

"나쁜 뜻은 아니에요. 고정하세요."

"됐다. 밥이나 지어!"

"예. 사부!"

사내가 호통을 치자 청년이 얼른 곡식 꾸러미를 집어 들고 오두막 안으로 들어갔다.

"실수를 한 걸까? 괜히 십이지방에 대한 이야기를 해서 녀석의 성정을 어둡게 만든 게 아닐까 싶군."

사내가 잠시 청년이 들어간 오두막을 바라보며 중얼거렸다. 그러다가 고개를 돌려 천마봉 아래를 응시했다. 어느새 안개가 산 전체를 뒤덮고 있었다.

"구름 위에 머문 지 삼 년, 신선이 되지 못할 바에야 내려가야겠지. 산 위의 기적은 이제 끝났다. 더 이상 이곳에 머물 이유가 없어. 이곳에 더 머물다가는 적월이 녀석이 세상과 인연을 끊고 살겠다고 할 수도 있으니……."

사내는 삼 년 전 매화촌에서 약초꾼 소년 적월을 제자로 받아들인 불사 나왕이었다.

나왕과 적월은 매화촌을 떠난 후 먼 곳으로 가지 않았다. 세상의 눈을 피해 적월에게 무공을 가르칠 적당한 장소가 바로 코앞에 있었기 때문이다.

노련한 약초꾼도 감히 오르지 못하는 산. 사시사철 안개에 싸여 있고 천애의 절벽이 산 곳곳을 병풍처럼 에워싸고 있는 천마봉이야말로 조용하게 세상의 시선을 피해 적월에게 불파일맥의 무공을 전수하는 데 안성맞춤인 곳이었다.

더군다나 이 산은 적월이 무공을 수련하는 데 특별한 도움을 줄 수 있는 산이기도 했다.

산 곳곳에 지천으로 널린 약초들은 늦은 나이에 무공을 수련하기 시작한 적월에게 큰 도움이 되었다. 천마봉에는 적월이 캔 산삼에 못지않은 귀한 약재들이 곳곳에 숨어 있었다.

그 약재들의 도움 때문인지, 혹은 본래 타고난 자질 때문인지 적월의 무공은 나왕이 예상치 못한 속도로 진보했다.

그리고 삼 년이 지난 지금에 와서는 더 이상 산 위에서 수련할 것이 없는 경지에 이른 적월이었다.

"이젠 경험이 필요할 때지."

무공의 완성은 결국 실전을 통해 만들어진다는 것을 누구보다 잘 알고 있는 나왕이었다.

그 자신도 산 위에서 사부 금강검왕 능찬에게 불파일맥의 신공과 무공 초식의 무리를 완벽하게 전수받은 후에는 산을 내려와 무림맹 신웅조의 일원으로 활동하면서 불파일맥의 무공을 대성했었다.

칠마의 난은 강호에 큰 피해를 주었지만, 또 다른 의미에선 강자들과의 생사결을 통해 무공의 새로운 경지에 오른 수많은 고수들을 탄생시키는 계기가 되기도 했던 것이다. 그리고 그런 사람 중 한 명이 바로 불사 나왕이었다.

나왕이 오십도 되지 않은 나이에 절대고수로 인정받는 경지에 오른 것은 바로 그런 이유 때문이었다.

사부의 경험은 제자에게 이어지게 마련, 그래서 이제 나왕은 적월이 산 위의 수련을 끝내고 새로운 수련의 길로 들어서야 한다고 생각하고 있었다.

"녀석의 자질로 봤을 때 몇 년 경험을 쌓으면 날 능가할 수도 있을 거야. 불파선공이나 백화수는 몰라도 일초살검만큼은 확실해. 살기가 있는 녀석이니까."

나왕이 중얼거렸다.

                    *   *   *

두 사람은 쉬지 않고 입을 놀렸다. 마치 오랫동안 굶주린 사람들처럼 털어 넣듯 흰 쌀밥을 입안으로 밀어 넣었다.

덕분에 늦은 아침 식사는 채 일각이 걸리지 않아 끝났다.

"꺼억!"

통나무를 깎아 만든 밥그릇을 깨끗이 비우고, 숭늉까지 단번에 마신 나왕이 시원하게 트림을 했다.

그즈음 적월도 손에서 나무 숟가락을 놓았다.

"덕분에 잘 먹었다."

나왕이 수저를 놓는 적월에게 말했다.

"조금 더 드릴까요?"

"됐다. 더 먹으면 뱃가죽이 견디지 못할 것 같구나. 그나저나 이젠 산 아래로 내려가야 할 것 같다."

"예? 왜요?"

"그럼 평생 이 천마봉에서 살래?"

"나쁠 것도 없지요."

"사람들과 살든 홀로 살든 그건 나중 일이고, 일단 사람에게 경험은 중요한 것이다. 무공으로도 그렇고 세상살이로도 그렇고, 네 인생에 있어서도 그렇다. 더군다나 넌 아직 수련 중인 사람이다. 이제 네 수련은 이 산이 아니라 세상에서 해야 한다. 산에 다시 들어오고 아니고는 네가 스스로 완성되었다고 생각할 때 결정하거라."

"그런 날이 있을까요? 사람은 죽을 때까지 배워야 한다잖아요?"

적월이 퉁명스럽게 물었다.

"그래도 어느 한순간이 되면 세상에서 배울 것은 이 정도면 됐다 싶은 순간이 있다. 이후에는 또 혼자만의 싸움인 거지."

"그렇군요."

적월이 시무룩한 표정으로 고개를 끄떡였다. 그런 적월을 보며 나왕이 갑자기 고개를 갸웃했다. 그러고는 급히 말했다.

"아니군. 이제 보니 내가 잘못 생각했구나."

"……?"

"너, 세상이 싫어서가 아니라 두려워서 산을 내려가지 않으려는 것 아니냐?"

나왕의 날카로운 물음에 적월이 당황한 듯한 표정을 짓다가 천천히 고개를 가로저었다.

"세상이 두려운 게 아니라 제가 두려워서 그래요."

"네 자신이 두렵다고?"

"예."

적월이 고개를 끄떡였다.

"뭐가 두려운 거냐?"

나왕이 재차 물었다.

"제가… 산을 내려가 세상에 나가게 되면 전… 결국 십이지방에 일어난 그날의 일에 대해 조사하게 될 겁니다. 얼굴도 기억하지 못하는 부모님이지만 그래도 왜 돌아가셨는지는 알아야 않습니까. 그리고……."

적월이 말꼬리를 흐리자 나왕이 대신 말했다.

"그 죽음이 억울한 죽음이었다면 당연히 복수도 생각하겠지."

"예."

적월이 투정 부리듯 대답했다.

"그 복수는 피를 부를 것이고, 넌 사람을 죽이게 될 것이다. 그런 네 자신이 두렵다는 거구나."

적월이 다시 고개를 끄떡였다.

"하아… 그렇군. 복수는 사람의 이성을 잃게 하고, 가끔은 완전히 그 사람을 망쳐 버리기도 하지."

"사부께서 송가장에 복수하지 않는 이유도 사실 그런 것 아닙니까?"

"…아니라고는 말 못 하겠다."

나왕이 고개를 끄떡였다.

"사부도 그러신데 하물며 저야 어떻겠어요."

적월이 의기소침한 표정으로 말했다.

그러자 나왕이 정색을 하며 말했다.

"그래도 내려가야 한다. 피하고만 살아서는 아무것도 해결되지 않아. 복수를 해야 할 것 같으면 복수를 하고, 흘려보낼 수 있으면 흘려보내는 것이다. 다만 그 와중에 네 자신을 잃지 않도록 조심할 수밖에."

"그게 가능할까요? 일단 검에 피를 묻히기 시작하면……."

"인간은 불완전한 존재다. 아니, 정확하게 말하자면 나약한 존재지. 재물이나 명예에 대한 욕망, 원한을 진 사람에 대한 복수심, 누군가에 대한 뜨거운 정염… 이 모든 게 인간을 나약하게 만든다. 사람이라면 이런 것들로부터 자유로울 수 없다."

"결국 그런 거잖아요? 그러니까 어떻게 걱정을 하지 않겠어요?"

"하지만 그 위험보다 더 중요한 것이 있다."

"그게 뭔데요?"

적월이 물었다. 그러자 나왕이 단호하게 대답했다.

"그런 감정들이야말로 인간을 인간답게 만든다는 것이다. 그런 감정을 느끼지 못하는 자가 인간이겠느냐?"

"……."

"인간은 불가능한 줄 알면서도 도전하고, 거절당할 줄 알면서도 누군가에게 사랑을 갈구하지. 하지만 그래서 인간인 거다. 그것들은… 나름대로 가치가 있어."

적월은 나왕의 말을 들으며 자신의 사부가 본래 이렇게 생각이 깊은 사람이었나 싶은 의구심이 들었다.

오늘의 사부는 무인이 아니라 마치 세상의 이치를 탐구하는 고승이나 법사 같았다. 그런데 그다음 말이 적월의 그런 생각을 한순간에 날려 버렸다.

"그래서 말인데… 나도 그 불가능한 일에 도전해 보려고 한다. 한 사내로서 말이지."

"어떤 일을요?"

"장가를 한번 가보려고. 예전부터 마음에 두고 있던 사람이 있거든."

"예?"

적월이 마치 불에 덴 것처럼 놀라 자리를 박차고 일어났다.

"왜 그렇게 놀라냐?"

"아니, 그 나이에 무슨……?"

적월이 어이없는 표정을 지으며 물었다.

"뭐? 그 나이? 너 내 나이가 몇인 줄 아느냐? 난 아직 사십 중반이야."

"그게 적습니까?"

"적지는 않지만 그렇다고 혼인을 못 할 나이는 아니지."

나왕이 고집스럽게 말했다.

"좋아요. 사부께서 아직은 장가를 갈 수 있는 나이라고 치고요. 대체 마음에 두고 있던 사람이 누군데요?"

적월이 따지듯 물었다.

"흐흐, 아주 아름다운 여인이지. 신비스럽고."

"아름답고 신비스럽다라. 그런 분이 아직 혼자 사신다는 거예요?"

"아마 그럴걸?"

나왕이 고개를 갸웃하며 대답했다.

"아마 그럴 거라뇨? 그건 또 무슨 말씀이세요. 그럼 혼인을 했는지 아닌지도 모른다는 건가요?"

"혼인했다는 소문은 없었다."

나왕이 떨떠름한 표정으로 대답했다.

"소문이요? 그럼 그분 소식을 소문으로만 들었다는 건가요?"

"뭐… 그렇지."

"아이구야, 설마 서로 안면도 없는 것은 아니죠?"

적월이 진지하게 물었다.

"에… 그녀도 날 알고는 있을 거야. 난 물론 그녀를 알고 있고."

나왕이 딴청을 피우며 대답했다.

"서로 아는 거 말고요. 인사나 대화는 해보신 거예요?"

"서로 한 번 보기는 했지. 물론 깊은 이야기야 뭐……."

"언제요."

"응?"

"언제 보셨냐고요?"

적월이 따지듯 물었다.

그러자 나왕이 머리를 긁적이며 대답했다.

"그러니까 마지막으로 본 것이 십오 년쯤 되었나? 칠마의 난이 끝나갈 무렵, 전 강호인들이 모여 마지막 공격을 할 때니까……."

나왕의 대답에 적월이 어이가 없다는 듯 멍하니 나왕을 바라봤다.

적월의 심상찮은 시선을 느낀 나왕이 어깨를 으쓱하며 물었다.

"왜?"

"그러니까 지금 십오 년 전 단 한 번 얼굴을 본 아름답고 신비로운 분과 혼인을 하려 하신다고요? 더군다나 지금 그분이 혼자인지 아닌지도 모르는데? 그게 얼마나 허황된 말씀인지 아시죠?"

적월의 말대로 나왕의 계획은 누가 들어도 허황된 것이었다. 그건 마치 길 가다 마주친 생면부지의 여인과 당장 혼인을 하겠다는 것보다 더 무모한 일이었다.

하지만 나왕은 적월과 생각이 다른 모양이었다.

"물론 처음에는 그렇게 생각할 수도 있다. 그러나 좀 더 자세한 사정을 알게 되면 그렇지도 않단다."

"말씀해 보세요. 그 사정이 뭔지."

적월이 따지듯 물었다. 그러자 나왕이 품속에서 호랑이가 음각된 쪼개진 구리 조각을 주섬주섬 꺼내 들었다.

"이게 뭔지 알지?"

아무 말 없이 한참 구리 조각을 만지작거리던 나왕이 입을 열었다.

"당연하죠. 그 물건 때문에 사부님을 만났는데."

나왕이 꺼내 든 물건은 천마봉 절벽 중간에 자리한 동굴에 있었던 바로 그 동편이었다.

"너는 내가 왜 이 물건을 찾으려 했는지 아느냐?"

"그야… 그러고 보니 그걸 몰랐네요? 대체 그 물건이 뭐죠?"

"후후, 이 물건이야말로 내가 아름다운 여인에게 장가를 갈 수 있는 기회를 줄 물건이지. 물론… 사람의 약속을 믿을 수 있다면 말이다."

나왕이 빙그레 미소를 지으며 말했다.

"그러니까 그 동편을 가져가면 그 신비롭고 아름다운 분께서 혼인을 해주실 거라 약속했단 말인가요?"

"바로 그렇다. 사실 삼 년 전에 찾아갔어야 했는데 널 만나서 조금 늦어졌구나. 하지만 미안해하지는 말거라. 나도 불파일맥을 이어야 하는 책임이 있는 사람이니까."

그 순간 적월은 앞에 있는 사부가 자신이 알고 있던 불사 나왕이 아닌 것처럼 느껴졌다.

그가 지금까지 겪은 불사 나왕은 무척 냉정한 면모를 지닌 사람이었다. 그 스스로 자신이 강호에서 심성이 독한 사람으로 알려져 있다고 했었다. 단지 송가장 사람들에게만 예외였을 뿐.

적월을 수련시키는 동안에도 그의 냉정함이 수시로 드러났다. 그는 실수를 하는 순간 적월이 죽을 수도 있는 위험한 수련을 망설이지 않고 시켰었다.

물론 그것은 단지 적월만이 느끼는 위험일 수도 있지만, 어쨌든 적월의 수련은 목숨을 건 수련이었던 것이다.

그런데 지금 적월 앞에서 동편을 들고 한 여인을 찾아가겠다는 나왕의 모습은 마치 어린애 같았다. 적월은 나왕에게 이런 모습이 있을 거라고는 상상조차 하지 못했었다.

"진심이시군요?"

그럼에도 적월은 나왕의 말이 진심이라는 것을 깨달았다.

"내가 장난하는 것처럼 보였느냐?"

"그렇게 절실했다면 왜 지금까지 기다렸던 겁니까? 그 동편은 언제라도 찾을 수 있었을 텐데요."

"음… 그것이. 솔직히 말하자면 자신이 없었다. 이 몰골을 하고서는 아무리 동편을 가지고 있다 해도… 그리고 일이 좀 애매

하게 꼬인 면도 있었고."

"또 뭐가요?"

"아, 차차 이야기하자. 얘기가 길어. 아무튼 산을 내려갈 준비
를 해라."

나왕이 단호하게 말했다.

그러자 적월도 이제는 어쩔 수 없다는 듯 대답했다.

"알았어요. 언제 가실래요?"

"인생의 중대사를 위한 출도인데 좋은 날을 택해야지. 보자…
닷새 뒤가 보름이지?"

"그렇죠."

"좋다. 그때 간다. 본래 남녀 간의 일이란 것은 해보다는 달이
어울리거든. 월하노인 뭐 어쩌고저쩌고 하는 말도 있지 않느냐?"

"사부께는 그 동편이 월하노인이 되겠군요."

"그렇지, 사실. 이 물건에는 그 이상의 의미가 있지만."

나왕이 동편을 들어 새삼스럽게 이리저리 살피며 말했다. 그
러고 보니 그 순간 묘한 빛을 내는 것 같기도 한 동편이었다.

산을 떠나는 일은 단지 결심의 문제였다.

가지고 갈 것도 없었다. 몇 가지 물품을 챙겨 평소 적월이 약
초를 캘 때 쓰는 바랑에 집어넣자 떠날 준비는 끝났다.

그리고 닷새가 지나 보름달이 천마봉 전체를 비추던 날 밤, 적
월과 나왕은 삼 년간 머물렀던 오두막을 떠났다.

*　　　　*　　　　*

북두산문 혹은 천일검황가라 불리는 문파가 있다. 황하 중류의 북변에 위치한 백가산이라는 작은 산을 등지고 세워진 문파였다.

하지만 천일검황가라는 이 거창한 이름에 걸맞지 않게 오늘날 북두산문은 강호의 작은 문파에 지나지 않았다.

오래전 한창 번성했을 때는 수십 채의 건물이 들어차 있던 장원에는 이제 겨우 세 채의 집만 남아 있을 뿐이고, 과거 성벽과 같았던 거대한 담장은 이제 허물어져 담장의 역할을 하지 못할 뿐 아니라, 그나마도 세 채만 남은 건물과는 그 거리가 너무 멀어 낮고 작은 내담을 다시 쌓아야 할 정도였다.

수십 채의 건물들이 있던 곳은 밭으로 변했고, 그곳에서 나는 곡식으로 연명하며 살아가는 것이 현재 북두산문의 실정이었다.

초봄이라 아직 한겨울의 냉기가 남아 있는 장원은 멀리 보이는 허물어진 과거의 외곽 담장으로 인해 더 을씨년스러웠다.

과거의 영화를 그리워하는 것일까. 한 여인이 세 채의 건물 중 그나마 천일검황가라는 이름에 어울리는 규모를 가진 기와집 마루에 나와 서서 멀리 보이는 허물어진 외담을 바라보고 있었다.

여인은 나이를 짐작하기 어려운 외모를 가지고 있었다. 장원 밖을 바라보는 깊은 눈과 얼핏 위엄이 느껴지는 자태, 그리고 귀밑으로 조금씩 드러나는 흰 머리카락을 보면 적어도 사십은 넘은 듯 보이지만, 그녀의 흰 피부와 호리호리한 몸매, 그리고 무엇보다 전혀 허물어지지 않은 얼굴은 마치 이십 대 초반의 여인 같왔다.

만약 그녀의 표정이 그늘져 있지 않다면, 밝게 웃지는 않아도 적어도 미소 한 모금 머문 얼굴이라면, 누구도 그녀를 사십 전후의 나이로는 생각지 않을 외모였다.

하지만 사실 나이 따위는 중요한 것이 아니었다.

나이야 어떻든 그녀는 아름다웠고, 신비로웠으며 가만히 있어도 자연스레 위엄이 드러나는 모습을 하고 있었다.

그래서일까. 오랫동안 아무런 말없이 서 있던 그녀의 뒤에 공손하게 두 손을 모으고 서 있던 시녀는 무슨 말을 하고 싶은 듯하면서도 감히 입을 열지 못하고 있었다.

"언제 온다고?"

결국 먼저 입을 연 것은 여인이었다.

"보름 뒤에 오신다고들 하셨습니다."

"그런데 그 소식을 왜 네가 전하느냐?"

"…그것이……."

"후후, 이젠 그런 소식쯤은 널 보내 전해도 상관없다는 뜻인가?"

여인이 고개를 들어 장원 안 다른 두 채의 건물을 보며 말했다.

"두 분 총관께서는 외출 중이십니다."

"외출?"

"그렇습니다."

"내게 알리지도 않고?"

"그것이… 문주님, 사실대로 말씀드리자면 두 분 총관께서 문주께 허락을 받지 않고 외출을 하신 것은 이미 오래된 일입니다."

순간 여인의 눈썹이 꿈틀거렸다.

참을 수 없는 분노의 빛이 느껴진다. 그러나 그것도 잠시, 금세 시든 꽃처럼 그녀의 얼굴에서 분노가 사라졌다.

"후후… 그렇지. 허울뿐인 문주에게 진짜 주인들이 일일이 행보를 알릴 필요는 없겠지."

자조 섞인 여인의 말과 표정에서 한겨울이 다시 올 것 같은 한기가 흐른다.

그러자 시녀가 조심스레 여인을 불렀다.

"문주님……."

"말해보거라."

"결정은 하셨어요?"

"결정?"

"예. 보름 뒤에 두 분께서 오시면 결국 두 분 중 한 분을 선택하셔야 하잖아요."

"그래야 할까?"

"약속을 지키지 않으면……."

시녀가 말꼬리를 흐렸다.

"본 문에 대한 모든 지원을 끊겠지. 아니, 어쩌면 날 죽일 수도 있겠어. 내가 죽으면 당연히 그들이 검신의 정통 후예를 자처할 수 있을 테니까."

"설마 그렇게까지야……."

"그러고도 남을 사람들이지."

"하면 어쩌실 거예요?"

시녀가 물었다.

"너라면 어쩌겠느냐?"

"저라면… 검산으로 가겠어요."

"검산파로?"

"예."

"이유는?"

"만무회의 소회주께서는… 속을 알 수 없는 분이라서."

"후후, 그럼 검산의 유목인은 믿을 수 있을 것 같으냐?"

여인이 물었다.

"차가운 분이시지만 적어도……."

"속이지는 않는다?"

"……."

여인이 되묻자 시녀가 더 이상 입을 열지 않았다. 그러자 여인
이 시녀를 가만히 바라보다가 차갑게 물었다.

"소봉, 넌 언제 검산파의 사람이 되었느냐?"

"무… 문주님!"

시녀가 화들짝 놀라 여인을 바라봤다. 그러자 여인이 우울한
표정으로 시녀를 보며 말했다.

"넌 어려서부터 내 곁에 있었지. 그래서 난 널 잘 알고 있다.
네 표정과 눈빛, 그리고 말투 역시 나에겐 너무 익숙한 것이다.
그러니 거짓말을 할 생각은 말거라. 널 탓할 생각도 없다. 네 나
이도 이제 곧 스물이니 살길을 찾긴 해야겠지."

"……!"

"그런데 소봉아. 넌 정말 그들을 믿느냐?"

"예?"

"그들이 네게 무슨 약속을 했는지 몰라도 그 약속이 크면 클수록 넌 위험해질 거야."

"그, 그게 무슨 말씀이세요?"

"그들이 자신들에게 쓸모없어진 사람들을 어찌 대하는지 보지 않았느냐? 이 가문… 한때 고금제일검이 머물렀던 이 가문을 그들이 어떻게 대하는지 말이다. 하물며 한낱 시녀 따위! 네가 쓸모없어지면 넌 그냥 버려지고 말 게다. 더군다나 네가 뭔가 중요한 비밀을 알고 있다면 더 빨리 죽을 수도 있겠지. 그러니… 잘 처신하거라."

"문주님… 그럼 전 어찌해야 하나요?"

시녀 소봉이 울상이 된 채 여인을 불렀다. 그러자 여인이 고개를 돌리며 말했다.

"내가 할 말은 그것뿐이다. 네 인생까지 책임져 줄 힘이 내겐 없구나. 그저… 네가 맡은 일이 가벼운 일이길 바랄 뿐이다. 그만 돌아가거라."

"전 그냥 문주님의 동태를 살피는 것 말고는……."

말을 하다 말고 소봉이 손으로 자신의 입을 막았다. 스스로 그동안 여인을 감시해 왔다는 것을 자백하고 있다는 것을 깨달은 것이다.

그러나 여인은 시녀 소봉의 말을 듣고도 화를 내지 않았다. 이미 짐작하고 있었던 일이기도 하고, 시녀 소봉도 어쩔 수 없는 일이라는 걸 알기 때문이었다.

"널 탓하지는 않는다. 세상은… 이 무림이라는 곳은 스스로 자신이 살길을 찾을 수밖에 없는 곳이니까. 돌아가거라."

여인이 차갑게 말했다.

그러자 시녀 소봉이 울상이 된 얼굴로 주춤거리며 여인의 곁에서 멀어졌다.

그 모습을 보고 있던 여인이 가볍게 한숨을 쉬며 중얼거렸다.

"이젠 정말 두 사람밖에는 남지 않았네. 소봉까지도 저리되었으니."

그러자 그녀의 등 뒤쪽 방문이 열리면서 늙은 노파와 중년의 사내가 모습을 드러냈다.

"문주님! 지금이라도 이곳을 떠나시죠?"

노파가 조심스럽게 말했다.

"떠나? 어디로?"

"그들이 찾을 수 없는 곳으로요. 사람들의 눈이 없는 곳에서 힘을 기른 후 후일을 도모하시는 것이. 밖이라면 고 노사가 준비해 놓은 것들도 있으니……."

"음… 결국 포기해야 하는 건가?"

여인이 중얼거렸다.

"사신지보를 가진 사람이 있었다면 벌써 문주님을 찾아왔을 것입니다. 벌써… 이십 년이 되었습니다."

"이십 년… 그래, 버틸 만큼 버틴 것 같긴 해."

여인이 고개를 끄떡였다.

"떠날 준비를 할까요? 명만 내리시면 은밀히 떠날 수 있게 준비하겠습니다."

노파가 다시 물었다.

"하룻밤 은밀히 장원을 떠난다 해도 곧 그들의 추격을 받게 될 거야."

"운이 좋으면 그들에게 발견되기 전에 강을 넘을 수도 있을 겁니다. 그 이후에는 그들도 쉽게 문주님을 추격하지는 못할 겁니다. 아니면 아예 황하로 배를 몰아 나간 후 강을 따라 내려가 대해로 갈 수만 있다면… 만화도가 있지 않습니까?"

이번에는 사내가 말했다.

어딘가 어리숙해 보이기는 하지만 그의 입에서 나오는 말은 자신의 근육처럼 무척 단호하고 강하게 느껴졌다.

"아니, 그것보다 좋은 방법이 있어."

"무슨 방법이 말입니까?"

사내가 물었다.

"이곳을 깨끗하게 지우고 떠나는 거지."

여인이 대답했다.

"무슨 말씀을 하시는 건지……?"

사내가 여인의 말을 이해하지 못하고 고개를 되물었다.

"말 그대로야. 우리 세 사람을 제외하고… 아니, 우릴 추격할 수 있는 능력을 지닌 사람들을 제외하고 그들의 수족을 모두 죽이고 떠나는 거야. 그래 봐야… 십여 명도 안 되니까."

"하지만 어떻게 그들을 제거한단 말입니까? 당장 두 명의 총관만 해도 일류고수의 경지에 오른 자들인데."

사내가 의문이 가득한 표정으로 물었다.

"내 손으로!"

여인이 대답했다.

"예?"

사내가 여인의 말을 제대로 알아듣지 못했는지 다시 물었다.

"내 손으로 그들을 제거할 수 있다는 뜻이야."

"하지만 어떻게 그런……."

사내가 다시 물으려는데 곁에 서 있던 노파가 사내의 말을 끊었다.

"두산! 문주님의 말씀은 믿어도 되네. 문주님께는 그럴 만한 능력이 있으시네."

"어르신, 대체 그게 무슨 말씀이십니까? 그럼 설마 문주께서……?"

사내의 물음에 노파가 가볍게 고개를 끄떡여 대답을 대신했다. 그러자 사내가 다시 문주라 불린 여인을 보며 물었다.

"그들을 제거하실 정도의 경지로 말입니까?"

"가능해."

여인이 대답했다.

"그럼 왜 지금까지……?"

"그들만이 문제가 아니니까. 그들 뒤에 있는 자들이 문제지. 그들까지는 감당할 수 없어. 그들을 감당하려면… 사신지보(四神之寶)가 있어야 하지."

그러자 사내의 얼굴에 다시 의문이 떠올랐다.

"사신지보(四神之寶)가 단순히 검신님을 상징하는 증표가 아니었던 겁니까?"

"단지 시간을 벌기 위해 스스로 평생을 유폐되는 사람은 없어. 사신지보는 기다릴 가치가 있었던 물건이지. 하지만 이제 그 기다림을 끝내야 할 때인 것 같군. 이십 년… 그자들도 충분히 기다려 줬고, 나도 충분히 기다렸어. 이젠 새로운 시도를 해볼 때야."

여인의 표정이 단호했다. 그녀의 눈에서 드러나는 만만찮은 살기에 사내가 놀라 뒤로 물러날 정도였다.

"어찌 준비할까요?"

노파가 물었다.

"이십 년의 약속이 끝나는 기념으로 내가 저녁 한 끼 대접한다고 해. 그들이 오면 장원의 식구끼리 따로 모일 기회가 없을 테니 마지막 만찬이라고 하면 두 총관도 거절은 못 하겠지."

여인이 말했다.

"그렇군요. 그래도 본 문에 뿌리를 둔 자들인데 그것까지 거절하지는 않을 겁니다."

노파가 고개를 끄덕였다.

"그 자리에서 모든 것을 정리한다."

"산공독이라도 준비할까요?"

노파가 물었다.

그러자 여인이 고개를 저었다.

"아니, 그럴 필요 없어. 그자들 정도야."

"하지만 그래도 확실히 하려면……."

"나중을 위해서도 내 검으로 그들을 제압하는 게 좋아. 두 문파의 사람들 모두 무공이 뛰어난 자들이니 시신 속에서 내 경고를 읽어내겠지. 그럼 함부로 우릴 추격하지는 않을 거야."

"오히려 더 필사적으로 찾지 않을까요? 위협이 된다는 생각이 들면."

노파가 걱정스럽게 말했다.

"그럴지도 모르지. 하지만 나도 이젠 그들에게 경고쯤은 해줘야겠어. 죽은 자들의 상흔을 보면 그자들도 불안하게 될 거야. 내가 어둠 속에서 자신들을 노릴 수도 있을 거라 생각할 테니까. 설혹 내가 다시 돌아오지 못한다고 해도 그들은 그 불안감을 안고 평생을 살겠지. 그 정도 복수는 해야지 않겠어?"

"알겠습니다."

노파가 더 이상 반대를 하지 않고 굳은 표정으로 대답했다.

제7장
북두산문

"일명 북두산문이라고도 하지."

불사 나왕이 말했다.

멀리 큰 강이 눈에 들어왔고, 강 북변을 따라 낮은 구릉들이 이어지다 제법 산다운 산 하나가 보였다.

그 산이 품고 있는 음울한 장원이 보이는 지점에서 나왕과 적월은 넓적한 바위에 올라 앉아 요기를 하고 있었다. 요기를 하면서 나왕은 북두산문, 강호무림에선 천일검황가로 불리는 문파에 대한 이야기를 적월에게 들려주고 있었다.

"왜 이름이 두 갭니까?"

"북두산문이 본래 이름이다. 천일검황가라 불린 것은 검신 백초산이 죽은 이후의 일이지. 그 후예들 스스로는 그리 부르지도 않고. 그러니 북두산문에 들어가선 절대 천일검황가란 말을 입에 올리면 안 된다."

"그들에겐 유쾌하지 않은 이름인가 보군요."

"당연하지. 자신들 문파의 몰락을 상징하는 말인데. 북두산문은 검신 백초산이 문파를 이끌던 삼 년, 그러니까 천 일 동안만 무림을 지배했다. 무림 역사상 지배라는 말이 가장 잘 어울리는 문파였다고도 할 수 있다는 평가다. 그만큼 검신 백초산의 존재감은 당시 절대적이었다고 하더구나. 혹자는 그를 고금제일인으로 평가하기도 한다."

"그런데 단 삼 년 만에 세상에서 사라졌단 말이죠?"

"그렇지. 아무도 그의 행방을 모르고, 그 누구도 그가 왜 사라졌는지 알지 못한다. 자신의 문파와 병약한 아들을 두고 사라진 그의 행보는 지금까지도 강호 최대의 의문이지."

"그래도 한때 천하제일로 불리던 문파가 그 하나 사라졌다고 백 년 만에 이렇게 몰락할 수 있나요? 그의 후인이나 그를 따르던 사람들도 보통 인물들이 아니었을 텐데요."

"만약에 그가 십 년 정도 북두산문을 이끌었다면 그랬을 수도 있지. 문파의 기틀이 잡혔을 테니까. 하지만 삼 년이란 시간으로는 불가능한 일이었다. 물론 그의 무공을 흠모해 북두산문에 모여든 고수들이 구름처럼 많기는 했다. 그러나 그가 사라지자 그 많던 고수들이 구름 흩어지듯 사라졌지. 아마 삼 년이 지나지 않아 문도가 백 명도 남지 않았을걸?"

"인심이 참 야박하네요."

적월이 고개를 저으며 말했다.

"세상인심이 다 그렇지 뭐. 하여간 그래도 근근이 그 명성은 유지되었는데, 얼마 후 백초산을 따르던 자들 중 좌우쌍룡이라 부르던 상무악과 유후인 두 사람이 떠나자 북두산문은 완전히 몰락했지. 그들만 남아 있었어도. 하긴 뭐 그들도 북두산문의 가신으로 남아 있기는 좀 억울한 면이 있지. 그들이 북두산문을 떠나 만든 문파가 당대 구패를 구성하는 만무회와 검산파임을 생각하면……"

"만무회와 검산파요?"

적월이 놀란 표정으로 되물었다. 당대 무림의 지배자들인 그들이 저 작은 장원의 문파에서 시작됐다는 게 믿기지 않았다.

"음… 그만큼 북두산문의 세력이 강했었다. 만무회와 검산파의 초기 고수들은 모두 북두산문에 있던 사람들이니까."

"검신의 혈육은요?"

"말했지만 당시 백룡이라는 어린 후계자가 있었다. 그런데 불행하게도 무척 병약한 몸으로 태어났지. 무공을 제대로 수련할 수 없을 정도로 말이다. 그래도 다행히 검신의 후광이 남아 있어 여러 사람들의 도움으로 칠십 가까이 살다 삼십여 년 전에 세상을 떠났다. 그 이후로는 지금의 가주가 대를 잇고 있지."

"바로 그분 말이죠?"

적월이 의미심장한 시선으로 나왕을 보며 물었다.

"그래. 바로 그 사람이지. 정말… 신비로운 여인이야."

나왕이 꿈을 꾸듯 몽롱한 시선으로 멀리 보이는 북두산문을 바라보며 중얼거렸다.

"그런데 말이죠. 이상한 것이 있어요."

"뭐가?"

"대체 북두산문의 전대 가주, 그러니까 백룡이란 사람은 몇 살에 지금의 가주를 낳은 거죠? 지금 가주가 사십 전후라면… 이거 나이가 잘 안 맞는데요?"

"후후, 그 일이야말로 검신의 아들 백룡의 필생의 업이었지. 전대 가주 백룡은 병약한 몸으로도 후손을 보기 위해 수많은 여인을 취했다고 한다. 천 일뿐이라도 세상을 지배한 가문의 가주이기에 따르는 여인은 제법 있었던 모양이야. 그러나 그는 나이 육십이 될 때까지 후손을 보지 못했다. 그러다가 하늘이 도왔는지 나이 육십에 결국 딸 하나를 얻었다."

"세상에… 나이 육십에요?"

"음… 필생의 숙원을 이룬 것이지. 나 같은 사람에게는 아주… 존경스러운 면이 있는 사람이랄까?"

나왕의 말투가 너무 진지해서 적월은 터져 나오려는 웃음을 겨우 참았다.

사실 나왕은 자신의 외모에 대해 절망적인 자괴감을 가지고 있어서 이런 문제를 농으로 받아들일 수만은 없었다.

"그럼 그분은 십여 세에 북두산문을 물려받았겠군요."

"그랬지. 생각해 보면 참 강단 있는 사람인 것 같아. 나이 스물에 칠마의 난이 벌어지자 그들을 평정하는 대전에 참여하기 위해 그나마 남아 있던 이십여 명의 가솔들을 데리고 강호에 나온 것을 보면……."

"무모한 게 아니고요?"

"처음에는 다들 그렇게 생각했지. 사실… 솔직히 말해 무공도 보잘것없었거든. 그녀나 가문의 무사들 모두. 하지만 그녀의 강호 출도는 어느 정도 성공을 거뒀다고 할 수 있다."

"왜요?"

"바로 그녀의 미모 때문이지. 그리고 그런 면에서 그녀는 좀 영악한 면이 있었다. 자신의 미모를 유리하게 이용하는 방법을 알고 있었거든."

나왕의 말에 적월의 표정이 급격하게 어두워졌다. 자신의 미모를 이용해 이득을 얻으려는 여인이라면 심성이 그리 좋을 것 같지 않기 때문이었다.

그러나 적월의 걱정을 아는지 모르는지 나왕은 북두산문의 여가주 백완의 이야기에 푹 빠져 있었다.

"모든 사람들이, 특히 젊은 후기지수들은 그녀의 신비스러운 미모에 모두 넋을 잃었지. 그녀 주위에는 끊임없이 강호의 젊은 고수들이 모여들었다. 그리고 모두 그녀의 마음을 얻길 원했지. 사실 그녀의 미모 말고도 그녀에게서 얻을 수 있는 것이 하나 더 있었는데, 그건 바로 그녀가 고금제일인으로까지 추앙되는 검신 백초산의 후손이란 것이었다. 일단 그녀와 혼인이라도 하게 되면 그 문파는 검신의 맥을 잇는다는 명예도 함께 얻게 되는 것이니까."

"그렇군요. 생각해 보면 미모보다도 그게 더 중요했을 수도 있겠군요."

적월이 고개를 끄덕였다.

"그렇지. 누가 뭐래도 강호는 명분이란 것이 중요하니까. 그런데 곧이라도 강호 거대문파의 후기지수와 혼인해 북두산문을 다시 부활시킬 것 같던 그녀가 뜻밖의 선언을 했단다."

이후부터는 적월도 이 이야기를 알고 있었다.

"바로 검신 백초산의 신물인 사신지보 네 조각 중 하나라도 먼저 찾아오는 사람과 혼인을 하겠다는 선언 말이죠?"

적월이 물었다.

"그래. 그러고는 칠마의 난이 끝나자 북두산문으로 돌아가 칩거한 후 다시는 강호에 나오지 않았다. 물론 그동안 그 누구도 사신지보의 조각을 찾지 못했고."

나왕이 손에 들고 있던 동편, 호랑이의 그림이 배경으로 있고 작은 글씨들이 음각된 동편을 보며 말했다.

"사부께선 왜 당시에 그 동편을 가지고 그분께 가지 않으셨어요?"

"그것이… 참 곤란한 구석이 있었지."

적월의 질문에 나왕이 겸연쩍은 표정을 지으며 말을 잇지 못했다.

"왜요? 또 사부님의 외모 때문에요?"

"뭐… 그 이유가 없는 것도 아니었다. 이런 몰골을 하고서 동편을 가졌다고 나와 혼인해 달라 말하는 것이 염치없는 일처럼 느껴졌거든. 물론 지금도 그래. 그래서… 사실 지금도 꼭 그녀에게 혼인을 요구할 생각은 없다."

"그건 좋을 대로 하시고요. 다른 이유는요?"

"음… 결국 그들 때문이었지."

"그들이라뇨?"

"송가장의 사람들……."

"그들이 왜요?"

"애초에 난 사신지보를 찾을 생각 같은 것은 하지 않았다. 그런데 송유목 그자가 나에게 부탁을 했지. 사신지보를 찾아와 달라고."

"설마 그자가 사부님께서 사신지보의 행방을 알고 있다는 걸 알고 있었어요?"

적월이 묻자 나왕이 고개를 저었다.

"그건 아니다. 하지만 만약 내가 찾고자 하면 찾을 수도 있을 거란 생각은 하고 있었지. 왜냐하면 검신 백초산이 강호에서 사귄 몇 안 되는 친우 중에 내 사부님도 있었거든. 그래서 사람들은 어쩌면 내 사부께선 검신이 세상에서 사라진 이유와 그 행방을 알고 있지 않을까 생각하기도 했었지."

나왕의 스승 금강검왕 능찬이 검신 백초산과 친분이 있었다는 것은 뜻밖의 말이었다.

적월은 자신의 불파일맥이 생각보다 대단한 무맥이라는 것을 새삼스레 깨닫고는 가슴 한편이 뿌듯해지는 느낌을 받았다.

"사조께서는 검신의 행방을 알고 계셨어요?"

적월이 물었다.

"아니, 사부 역시 그의 행방을 알지 못했다. 다만… 이 동편이 천마봉에 있다는 것은 알고 계셨다. 천마봉의 그 비동이 검신 백초산의 수련처 중 하나였다는 것을 알고 사라진 그를 찾으러 한 번 다녀오신 적이 있거든. 그곳에서 이것을 보았다는 말씀을 내게 하셨었지. 물론 주인이 아니니 동편을 그 동굴에 그대로 놓아두고 오셨고. 그래서 내가 이 동편의 위치를 알고 있었던 거다."

나왕의 설명에 적월이 고개를 끄떡이다 다시 물었다.

"그런데 왜 송가장의 가주에게 그 동편을 가져다주지 않았어요?"

"그가 내게 사신지보를 찾아달라고 했을 때, 그는 이미 지금의 부인인 금수련과 혼인을 한 상태였다. 그리고 금수련은 그의 아이를 가진 상태였고."

"그럼… 와, 정말 못된 놈이네요?"

적월의 입에서 욕설이 터져 나왔다. 자신의 아이를 임신한 부인을 두고 다른 여인을 취하기 위해 사신지보를 탐낸 송유목의 욕심에 화가 나지 않을 수 없었다.

"뭐… 강호에서는 영웅이 처첩을 거느리는 것이 흠은 아니니까. 그리고 당시 그는 송가장의 세력을 키우는 일에 혈안이 되어 있었다. 그런 그에게 북두산문 문주와의 혼인은 무척 쓸모가 있는 일이었지. 물론 나를 곁에 두려 한 것도 그 이유였고……."

"아무리 그래도 그렇지……."

적월이 도저히 이해할 수 없다는 듯 고개를 저었다.

"아무튼 그의 부탁이 있던 날 밤 금수련이 날 찾아왔지."

"그녀도요?"

"음, 그녀는 송유목이 북두산문의 가주를 원한다는 사실을 알고 있었다. 그래서 내게 절대 사신지보를 찾지 말아달라고 부탁했지. 그래서……."

"그래서 사부님도 사신지보를 찾지 않으셨군요. 그리고 친구의 부탁을 받은 이상 사부님 자신이 사신지보를 들고 북두산문의 가주를 찾아갈 수도 없었고요. 결국 이래저래 사신지보를 그냥 놓아두실 수밖에 없었던 거군요. 참 대단한 관계들이세요."

적월이 혀를 찼다.

"뭐… 애증의 관계였다고 할 수 있지. 하지만 이젠 괜찮다. 그들에게 별다른 감정이 없어."

"원망도요?"

"원망은 무슨, 말했지만 그 일은 결국 내가 나 스스로를 속인 일인걸. 그리고 말이다. 속고 살았던 그 시절이 사실 그렇게 나쁘지는 않았다. 속은 걸 알았을 때야 화가 많이 났지만, 그걸 몰랐을 때는 그 나름대로……"

나왕이 변명하듯 말했다. 그러자 적월이 잠시 생각에 잠겼다가 고개를 끄떡였다.

"그건 맞는 말씀 같네요. 저도 제 내력을 모르고 매화촌 가족과 지내던 시절이 나쁘지는 않았으니까요. 고생스러웠어도……"

"그렇지? 역시 인생이란 그 순간 행복하게 살았으면 되는 거야. 그럼 후회할 필요는 없지."

나왕이 얼른 맞장구를 쳤다.

"하지만 남에게 속는 것이 버릇이 되면 안 되죠."

"그건 또 무슨 소리냐?"

"북두산문의 가주가 한 약속 말이에요. 사신지보를 가져오면 혼인하겠다는……"

"아, 그건 속고 말고 할 게 뭐 있냐? 내가 반드시 혼인을 하겠다는 것도 아니고. 사실… 북두산문의 처지가 안돼 보여서 검신의 유물이라도 전해주려는 생각도 있단다. 그래도 검신과 사부님의 인연이 있으니까."

"그래도 약속은 약속이죠."

"하하하, 이놈이? 마치 내가 아니라 네가 장가를 가겠다는 투로구나?"

"에이, 아무리 아름다워도 사십이 넘은 여자하고 어떻게……."

적월이 손을 내저었다.

"무림에서 사십은 그리 많은 나이가 아니다."

"그래도 전 아직 스무 살도 되지 않았다고요."

"하긴 그건 좀 심하긴 하군. 어쨌든 오늘 저녁은 저곳에서 얻어먹자!"

나왕이 멀리 보이는 천일검황가 북두산문을 보며 말했다.

＊　　　　＊　　　　＊

아주 오랫동안 북두산문에서 볼 수 없었던 광경이 펼쳐졌다. 문주 백완이 머무는 전각 대청에 평소 볼 수 없었던 푸짐한 음식들이 차려진 것이다.

가문이 영화롭던 시절 사용한 진귀한 그릇들이 나와 있었고, 가주 백완이 내놓은 금자로 준비한 입맛을 돋우는 음식들이 그릇을 채우고 있었다.

북두산문의 두 총관, 전대로부터 대를 이어 북두산문의 총관 노릇을 하고 있는 성사간과 조무양은 문주 백완의 초대를 받아 그녀의 처소에 들어서는 순간 당황한 기색이 역력했다.

그들의 앞에 놓인 상차림은 마치 그들이 경험해 보지 못한 과거 영광스러웠던 북두산문의 시절을 재현한 것 같기 때문이었다.

"어서들 오세요. 이리 오르세요."

당황한 듯 걸음을 멈추고 서 있는 두 사람을 문주 백완이 대청 위에서 불렀다. 웃음을 머금은 그녀의 얼굴이 오늘따라 더욱 아름답게 보였다.

백완의 얼굴에 미소가 있었던 것이 언제인지 기억조차 나지 않는 두 사람이었으니 그녀의 밝은 미소에서 황홀감을 느끼는 것은 당연한 일이었다. 그래서 그들은 백완이 부르는 대로 순순히 대청으로 올라왔다.

그들을 호위하듯 따르던 십여 명의 수하들은 대청 아래 마련된 식탁에 따로 자리를 잡고 앉았다.

"초대에 응해줘서 고마워요. 자, 일단 앉으세요."

백완이 역시 전대로부터 물려받은 화려한 의자에 앉기를 권했다. 그러자 성사간이 공손히 대답했다.

"어찌 그런 말씀을 하십니까? 저희들이야 문주께서 부르시면 당장 달려와야지요."

"아니에요. 사실 두 분께서 북두산문의 대소사를 도와주시면서 평생 이곳에서 지내시긴 했지만, 이렇게 쇠락한 문파에 계실 분들은 아니지요. 만무회주님과 검산파 장문인께서 절 보호하라는 명을 내리지 않으셨다면, 아마 지금쯤 강호에서 존경받은 대협들이 되셨을 겁니다. 그 점은 제가 항상 미안하게 생각하고 있어요."

생각지 못한 백완의 말에 당황한 성사간과 조무양이 제대로 대답을 하지 못했다.

사실대로 말하자면 두 사람은 백완을 감시하는 사람들이었지 백완을 지키는 사람들이 아니기 때문이었다.

"그, 그렇게 말씀해 주시니 고맙습니다. 저희들이야 그저 명대로 따를 뿐이라서……."

그간 백완을 무시했던 것이 미안했는지 성사간이 변명하듯 말했다.

"하지만 이제 두 분께 채워졌던 족쇄도 드디어 풀릴 시간이 되었으니, 마지막으로 이렇게 두 분을 모시고 식사 대접이라도 하고 싶었어요."

"고마운 말씀이십니다. 그런데……."

"말씀하세요."

백완이 말했다.

그러자 성사간이 조심스럽게 물었다.

"마음의 결정은 하신 겁니까?"

묻기는 성사간이 물었지만 조무양도 심각하게 백완의 대답을 기다렸다. 성사간이 물어보는 일이 무엇인지 그 역시 잘 알고 있기 때문이었다. 그리고 그 일에 관해서라면 성사간과 조무양은 경쟁자이기도 했다.

"글쎄요. 결정은 여전히 쉽지 않군요. 만무회의 소회주님이나 검산파의 대공자님 모두 출중한 영웅들이시라."

"하지만 이제 며칠 후면 두 분이 도착하실 텐데 여하간 결정은 하셔야지 않겠습니까?"

조무양이 물었다.

"그렇긴 하죠. 제일 좋은 방법은 그 두 분 중 한 분이 양보를 하는 것인데……."

백완이 살짝 고민스러운 표정을 지으며 말했다.

그러자 곁에서 백완을 어려서부터 보살펴 온 백발의 유모 무령댁이 말했다.

"두 분이라고 양보가 어디 쉽겠어요? 이렇게 기품 있고 아름다우신 문주님을 배필로 맞아들이는 일인데……."

"하지만 유모, 그 두 분께는 이미 현숙한 부인들이 있으시잖아? 더군다나 난 사십이 넘은 나인데……."

"본래 영웅은 삼처사첩을 거느려도 흉이 되지 않지요. 그 두 분은 천하구패의 다음 주인들이신데 삼처사첩이 문제겠습니까?"

늙은 유모의 말에 백완이 무심히 고개를 끄떡였다. 그러다가 앞에 앉아 있는 두 총관을 보며 말했다.

"일이 이렇게 된 이상 서로 속마음을 숨길 이유는 없겠지요? 두 분은 만무회와 검산파와 각별한 인연이 있는 분들이니 제가 한 가지 부탁을 드려야겠어요."

"마, 말씀하십시오."

성사간이 술잔을 들다 말고 당황한 표정으로 대답했다.

성사간과 조무양이 각기 만무회와 검산파의 지시를 받고 있는 인물들이지만, 북두산문의 문도 누구도 그 사실을 언급하는 사람은 없었다. 표면적으로 그들은 대를 이어 북두산문의 총관으로서 충실히 가문을 지켜온 충신들이기 때문이었다.

그런데 백완이 노골적으로 두 사람을 만무회와 검산파의 사람으로 지칭하니 두 사람으로선 당황할 수밖에 없었다.

"사실 만무회나 검산파 모두 우리 북두산문과는 뗄래야 뗄 수 없는 관계지요."

백완이 말했다.

"물론입니다. 만무회와 검산파를 세우신 분들이 모두 북두산문 출신이니 당연한 일이지요."

조무양이 얼른 대답했다.

자신들이 두 문파의 지시를 받는 것이 북두산문을 배신하는 일은 아니라는 것을 변명하고 싶은 표정이었다.

"그렇지요. 그렇게 보면 결국 두 문파 역시 형제와 같은 관계, 지난 수십 년간 두 문파가 서로 돕고 경쟁하며 구파의 지위에 오른 것은 우리 북두산문으로서도 영광스러운 일이라고 할 수 있습니다. 그런데 그런 두 문파의 돈독한 관계가 나 같은 계집 하나로 인해 틀어지면 곤란한 일이지요."

"그게 무슨… 문주, 말씀이 지나치십니다. 어찌 고귀하신 문주께서 스스로를 계집이라 낮춰 부르실 수 있단 말입니까?"

평소 몰락한 문파의 나약한 문주라 백완을 얕잡아보던 성사간조차도 백완이 스스로를 계집이라 칭하는 것은 듣기 거북한 모양이었다.

"북두산문의 영광은 먼 과거의 일, 전 단지 검산파와 만무회의 힘에 의지해 살아가는 나약한 여자일 뿐입니다. 아무튼… 전 저로 인해 두 문파 사이에 분란이 생기는 것을 원치 않습니다."

"그야 저희들 역시 그렇습니다."

조무양이 대답했다.

하지만 사실 이 문제는 그리 간단한 문제가 아니었다. 백완의 미모 때문이 아니라 그녀의 신분, 천일검황가 북두산문의 정통 혈육인 그녀를 두 문파 중 어느 문파에서 받아들이느냐에 따라 검신 백초산의 정통 후예를 자칭할 수 있는 권한이 생기기 때문이었다.

만무회나 검산파 모두 검신 백초산의 정통 후예라는 명분은 쉽게 포기할 수 없는 것이었다.

"그러니 저로서도 어느 쪽에 제 몸을 의탁해야 할지 쉽게 결정할 수가 없군요. 그래서 부탁을 드리는 것인데… 두 분께서 오늘 아예 그 문제를 매듭지어 주시면 어떨까 합니다만……."

백왕의 말에 두 사람이 크게 당황했다.

"저, 저희들이 어찌 감히 그런 결정을……!"

두 사람은 단지 만무회나 검산파의 심부름꾼일 뿐이다. 그런 자신들이 두 문파의 후계자들이 경쟁하고 있는 백완의 혼사를 감히 결정할 수는 없었다.

만약 이 일에 나섰다가 백완을 얻는 데 실패한 쪽은 목숨을 내놔야 할 것이 분명했다.

"저희가 감당할 수 없는 분부십니다."

성사간이 급히 고개를 저으며 말했다. 그러자 백완이 가볍게 한숨을 쉬며 말했다.

"그렇지가 않습니다. 두 분께선 분명 절 도와주실 수 있으세요. 자, 그런 의미에서 제가 먼저 술을 한 잔씩들 따라드리지요."

백완이 부드럽게 말하며 술병을 들어 두 사람에게 술을 따랐다.

그러자 조무양과 성사간이 황송한 듯한 표정으로 술잔을 들어 술을 받았다.

비록 몰락한 문파의 힘없는 혈육이라 무시하기는 했지만 그래도 이렇게 자신들에게 직접 술을 따를 신분은 아닌 백완이었다.

"드세요. 드시고 앞으로의 일을 좀 더 논의해 보도록 하죠. 우리 모두를 위해서."

백완이 말하자 두 총관이 조심스럽게 술잔을 입에 가져갔다.

그 순간 백완의 눈빛이 차가워졌다. 그리고 탁자 밑으로 손을 넣어 숨겨두었던 검을 잡았다.

백완이 오늘 이 특별한 연회 자리를 만든 것은 오늘 밤 두 총관을 베고 그를 따르던 무사들 역시 모두 제거하려는 목적이었다. 그 이후 그녀는 북두산문을 은밀히 떠날 생각이었다.

그리고 그녀의 계획대로 두 총관, 성사간과 조무양은 그녀에 대한 경계심을 완전히 풀고 있었다.

그들이 경계하지 않는다면 백완은 그들을 벨 충분한 자신이 있었다. 아무리 몰락했다고 해도 검신 백초산의 유일한 혈육이다. 세상에 드러내지는 않았지만 그녀에겐 두 총관을 감당할 정도의 무공은 있었다.

검의 손잡이를 잡은 채 백완이 유모, 무령댁이라고 부르는 노파를 바라봤다. 그러자 노파가 가볍게 고개를 끄떡였다.

스릉!

미세한 마찰음과 함께 탁자 밑에서 검이 검집을 반쯤 벗어났다. 백완이 공력을 일으켜 검에 주입했다.

그런데 자리를 박차고 일어나 발검과 함께 두 총관을 공력하려고 호흡을 멈추는 그 순간, 갑자기 장내로 뛰어든 무사 한 명이 백완의 손을 멈추게 했다.

"문주님!"

헐레벌떡 장내로 뛰어들어 온 사내는 오늘 운이 좋지 않게 번을 서게 되어 연회에 참석 못 하고 홀로 장원의 문을 지키고 있던 왕삼이란 자였다.

"무슨 일이냐?"

백완보다 먼저 성사간이 호통을 쳤다.

백완의 정중한 대접과 향후 백완의 행보에 대한 진지한 논의로 한껏 고조된 장내의 분위기를 깨뜨린 것에 대한 질책이 내포된 물음이다.

"손, 손님이 왔습니다."

성사간의 기세에 눌린 왕삼이 더듬거리며 대답했다.

"손님? 대체 누가 왔길래 이렇게 호들갑인 거냐?"

이번에는 조무양이 물었다.

근자에 들어 북두산문은 강호의 관심에서 완전히 멀어져 찾아오는 손님이 거의 없었다.

"그것이… 스스로 불사 나왕이라 밝힌 분이……."

"뭣?"

"불사 나왕!"

성사간과 조무양이 동시에 되물었다.

백완 역시 탁자 밑에서 뽑아 들려던 검을 다시 검집에 밀어넣을 정도로 왕삼이 전한 방문객의 이름은 장내 사람들 모두를 놀라게 만들었다.

"그렇습니다. 분명히 스스로 불사 나왕이라 했습니다. 그래서……."

왕삼이 변명하듯 말했다.

그리고 그의 변명은 확실히 효과가 있었다. 불사 나왕이라면 왕삼의 행동은 충분히 용납될 만한 것이었다.

"정말… 그가 왔을 것 같소?"

조무양이 믿을 수 없다는 듯 성사간에게 물었다.

"글쎄. 나도 잘 모르겠구려. 그자가 왜 이곳에……?"

성사간이 고개를 저으며 중얼거렸다.

그러자 백완이 입을 열었다.

"일단 만나보죠. 그는 우리가 감히 방문을 거절할 수 없는 사람이에요."

백완의 말에 두 총관이 고개를 끄떡였다.

"그렇지요. 불사 나왕이라면……."

"제가 직접 나가서 맞아야겠군요. 문전박대할 수 없는 사람이기도 하죠. 후우… 북두산문의 문주로서는 마지막 손님인가?"

백완이 자리에서 일어나면서 중얼거렸다.

*　　　　　*　　　　　*

불사 나왕과 그의 제자 적월은 아무도 없는 장원의 정문 앞에서 이각 정도를 기다렸다.

과거 영화롭던 시절, 강호 일류고수들이 지켰을 정문이 텅 비어 있었다. 그 모습이 비록 북두산문의 문도가 아니더라도 마음 한쪽을 쓸쓸하게 만들었다.

"인생사 참……."

황량하기까지 한 북두산문의 장원을 둘러보며 나왕이 허를 찼다.

"규모가 많이 줄은 거죠?"

적월이 물었다.

"오면서 보지 않았느냐. 과거에는 장원의 외담이 십여 리에 걸쳐 성처럼 세워져 있었다고 하더구나. 그런데 이젠 겨우 세 채의 전각, 거기에 언제 허물어져도 이상할 것 없는 낮은 담장이라. 고금제일검이 머물렀던 장소치고는 그야말로 극적인 몰락이지. 백 년이 지났다 해도."

"이해가 안 돼요."

적월이 고개를 저으며 말했다.

"뭐가?"

"아무리 검신 백초산이 후사를 준비하지 않고 사라졌다고 해도 어떻게 이렇게까지 몰락할 수 있는 거죠?"

"그러게 말이다. 그래서 사람의 운명이란 알 수 없는 것 아니냐?"

"만무회와 검산파가 제대로 도왔다면 이렇게까지 몰락하지는 않았을 텐데요."

"그랬겠지. 하지만 세상은 비정한 곳이다. 이득이 되지 않는 곳에 도움을 줄 사람은 흔치 않지. 그러니 제대로 도울 이유가 없지 않겠느냐? 어찌 보면 그나마 이 정도 장원을 유지하고 있는 것도 그들의 도움 때문일 수도 있고……."

"그 정도로 고마워해야 하는 건가요?"

"그냥 그렇다는 거다. 어? 사람이 나오는군."

장원 안쪽에서 들리는 인기척을 느끼고는 나왕이 시선을 돌렸다.

적월 역시 문 안쪽을 살펴보니 앞선 두 사람이 호롱불을 들고, 그 뒤를 따라 십여 명의 사람들이 정문 쪽으로 걸어오고 있었다.

그리고 그들이 눈앞에 도착했을 때 적월은 왜 사부 나왕이 사신지보 조각을 찾으러 천마봉까지 왔는지 이해할 수 있었다.

'정말 특별한 사람이구나.'

적월은 한눈에 알 수 있었다. 시녀를 앞세우고 나타난 북두산문의 마지막 문주 백완이 보통 사람과는 다른 특별한 사람이란 것을.

서늘하게 좌중을 감싸는 기운, 완숙하면서도 미소녀 같은 외모, 탈속한 듯하면서도 한편으로는 강렬한 열망이 느껴지는 눈빛. 그 모든 것이 백완을 신비로운 존재로 보이게 만들었다.

"정말 불사 대협이시군요."

나왕과 일 장 정도 거리를 두고 걸음을 멈춘 백완이 조금은 혼란스러운 표정을 지으며 말했다.

그러자 나왕이 백완을 향해 가볍게 포권을 해 보였다.

"나왕이 북두산문의 문주를 뵙소이다."

몰락한 가문의 문주에 대한 인사치고는 과분할 정도로 정중한 인사다. 하물며 그는 당대 무림의 절대고수 중 한 명, 불사 나왕이 아닌가.

그 정중함이 백완의 마음을 움직였을까. 그녀가 처음과는 달리 조금 부드럽게 변한 음성으로 대답했다.

"불사께서는 당대 무림의 영웅이신데 이렇게 누추한 곳까지 방문을 해주시니 고마운 일입니다만… 본 문을 방문하신 이유가 궁금하군요."

묻지 않을 수 없는 일이다.

대체 불사 나왕 같은 인물이 왜 북두산문을 방문했는지 장내의 인물들 중 그 이유를 짐작할 수 있는 사람이 없었다.

그러자 나왕이 침착한 목소리로 물었다.

"문주께 여쭐 것이 있어 이렇게 찾아왔습니다."

"…제게 말인가요?"

"그렇습니다."

"이해할 수 없군요. 제가 불사 대협께 대답해 줘야 할 일이 있다는 것이……."

백완 역시 불사 나왕을 기억한다. 오래전 칠마와 십육마문의 난 때 백완은 가문의 모든 무사, 그래 봐야 이류로 쳐주기도 과한 무사들을 데리고 무림맹의 일원으로 대전에 참여했었다.

그 기회를 통해 북두산문을 재건할 기회를 엿보려 했던 것인데, 오히려 북두산문의 몰락을 천하에 증명하는 일이 되고 말았던 아픈 기억이 있었다.

그녀의 지위와 무공은 철저히 무시되었고, 오직 그녀의 미모만이 세상의 관심을 끌었던 것이다. 무가의 사람으로선 비참한 기억이 아닐 수 없었다.

당시 그녀는 강호의 떠오르는 신흥고수 중 한 명인 불사 나왕의 얼굴을 본 적이 있었다.

그리고 나왕의 얼굴은 좋든 싫든 한 번 보면 절대 잊혀지지 않는 얼굴이어서 지금껏 그의 얼굴을 기억하고 있었던 것이다.

어쨌든 당시 얼굴을 본 사이긴 해도 말 한마디 나눠보지 못한 사이여서 나왕이 자신을 찾아와 물어볼 무언가가 있다는 것이 이상한 일이었다.

"내가 묻고 싶은 것은… 문주께서 이십 년 전에 하신 약속은 아직도 유효한 것이오?"

불사 나왕의 물음에 백완이 잠시 어리둥절한 표정을 짓다가 한순간 눈에서 날카로운 안광이 번쩍였다.

그리고 그 순간 나왕의 뒤에서 백완을 지켜보고 있던 적월에 게 불안감이 엄습했다.

'자신을 숨기고 있어.'

백완의 눈을 뚫고 나왔던 그 안광은 강호의 고수들만이 만들어낼 수 있는 것이었다. 그리고 강호에서 정말 조심해야 할 부류가 자신의 능력을 숨기는 사람들이다.

"이십 년 전의 약속이라 하셨나요?"

백완의 목소리가 약간 떨리는 것 같기도 했다.

"그렇소이다."

나왕이 대답했다.

"설마… 사신지보에 관한 약속을 말씀하시는 겁니까?"

백완이 다시 물었다.

그러자 나왕이 똑같은 대답을 했다.

"그렇소이다."

나왕의 대답에 백완의 표정이 묘하게 변했다.

기쁜 듯도 하고 한편으로는 곤란한 듯도 한 표정이다. 그러다가 다시 조심스럽게 물었다.

"찾으셨나요?"

"아마도 그런 것 같소."

나왕이 대답했다.

그러자 백완이 잠시 시선을 돌려 어느새 장원 위쪽으로 떠오른 보름달을 바라보다가 혼잣말처럼 중얼거렸다.

"약속은 여전히 유효합니다. 이십 년의 기한이 차기엔 아직 며칠 남았으니까요. 귀한 손님께서는 일단 안으로 드시지요. 사신지보를 확인해 보겠습니다."

"알겠소."

나왕이 대답을 하자 백완이 두 총관을 보며 말했다.

"역시 사람의 운명이란 알 수가 없군요. 불사 대협을 제 거처로 모시세요. 전 먼저 들어가 잠시 준비할 것이 있군요."

두 총관에게 명을 내리는 백완의 모습은 대청으로 그들을 초대해 만찬을 열던 때의 모습이 아니었다.

두 총관은 당황한 표정으로 마치 완전히 새로운 사람을 만난 것처럼, 명을 내리는 백완을 보며 자신들도 모르게 고개를 숙여 대답했다.

"알겠습니다. 문주님!"

두 총관이 동시에 대답하자 백완이 뒤도 돌아보지 않고 장원 안쪽으로 사라졌다.

그러자 두 총관 중 성사간이 앞으로 나서며 나왕에게 말을 건넸다.

"북두산문의 총관 성사간이라고 합니다. 안으로 모시겠습니다."

성사간의 말에 불사 나왕이 짧게 대답했다.

"고맙소. 갑시다."

불사 나왕의 방문으로 죽은 자의 무덤 같던 북두산문에 갑자기 활기가 돌기 시작했다.

물론 북두산문의 사람들 모두 각각 생각은 달랐다. 그러나 어쨌든 조용한 호수에 큰 바위가 떨어진 것처럼, 불사 나왕의 방문은 북두산문의 사람들을 크게 동요하게 만들었다.

그들만의 마지막 만찬을 위해 차려졌던 상들은 깨끗하게 치워졌고, 문파의 모든 사람들이 도대체 이 못생긴 강호의 절대고수가 북두산문에 어떤 변화를 일으킬 것인지, 그 결과를 보기 위해 백완의 처소를 기웃거리고 있었다.

그 와중에 어느새 백완과 나왕은 탁자 하나를 사이에 두고 마주 앉아 있었다.

적월은 나왕의 바로 뒤에, 두 명의 총관은 백완의 뒤쪽에 서서 두 사람의 대화를 지켜보고 있었다.

"물건을 볼 수 있을까요?"

다시 한번 의미 없는 인사들이 몇 차례 오고 간 후 백완이 긴장한 얼굴로 물었다.

그러자 나왕이 망설이지 않고 품속에서 동편을 꺼내 들었다. 천마봉에서 적월이 발견했던 바로 그 동으로 된 조각이었다.

나왕이 동편을 탁자 위에 놓고 가볍게 밀었다. 그러자 동편이 얼음 위를 미끄러지듯 움직이더니 백완의 손 앞에서 정확하게 멈췄다. 자신의 손을 떠난 동편의 미세한 움직임까지 제어할 수 있는 나왕의 놀라운 무공이 드러난 것이다.

동편의 움직임에 서려 있는 무공의 깊이를 알아챈 백완과 두 총관의 눈에 은은한 감탄의 빛이 흘렀다. 강호에 기인이사가 많다지만, 불사 나왕 같은 절정고수의 손놀림을 눈앞에서 보는 것은 흔치 않은 일이었다.

백완이 자신의 손 앞에 멈춘 동편을 잠시 바라보다가 천천히 들어 올려 눈앞에 가져왔다. 그러고는 마치 보석을 감정하는 사람처럼 찬찬히 동편을 살피기 시작했다.

백완이 동편을 살피는 시간 동안 장내에는 무거운 침묵이 흘렀다. 그리고 사람들이 지루함을 느낄 만큼 시간이 흘렀을 때 백완이 동편을 내려놓으며 말했다.

"진품이군요."

"설마 내가 가짜를 가져왔겠소이까?"

지금까지 동편의 내용을 살핀 것이 아니라 진품인지를 살폈다는 말에 나왕이 기분이 상했는지 퉁명스럽게 대답했다.

사실 나왕은 북두산문에 들어온 이후 백완에 대한 생각이 조금 변해 있었다.

북두산문에 오기 전 그의 상상 속에서 백완은 감히 자신이 범접할 수 없는 고귀함을 지닌 여인이었다. 그 옛날 잠시 보았던 그녀의 신비롭고 아름다운 인상이 만든 상상이었다.

그런데 실제로 백완을 만나자 그가 그녀에게 가졌던 막연한 환상은 사라지고, 몰락한 가문을 운명처럼 붙들고 사는 고집스러운 여인의 모습을 볼 수 있었다.

그녀의 모든 행동은 자연스럽지 않았다.

일부러 북두산문이라는 이름에 어울리는 모습을 보이려는 듯한 모습, 그러면서도 어떻게든 과거의 영광을 되살릴 방법을 찾아야 한다는 조급함이 그녀의 행동에서 묻어났다.

송가장의 식구들을 제외하면 사람들을 보는 눈이 세상 그 누구보다 매섭다는 나왕의 눈에 이런 백완의 숨겨진 마음들이 보이지 않을 리 없었다.

"불사 대협을 의심해서 한 말은 아닙니다. 마음이 상하셨다면 용서하세요."

"아니오. 사실 백 년이 넘은 물건이니 당연히 그 진가를 살피는 것이 먼저이긴 하오. 아무튼… 진품임이 확실하다면 다시 묻겠소. 문주께서 이십 년 전 하신 약속은 여전히 유효하오?"

나왕이 묻자 백완이 살짝 아미를 모으며 대답했다.

"설마 제 진심을 의심하시는 건가요?"

받은 대로 돌려준다고 자신이 거짓 약속이나 할 사람으로 보이냐는 반문이다.

"하하, 아니오. 아니오. 천하의 북두산문 문주께서 어찌 거짓 약속을 하시겠소. 그럼… 나와 혼인하실 수 있단 뜻으로 받아들여도 되겠소?"

나왕이 다시 묻자 백완이 씁쓸한 미소를 지으며 대답했다.

"그래요. 아무튼 전 분명히 강호에 약속했으니까요. 이십 년 안에 사신지보의 한 조각이라도 가져오는 사람이 있다면 그와 혼인하겠다고 말이에요. 설혹 그의 첩이 되어도 말이죠. 그런데 다행히 불사께선 아직 혼자시니 첩이 될 일은 없겠군요."

"물론… 그렇소이다만……."

백완이 너무 쉽고 단호하게 자신과 혼인하겠다고 말하자 오히려 나왕이 당황한 듯 보였다.

그런 나왕에게 백완이 다시 말했다.

"그런데 불사 대협님이야말로 몰락한 가문의 여인과 혼인할 생각이 정말 있으신가요? 원하신다면 강호 명가의 여인들과 인연을 맺으실 수도 있으실 텐데요?"

백완의 물음에 나왕이 고개를 저으며 말했다.

"물론이오. 난 북두산문이 아니라 문주 그대를 원해서 온 것이니까."

나왕이 망설이지 않고 대답했다.

"좋아요. 그럼 뒤로 미룰 것 없이 곧 식을 올리도록 해요. 며칠이면 준비를 할 수 있으니."

백완이 한 치의 망설임도 없이 시원시원하게 말했다. 그녀의 눈에는 나왕의 추레한 몰골이 들어오지 않는 모양이었다.

그런 백완의 태도는 나왕과 적월을 적지 않게 당황시키는 것이었지만, 사실 그 두 사람보다 더 놀란 자들이 있었다. 그들은 바로 백완 뒤에 서 있던 두 명의 총관들이었다.

제8장
절대자의 무덤

"곤란하군. 곤란해."

북두산문의 총관 성사간이 마당을 서성이며 안절부절못하고 있었다. 얼굴에 근심이 가득한 그의 곁에서 그를 따르는 다섯 명의 수하가 마치 자신들이 죄를 지은 것처럼 고개를 숙이고 있었다.

그때 한 무리의 인기척이 느껴지더니 북두산문의 이총관 조무양이 모습을 드러냈다.

"형님!"

성사간과 조무양은 북두산문에서 함께 자란 사이라 자연스럽게 어린 시절부터 호형호제하는 사이였다.

물론 나이가 들어 몰락한 북두산문의 총관이 된 이후에는 서로 다른 선택을 해 각각 만무회와 검산파의 사람이 되었지만, 그래도 여전히 서로를 부르는 호칭은 변함이 없었다.

"오! 아우, 어서 오게."

성사간이 반갑게 조무양을 맞았다. 마치 자신의 고민을 해결해 줄 사람이 나타난 것 같은 표정이다.

"어쩌실 생각이십니까?"

조무양이 거두절미하고 물었다.

"자네는?"

성사간이 되물었다.

"전 일단 대공자께 사람을 보낼 생각입니다. 연후 명을 받고 행동을 해야겠지요."

"나 역시 마찬가지기는 하네. 소회주께 벌써 사람을 보냈네. 하지만 서둘러 오신다 해도 적어도 닷새는 걸릴 텐데. 그 와중에 두 사람이 합방이라도 하면……."

"설마 그렇게 급하게 혼인을 하겠습니까? 서로 알지 못하던 사람들인데. 그리고 어쨌든 약속은 약속이니 보름까지야 기다리겠지요."

조무양이 고개를 저으며 말했다.

"아닐세. 충분히 그럴 가능성이 있어. 문주께서는 만무회나 검산파에 대한 깊은 반감을 가지고 계시네. 북두산문이 무너진 것이 백 년 전 두 문파로 북두산문의 주요 고수들이 떠났기 때문이라 생각하고 계시니까. 사실 틀린 말도 아니고. 두 문파가 만들어질 때 북두산문의 고수 칠 할이 두 문파로 가지 않았나."

"그렇긴 하지요."

조무양이 고개를 끄떡였다.

"더군다나 지난 세월 두 문파는 끊임없이 문주를 압박했네. 이달 보름이면 이십 년의 약속도 끝나는데 만약 본 회의 소회주님과 검산파 대공자께서 오셔서 강제로 보름까지 시간을 끌면 불사와의 혼인을 와해시킬 수도 있을 걸세. 그러니 분명 두 분이 도착하기 전에 혼인을 하려 할 걸세."

"음… 하지만 형님도 보았듯이 불사 나왕이란 자의 몰골은 도저히 문주가 마음을 주기 어려운 모습인데."

조무양이 눈살을 찌푸리며 말했다. 나왕의 모습을 떠올리기도 싫은 표정이었다.

"이 사람, 강호의 혼사가 어디 사람의 외모로 결정되던가? 대부분 서로 간의 필요에 의한 정략혼이지. 그런 면에서 볼 때 불사 나왕은 오히려 좋은 조건일세. 절대고수의 반열에 오른 자고, 능력만으로는 강호의 평판도 나쁘지 않지. 특히 최근에는 송가장을 떠나 자유로운 몸이 되었으니 북두산문의 데릴사위로는 더할 나위 없을 걸세."

"그렇게 생각할 수도 있군요."

조무양이 고개를 끄떡였다.

"그러니 어떻게 해서든 두 분께서 도착하실 때까지 시간을 끌어야 하네."

"어떻게 말입니까?"

"일단은 문주를 설득해 보세. 혼인은 인륜지대사이니 신중하게 진행하자고 말일세. 그리고 기왕 혼인을 하려면 소회주님과 대공자를 모시고 성대한 혼인식을 올리자고 하세."

"눈에 보이는 이 제안을 받아들이겠습니까?"

"강제로라도 승낙하게 해야지."

"협박을요?"

조무양이 놀란 표정으로 물었다.

"어쩌겠나. 두 분이 오시기 전 이 혼사가 성사되면 우리 두 사람은 크게 곤란해질 거야."

성사간의 말에 조무양이 한숨을 쉬며 말했다.

"후우, 그렇긴 하군요. 제길, 다 된 밥에 재 뿌린다고, 갑자기 괴상한 작자가 나타나서는……."

"불사 나왕은 어디 있나?"

"문주전에 머물기로 한 모양입니다."

"제길, 정말 혼인도 하기 전에 합방을 하는 건 아니겠지?"

"그럴 리가 있겠습니까? 서로 좋아해서 하는 혼인도 아니고."

"하긴 문주가 그런 외모의 사내 방에 혼인도 하기 전에 들어가실 리는 없겠지."

성사간이 고개를 끄떡였다.

"내일 아침 문주를 만나지요."

"그러세."

백완은 황홀한 표정을 짓고 있었다.

오직 유모 무령댁만이 곁을 지키고 있는 비밀스러운 그녀의 공간, 깊은 밤에도 잠자리에 들지 않은 두 여인의 눈앞에 두 개의 조각난 동편이 놓여 있었다.

그리고 두 동편의 절단된 부위는 좌우로 정확하게 맞춰졌다.

"다행입니다. 정말 다행입니다."

무령댁이 한 손으로 가슴을 쓸어내리며 말했다. 그러자 백완도 기쁨을 숨기지 않고 대답했다.

"맞아요. 기다린 보람이 있어요. 거의 포기하고 있었는데……."

"다행이지 뭐예요. 사신지보의 신공이편이 완성되다니."

"하늘이 도왔다고 할 수 있지. 신공이편이 아니라 신검이편 중 하나였다면 크게 쓸모가 없었을 거야. 절반의 무공구결로는 절대의 경지에 오를 수 없으니까."

"신공이편이 문주께 들어왔으니 이제 마하공을 완성한다면 적어도 다른 누군가에게 북두산문의 존립을 위협받는 일은 없을 겁니다."

"그렇겠지. 더군다나 모든 무공의 뿌리는 결국 신공. 조부님의 무공 역시 마하공을 그 뿌리로 하는 것이니까."

백완이 고개를 끄떡였다.

"생각해 보면 검신께선 정말 놀라운 분이셨습니다. 사신지보를 네 조각으로 나누면 그 안에 새겨진 글들이 무공과는 전혀 상관없는 글로 보이게 만드셨으니까요. 아마도 고금을 통틀어 오직 검신께서만이 하실 수 있는 일일 겁니다."

"그래서 그분을 고금제일검이라고 부르는 거지. 그 무공들을 아버님께 바로 전하지 않으시고 이렇게 네 개의 동편에 나누어 사방으로 흩어버리신 것은 이해할 수 없지만……."

백완이 자부심이 가득한 표정으로 말했다.

"아마도 뭔가 우리가 알지 못하는 사정이 있으셨을 겁니다."

"그랬겠지. 그렇지 않다면 이해할 수 없는 문제니까. 그리고 생각해 보면 잘하신 선택이셨어. 당신의 온전한 무공을 아버님께 물려주셨다면 나이 어리고 병약하신 아버지께서 그 무공들을 지키실 수 없었을 테니까."

백완이 우울한 표정을 지어 보였다.

"맞습니다. 어쩌면 검신께서 미리 그걸 염려하셨는지도 모르지요. 그래서 사신지보를 사방에 흩어놓으신 것인지도……."

"그 말은 곧 당신께 무슨 일이 생길 거라는 걸 아셨다는 뜻인데. 조부께서 어린 아버지를 지켜주실 수 없다고 판단하셨다는 뜻이잖아?"

"그렇지요."

무령댁이 고개를 끄떡였다.

"그래서 이해할 수 없는 거야. 도대체 어떤 위험이 고금제일검이신 조부님을 위협할 수 있었던 걸까? 그리고 결과적으로는 세상에서 사라지셨고."

"그러게 말이에요. 북두산문의 불행은 바로 그로부터 시작된 것이니. 어쩌면 말이에요, 문주님."

"응?"

"그 두 사람은 그 이유를 알고 있지 않을까요?"

"누구? …만무회주와 검산파 장문인?"

"예."

"글쎄, 알고 있었으면 지금까지 입을 닫고 있었을까?"

"그 두 사람의 조상들이 검신께서 사라지신 일에 관여되어 있다면 입을 열 수 없었겠지요."

무령댁은 어느 정도 자신의 생각에 확신을 가지고 있는 듯 보였다. 그러자 백완이 잠시 생각에 잠겼다가 하나로 붙어 있는 두 개의 동편을 손가락으로 만지며 말했다.

"어쨌든 좋아. 이제 마하공을 완성하면 그들을 찾아가 물어볼 수 있을 테니까."

백완의 목소리에서 서늘한 한기가 느껴진다. 그러자 무령댁이 낮은 목소리로 물었다.

"이제 어쩌실 생각이세요?"

"뭘?"

"그… 불사 나왕이란 자 말이에요. 정말 그와 혼인을 하실 생각이세요?"

"혼인이라… 불사 나왕이라면 나쁠 것도 없지. 더군다나 그자는 송가장의 사냥개 노릇을 그만두었다고 하니까."

"어리석은 자죠. 송가장에서 자신을 이용한다는 것은 천하가 다 아는 일이었는데……."

무령댁은 불사 나왕이 마음에 들지 않는 모양이었다.

"아무리 똑똑한 사람도 가끔 어리석은 선택을 할 때가 있으니까. 또 정말 어리석은 자라 해도 나쁠 것은 없어. 충실한 북두산문의 문지기가 될 수 있을 테니까."

백완이 자신의 혼사에 대한 일에는 별 관심이 없는 투로 말했다.

"문지기요?"

무령댁이 되물었다.

그러자 백완이 정색을 하며 대답했다.

"비록 내가 아버지에게서 물려받은 유산과 한 조각의 동편을 기반으로 마하공의 기초를 닦았다 해도 마하공을 완전히 수련하는 데는 시간이 필요해. 한 이삼 년은 지나야 제대로 마하공을 쓸 수 있을 거야. 그러니까 내게는 그 시간을 벌어줄 사람이 필요해. 그런 면에서 보자면 불사 나왕은 나쁘지 않은 선택이야. 특히 혹시라도 사신지보의 비밀을 알고 있는 자가 있다면 반드시 동편을 노릴 테니까. 그걸 생각하면……."

"무림에서 사신지보는 그저 검신님의 신물 정도로 알려져 있습니다. 그 안에 절대의 무공이 숨겨져 있다는 사실을 누가 알겠어요?"

무령댁이 그럴 리 없다는 듯 말했다.

"그야 모르는 일이지. 세상에 비밀이 어디 있겠어. 아무튼 그를 북두산문에 들이는 것은 나쁘지 않은 일이야. 알잖아? 그가 벽산의 중소문파였던 송가장을 당대의 강호구패로 만들었다는 것을."

"그야 그렇지요. 능력으로 보자면 놀라운 사람이지요. 일을 처리하는 데 있어서도 독한 면을 가지고 있고요. 하지만……."

무령댁은 여전히 백완의 선택이 불만스러운 모양이었다.

"하지만 뭐?"

백완이 되물었다.

"하지만 그의 몰골은 도저히 문주님의 배필이 되기에는……."

"유모, 참 한가한 소리를 하고 있군."

"……?"

"백 년이야. 우리 북두산문이 수모를 겪으며 지낸 세월이. 그 백 년의 수모에서 벗어날 기회가 찾아왔는데 겨우 사람의 외모를 따지겠다는 거야?"

"전 다만 문주님의 행복을 위해서는……."

"난 내 개인의 행복 따위는 관심이 없어. 내겐 오직 북두산문의 부활만이 있을 뿐이야. 그런 면에서 불사 나왕은 나쁘지 않아. 그리고… 부부란 게 꼭 평생 함께 지내는 것도 아니니까."

"문주님?"

무령댁이 놀란 표정으로 백완을 바라봤다.

"때가 되어 북두산문이 예전의 영화를 되찾으면 그땐 또 모르지. 새로운 인연이 나타날지. 북두산문의 이름에 걸맞는 풍모를 지닌 사람이 말이야."

그 말을 끝으로 백완이 더 이상 나왕의 일에는 관심이 없다는 듯 다시 동편을 들여다보기 시작했다.

그리고 잠시 후 나직하게 중얼거렸다.

"좋아. 생각보다 내 기초가 아주 잘돼 있는 것 같아. 이대로라면… 생각보다 시간을 절약할 수도 있겠는걸? 이삼 년도 안 걸릴 수 있겠어. 최대한 서둘러 보자."

불사 나왕과 적월은 지난밤 깊이 잠들지 못했다. 생각보다 너무 쉽게 일이 풀려가고 있었다.

그래서 곧 있을 북두산문의 문주 백완과 나왕과의 혼인이 오히려 두 사람의 마음을 불편하게 만들고 있었다.

사실 두 사람은 북두산문의 문주 백완이 동편을 받고 나면 혼인에 대한 약속을 이런저런 핑계를 대 받아들이지 않으려 할 거라 생각하고 있었다. 특히나 나왕의 외모를 보고 난 이후라면 더욱 그럴 가능성이 컸다.

그런데 백완은 조금의 망설임도 없이 자신의 약속을 지키겠다고 말했다. 예상 못 한 그녀의 반응에 적월과 나왕은 기습을 당한 사람들처럼 당황한 채 밤을 새웠던 것이다.

"적월아, 깼느냐?"

아직 날이 밝지 않았는데도 나왕은 편안한 잠자리가 오히려 불편한 듯 침상에서 몸을 일으키며 적월을 불렀다.

"예, 사부님!"

적월 역시 자리에서 일어나 침상에 걸터앉았다.

"어떻게 생각하느냐?"

나왕이 물었다.

"뭐가요?"

"북두산문의 문주와 혼인을 하는 거 말이다."

"그야… 사부님이 원하신 것이잖아요?"

"글쎄……."

나왕이 대답을 망설였다.

"아니셨어요?"

"솔직히 말하자면 그냥 홧김에 한 행동이었지."

"무슨 말씀이에요?"

"음… 송가장에 대한 분노에서 기인한 행동이란 거다. 나와 북두산문의 문주, 두 사람의 미래를 진지하게 생각하고 내린 결정이 아니란 거지. 그런 면에서 좀 미안한 생각이 드는군."

"그러셨군요. 하긴 사부께서 북두산문의 문주님과 혼인을 했다는 소식이 전해지면 송가장 사람들 속이 꽤나 뒤집히겠군요."

"그렇겠지. 특히 송유목 그 친구는 자신의 원했던 혼사를 내가 가로챘다고 분노할 거야. 나에게 속았다고도 느끼겠지. 뭐 어쨌든 나에겐 기분 좋은 일이고. 그리고 금수련 그녀는… 지금까지 내가 자신을 마음에 두고 있다고 생각하고 살아왔을 테니 어쩌면… 흐흐."

나왕이 그답지 않게 음흉한 미소를 지었다.

"설마 질투심을 느낄 거라고 생각하시는 건가요?"

적월이 그럴 리 없다는 듯한 표정으로 물었다.

"사람 심리란 예측할 수 없는 법이란다. 벌레처럼 보던 사람도 자신이 아닌 다른 사람에게 간다고 하면 마음이 서운해지는 법이지."

"그런가요?"

"그럼. 그게 인지상정이다. 그것도 수십 년간 자신만 바라보고 있다고 생각했던 사람이라면 더더욱… 그렇게 그들에게 정신적인 충격을 주려는 복수심이 내게 없었던 것이 아니기에 만약 북두산문의 문주가 약속을 지키지 못하겠다고 했어도 난 수긍했을 거다."

"그런 마음이셨군요."

적월이 고개를 끄떡였다.

생각보다 송가장의 사람들에게 입은 마음의 상처가 크다는 것을 알고 나니 나왕에 대한 동정심이 불쑥 솟구치는 적월이다.

"그런데 지금은 기분이 썩 좋지 않아."

"그래요?"

"백 문주가 날 거절한 것보다 더 좋지가 않아."

"왜요?"

"정상적이었으면 내게 진심으로 자신과의 혼인을 원하냐는 질문을 하거나, 혹은 며칠 정도 시간을 달라고 했어야 하거든. 그런 후에 자신이 한 약속을 지켜야겠다고 생각하면 혼인을 하자고 했을 거고. 그게 아니면 다른 대가를 치르겠다고 말했겠지.

그런데… 너무 쉽게 약속을 지키겠다고 했단 말이야. 마치 기다렸다는 듯이."

"다른 의도가 있다고 생각하시는군요."

적월도 심각한 표정으로 물었다.

그러자 나왕이 고개를 끄떡였다.

"당연히 그렇지. 나와 같은 몰골의 사람과 서슴없이 혼인을 하겠다고 하는 것은 반드시 다른 목적이 있기 때문이다. 그리고 그 목적 역시 모르는 바는 아니다."

"사부님의 명성과 무공이 필요하단 거죠?"

적월이 다시 물었다.

"그렇지. 난 누가 뭐래도 무림에서 영웅 소리를 듣던 사람이고, 송가장을 십여 년 사이에 천하구패의 반열에 올려놓은 사람이니까. 북두산문의 부활을 위해선 쓸모가 많은 사람이지. 더군다나 다른 문파에 속해 있는 사람도 아니고……."

나왕이 말을 하면서 가볍게 한숨을 쉬었다.

검신 백초산이 남긴 사신지보 중 한 조각을 가지고 올 때 가졌던 생각과 정작 북두산문의 문주 백완을 만난 이후의 생각이 달라졌기 때문이었다.

선녀처럼 아름다운 여인이라 해서 정말 선녀처럼 고상한 마음을 가진 여인이라고 생각할 순 없다.

외모에서 느껴지는 신비로운 분위기는 아침 안개 같은 것이다. 햇빛이 드리우면 안개는 걷히고 그 안에 숨겨져 있던 진면목이 세상에 드러나게 마련이었다.

나왕이 본 백완의 진면목은 북두산문의 부활을 위해 모든 것을 던질 수 있는 야망을 품은 여인이었다.

"무공도 그래."

"예?"

"그녀는 보통 이상의 무공을 가지고 있어."

"뭐, 그건 저도 그렇게 느꼈어요. 안광에서 느껴지는 기운이 심상치 않더라고요."

"음, 우리가 보았던 북두산문의 두 총관 정도는 쉽게 제압할 수 있는 정도였지. 그런데 그런 무공을 가지고도 지난 수십 년간 그들의 감시를 받으며 살아왔다는 것은… 심기가 무척 독한 사람이란 뜻이지."

"두 총관이 정말 그녀를 감시하고 있었던 걸까요?"

"그건 확실한 거다. 송가장에 있을 때부터 그 사실은 알고 있었어. 그 두 총관은 만무회와 검산파의 지시를 받고 있어. 그들의 힘을 믿고 문주의 행동을 제약해 왔을뿐더러 다른 자들이 문주에게 접근하는 것도 막았지."

"고약한 자들이에요."

적월이 화가 난 듯 말했다.

"후후후, 강호무림만 놓고 보면 그나마 부드러운 편이지. 보통의 경우는 뿌리를 뽑지. 아예 말이야."

나왕이 손으로 목을 그으며 웃음을 흘렸다.

그러자 적월이 물었다.

"그래서 어쩌실 거예요? 알면서도 속아주실 거예요?"

"송가장에서보다는 낫겠지. 나도 그녀의 마음을 알고는 있으니까."

"굳이 마음을 주지 않는 사람과 혼인할 필요가 있을까요?"

"마음이라. 그렇게 따지면 난 평생 혼자 살아야 할 거야. 어느 여인이 내게 마음을 주겠느냐? 그나마 날 쓸모 있어 하는 여인이라도 있으니 혼인이라도 해보려는 거지."

나왕이 자조 섞인 음성으로 말했다.

"아니, 그 혼인을 꼭……."

적월이 따지려는 듯 입을 열다가 나왕의 표정을 보고는 금세 입을 닫았다.

이런 혼인을 꼭 해야만 하냐고 물으려 했던 것인데, 나왕의 얼굴에 드리운 깊은 고독의 그늘을 보고는 차마 따져댈 수 없었던 것이다.

나왕은 평생 혼자 살아온 사람이다.

송가장에서조차 사실 그는 혼자였다. 그 스스로 그것을 부정하고 있었을 뿐. 그리고 그 사실을 인정했을 때 나왕이 느꼈을 상실감을 적월은 감히 짐작조차 할 수 없었다.

그런 나왕에겐 이런 식의 혼인조차도 간절한 것일 수 있었다. 무인으로서, 강호인으로서의 나왕은 강한 사람이지만, 결국 사부 나왕도 한 명의 인간일 뿐이라는 것을 적월도 알 만한 나이였다.

"에이, 기왕 이렇게 된 것 더 이상 고민하지 말고 하세요."

"응?"

"하고 후회하나 안 하고 후회하나 어차피 후회할 거면 한번 해보고 후회하는 게 낫죠. 대신……."

"말하거라."

"조심하세요."

적월이 신중하게 말했다.

"응?"

"송가장에서와 같은 일이 다시 일어나면 안 되니까요."

"그, 그래. 그래야겠지."

나왕이 당황한 목소리로 대답했다.

"그래서 말인데 한 가지 약속을 해주세요."

"또 뭘?"

"제가 떠나야 할 때라고 말하면 그때는 언제가 됐든 반드시 북두산문과 백 문주를 떠나야 해요."

적월이 다부진 표정으로 말했다.

"혼인을 하고도?"

"예."

"아니, 마누라보다 제자 말을 들어야 한단 말이냐?"

"세상 사람들은 사부님을 무척 냉정한 사람이라고 말하지만, 사실 사부님은 정이 많은 분이에요. 다만 사부님 스스로 외모에 대한 자격지심 때문에 세상과 벽을 쌓고 있을 뿐이지요. 그래서 만약 누군가 사부님께 정을 주는 듯하면 금세 그 사람에게 빠지고 만다고요."

"음음… 그런가?"

나왕이 고개를 갸웃했다.

"그래서 북두산문의 문주가 사부님을 이용하려 한다는 걸 알아도 부부로서 대해주면 그녀의 곁에 남을 분이시죠. 사부님께 곤란한 상황이 일어나도 말이죠. 저도 어느 정도까지는 봐드릴 수 있어요. 하지만 지나치면 전 그 꼴은 못 봅니다."

"날 강제로라도 데리고 나가겠다?"

"예."

"내가 안 간다고 하면?"

"사부님은 절 따라가실 거예요."

적월이 확신을 가지고 말했다.

"이놈아, 뭘 믿고 그렇게 자신하냐?"

"이 세상에서 어떤 편견도 없이 진심으로 사부님을 사랑하는 사람이 누군지는 사부님이 더 잘 알고 계시니까요."

적월의 퉁명스러운 대답에 나왕이 갑자기 말문이 막혔다.

"사랑이라……."

나왕이 혼잣말처럼 적월이 한 말을 뇌까렸다.

그러고는 빙그레 미소를 지었다. 아마도 그가 세상에 태어난 이후 지어본 가장 밝은 미소일 듯싶었다. 그 미소를 본 사람이라면 그가 가까이 하기 꺼려지는 추남이라는 사실조차 잊을 정도였다.

그렇게 실없는 사람처럼 미소를 짓던 나왕이 두 손을 비비며 말했다.

"좋아. 네 말대로 하마. 그리고 이제부터는 북두산문의 문주와 혼인을 하는 문제를 내 일생의 숙원이 아니라 그저 재미있는 경험 정도로 해두자. 네 말을 들으니 그 일이 한결 가볍게 느껴지는구나."

나왕의 말에 적월의 표정도 밝아졌다.

"그런 마음이시라면 마음이 놓여요. 그렇다고 너무 부정적으로만 생각할 건 아니에요. 사람의 진심은 언제나 통하는 법이라서 북두산문의 문주님도 사부님의 진면목을 알게 되면 진심으로 사부님을 좋아할 수 있을 테니까요."

"하하하, 그거야말로 꿈같은 일이지. 나 같은 외모에……."

"이젠 그 외모 타령도 그만하세요."

적월이 눈살을 찌푸렸다.

"왜 듣기 싫으냐?"

"당연하죠. 그리고 사실 전 사부님이 그리 추남이라고 생각하지 않아요. 타고난 외모란 것은 젊을 때나 소용이 있는 법이지, 나이 사십이면 스스로 자신의 얼굴을 만들어간다고 하잖아요. 그런 면에서 보면 사부님의 모습은 생각보다 나쁘지 않으세요."

"그래? 어떻게 보이는데?"

"강호절대고수에게 어울리는 외모로 변해가신다고 할까요?"

"정말?"

"그럼요. 그러니 이젠 외모로 인한 자괴감을 가질 필요는 없으신 것 같아요."

"아아, 내가 제자 하나는 정말 잘 두었구나. 이런 말까지 듣게 되다니."

"제가 사부님을 잘 모신 거죠."

적월이 실실 미소를 지으며 말했다.

"후후후, 알겠다. 어쨌든 한동안 이 기이한 문파에서 어떤 일이 벌어지나 즐겨보자꾸나."

"네. 좋아요."

적월도 씩씩하게 대답했다.

북두산문의 문주 백완은 이른 아침부터 두 총관의 방문을 받았다.

두 총관 성사간과 조무양은 백완을 마주하자, 이 몰락한 가문의 여인이 어제와는 전혀 다른 사람인 것 같은 느낌을 받았다.

"그러니까, 그 두 분이 오실 때까지 혼인을 미루라는 건가요?"

"그게 좋을 것 같습니다만."

조무양이 조심스럽게 대답했다.

애초에는 협박이라도 할 생각이었지만, 웬일인지 백완의 앞에 서자 자신도 모르게 주눅이 드는 조무양이었다.

"이유가 뭐죠?"

백완이 차갑게 물었다.

"혼인은 인륜지대사입니다. 하물며 대북두산문 문주님의 혼인인데 아무런 증인이나 하객도 없이 식을 올린다는 것은 서운한 일이지요. 다행히 두 분 공자들께선 당금 무림에서 내로라하는 영웅들이시니 하객으로서는 최상의 손님이 될 것입니다."

조무양이 머리까지 조아리면서 말했다.

그러자 백완이 잠시 생각에 잠겼다가 성사간을 보며 물었다.

"성 총관도 같은 생각인가요?"

"그렇습니다. 문주님, 또 혼례를 준비할 시간도 필요하고……."

"언제죠?"

"……?"

"그 두 사람이 장원에 도착할 시간이요."

백완의 질문에 두 총관의 얼굴이 딱딱하게 굳었다.

지금까지 백완은 북두산문으로 오고 있는 만무회의 소회주 상황과 검산파의 대공자 유목인을 부를 때 항상 존칭을 썼었다. 그런데 지금은 그들을 두 사람이라고 부른 것이다. 이런 변화는 감히 두 총관으로서는 생각지도 못한 것이었다.

"모르나요?"

백완이 재촉하듯 다시 물었다.

"아, 아닙니다. 적어도 닷새 안에는 도착하실 겁니다."

성사간이 얼떨결에 대답했다.

"닷새라. 뭐, 나쁘지는 않군요. 좋아요. 그렇게 하죠."

"감사합니다."

성사간이 자신도 모르게 고개를 숙이며 대답했다.

"뭐가 감사하다는 거죠? 오히려 감사는 제가 해야지요. 나의 혼례를 제대로 치르기 위해 두 분께서 이렇게 신경을 써주시는데……."

"저희들로서야 당연히 해야 할 일입니다."

이번에는 조무양이 얼른 대답했다. 그러자 백완이 한줄기 미소를 지으며 말했다.

"그 해야 할 일을 하지 않는 사람들이 너무 많은 세상이죠. 그래서 고맙다는 거예요. 해야 할 일을 하는 분들이라서. 아무튼 그럼 그렇게 준비해 주세요."

"알겠습니다. 문주님!"

백완의 말에 두 총관은 정말로 그들이 북두산문의 충실한 총관이라도 된 듯 고개를 숙이며 대답하고는 백완의 앞에서 물러 갔다.

두 총관이 물러가자 그녀의 뒤에 서 있던 유모 무령댁이 의아한 표정으로 백완에게 물었다.

"문주님, 대체 무슨 생각이세요?"

"무슨 생각이냐니?"

"그들이 오면 이 혼인이 순조롭게 치러질 수 없을 겁니다."

"그렇겠지."

"그걸 알면서도 그들이 올 때까지 혼례를 미룬다는 건가요?"

"적어도 대북두산문의 사람이 되려면 이 정도 시험은 통과해야 하는 것 아닐까?"

백완이 냉정한 표정으로 말했다.

"시험이라시면?"

"불사 나왕이란 사람이 나와 북두산문의 울타리가 될 수 있는 인물인지 시험하기에 그 두 사람만큼 적당한 사람들이 있겠어?"

"하지만 그러다 그가 견디질 못한다면 어쩌시렵니까?"

무령댁이 걱정스러운 표정으로 물었다.

"그렇다면 애초에 그는 내 남편이 될 자격이 없었던 거지. 어차피 내 손에 신공이편이 들어온 이상 능력 없는 자라면 필요 없어."

백완의 말은 냉혹하기까지 했다.

"그럼 그가 시험을 통과하지 못하면 만무회든 검산파든 둘 중 한 곳으로 가실 생각이세요?"

"그건 아니야. 다시 그런 수모를 겪을 수는 없지."

"하면……?"

"그땐 비도를 통해 장원을 떠나면 그만이야."

"그들의 추격을 피할 수 있을까요? 그 추격을 걱정해 애초에 두 총관을 죽이고 그들이 오기 전 장원을 떠나려 하시지 않았습니까?"

그러자 백완이 가볍게 미소를 지으며 대답했다.

"유모… 난 지난밤에 놀라운 기적을 경험했어."

"기적이라뇨?"

계속해서 이해하지 못할 말을 하는 백완을 이상한 눈으로 보며 무령댁이 물었다.

"사신지보 말이야. 그게 참 묘하더라고. 두 동편이 합쳐져서 완벽해진 마하공의 구결을 머릿속에 완전히 외우고 잠들었는데, 아침에 일어나니까 난 다른 사람이 되어 있더라고."

"다른 사람이요?"

"응. 그동안 마하공의 반쪽을 수련한 게 아니라 거의 아무것도 수련하지 않은 것이었어. 그런데 중요한 것은 그 아무것도 아닌 수련조차 이 완전해진 마하공을 수련하는 데 마중물 같은 역할을 하는 거야. 내 마하공은 마치 여기저기 구멍이 뚫려 있어 숭숭 바람이 새던 담장 같은 것이었어. 그런데 완벽한 구결을 알게 되자 담장의 두께는 두껍지 않지만 새는 바람을 모두 막을 수 있더라고. 내 말이 뭘 의미하는지 알겠지?"

백완이 무령댁을 보며 물었다.

사람들에게 알려지지 않은 또 하나의 사실이 있었다. 그건 무령댁이 적어도 어제까지는 백완보다 나은 무공을 지니고 있었다는 것이다.

그녀는 그냥 북두산문과 백완에게 충성을 다하는 유모가 아니었다. 그녀는 백완의 유모이면서 또한 숨겨진 무공의 스승이었다.

백완의 아버지, 그러니까 백초산의 아들인 전대 문주 백룡이 유일하게 백완에게 남긴 유산이 바로 무령댁이었던 것이다.

그래서 그녀는 백완이 하는 말이 뭘 의미하는지 단번에 알아들었다.

"마하공의 완벽한 구결이 문주님의 마하공을 하나에서 열로 만들었다는 뜻이군요."

"그래. 그래서 솔직히 말하자면 곧 이곳에 올 그 두 문파의 후계자들을 상대로 내 무공을 시험해 보고 싶은 유혹에 시달릴 정도지."

"안 됩니다."

무령댁이 단호하게 말했다.

"알아. 나도 그 정도 생각은 있으니까. 설혹 크게 깨달은 마하공 덕에 그들을 상대할 수 있다고 해도 그들을 죽여놓고는 후일을 장담할 수 없으니까. 만무회와 검산파는 누가 뭐래도 현 강호의 패자들이지."

"맞습니다. 그러니 모든 것이 완벽해질 때까지는 조심해야 합니다."

무령댁이 진심으로 충고했다.

"당연한 일이지. 아무튼 그들과 싸우지는 않겠지만, 그들의 추격을 따돌릴 자신은 있다는 뜻이야."

"무슨 말씀인지 알겠습니다."

무령댁이 고개를 끄떡였다.

"자, 그러니 우리 한번 두고 보자고. 나의 낭군이 되겠다고 온 사람이 얼마나 대단한 능력을 보여줄지."

"…그에겐 가혹한 일이군요."

"글쎄? 동편 하나 덜렁 들고 와서 나와 같은 사람과 혼인을 하겠다는 생각을 가진 사람에겐 그리 가혹한 일 같지 않은데?"

"하지만 그건……."

"물론 내가 먼저 세상에 약속한 일이긴 해. 그래서 이 정도의 기회라도 주는 거야."

백완이 냉정하게 말했다.

그런 백완을 보며 무령댁이 조금은 걱정스러운 얼굴로 중얼거렸다.

"그래도… 불사 나왕이란 이름은 그리 녹록한 이름이 아닙니다. 절대 그를 과소평가하지 마십시오."

"그러니까. 한번 두고 보자고."

백완이 피곤한 듯 눈을 감으며 대답했다.

*   *   *

화려했던 북두산문의 옛 영화를 말해주는 흔적처럼 남은 무너진 담장 근처에서 두 무리의 사람들이 만났다.

양쪽 모두 십여 명 정도의 인원이었는데, 하나같이 형형한 눈빛을 흘려내는 것이 일류고수의 반열에 오른 자들이 분명했다.

"오랜만이오. 상 형!"

큰 키에 비해 마른 몸을 가진 사내가 맞은편에서 다가온 무리 중 중년 사내를 보며 먼저 입을 열었다.

"그렇구려. 유 형! 삼 년 만인 것 같소."

"지난번 두 어르신의 회합 때 본 것이 마지막이니 그런 것 같구려. 그런데 일이 참 묘하게 되었소."

유 형이라 불린 사내가 멋쩍은 표정을 지으며 말했다.

"그러게 말이오. 대북두산문의 문주가 우리가 아닌 다른 사람의 여자가 되게 생겼으니 말이오. 허허!"

상 형이라 불린 사내도 허탈한 웃음을 흘렸다.

둘 모두 사십 전후의 중년으로 함께 온 무리들이 감히 대화에 끼어들 엄두를 내지 못할 정도로 압도적인 존재감을 드러내고 있었다.

"이십 년을 기다려 결국 남 좋은 일만 시키게 생겼소이다."

유씨 성을 쓰는 자가 말했다.

"일이 그렇게 되어서야 되겠소? 북두산문의 이름이 누군가에게 넘어가야 한다면 당연히 우리 문파 중 한쪽이어야 하지 않겠소? 일단 이 일을 막고 봅시다. 그때까지는 서로 힘을 합치는 것이 좋겠소."

"음… 상대가 불사 나왕이라면 그리 쉬운 일이 아닐 것이오."

"불사 나왕……! 어려운 자이긴 하지."

상씨 성을 쓰는 자가 고개를 끄떡였다. 그러자 유씨 성의 사내가 말을 이었다.

"더군다나 그자가 사신지보 중 한 조각을 가져왔으니 명분도 그자에게 있소. 설혹 우리가 그자를 베어버린다 해도 그 소문이 강호에 퍼지면 우리 두 사람은 얼굴을 들고 다닐 수 없을 거요. 그렇다고 그자가 순순히 양보할 것 같지도 않고."

유씨 성의 사내가 얼굴을 찌푸렸다.

"음… 일단 그자를 설득해 봅시다. 사신지보를 가져온 것에 대한 금전적인 보상을 충분히 하겠다고 말이오."

상씨 성의 사내가 말하자 유씨 성의 사내가 고개를 저었다.

"불사 나왕이 어디 재물로 움직일 수 있는 사람이오? 무림맹에 있을 때부터 재물에는 관심이 없었던 자가 아니오. 더군다나 그자가 삼 년 전 송가장을 떠난 것은 아마도 사신지보의 행방을 알아내고 그것을 찾아 북두산문의 사위가 되고자 함이었던 것 같은데, 그런 결심을 한 자가 순순히 물러나겠소?"

"하긴… 그자의 추레한 몰골을 생각하면, 이런 기회가 아니면 어떻게 북두산문의 문주와 같은 미인을 부인으로 맞이할 수 있겠소. 쉽게 포기하진 않겠지."

상씨 성의 사내가 고개를 끄덕였다.

그러자 유씨 성의 사내가 낮고 은밀한 목소리로 말했다.

"결국 가장 좋은 것은 그자가 흔적 없이 사라지는 것 아니겠소? 아직 강호에 소문이 퍼지지도 않았을 테고. 설혹 나중에 이 일이 세상에 알려져도 그자의 행방이 묘연하다면 스스로 떠난 것이라 생각할 수도 있을 테니 말이오."

"그럴 수만 있다면 가장 좋은 방법이긴 하오. 그런데 그럴 방법이 있소?"

상씨 성의 사내가 물었다.

그러자 유씨 성의 사내가 묘한 미소를 지으며 대답을 했다.

"방법이야… 상 형도 아시지 않소?"

그러자 상씨 성의 사내 표정이 변했다.

"그 말씀은 설마……?"

"내가 듣기로 그 석실은 정말 튼튼해서 백 년이 지나도 멀쩡할 것이라 하더이다. 더군다나 우리의 선조들께서 다시 한번 쓸수 있게 은밀히 복구를 해두었고 말이오."

"음, 나도 아버님께 그리 듣기는 했소."

상씨 성의 사내가 대답하자 유씨 성의 사내가 다시 입을 열었다.

"백 년 전 우리 양 문파의 선조께서 함께하신 일을 오늘날 우리 두 사람이라고 못 하겠소?"

"음… 백 년이나 지났는데 과연 제대로 작동을 할지……."

"일단 도착하면 그곳부터 살펴봅시다. 정상적으로 작동한다면 그는 조용히 사라질 것이고, 그렇지 않다면 다른 수단을 강구해야 할 것이오."

"알겠소. 그렇게 하도록 합시다."

상씨 성의 사내가 동의했다.

그러자 유씨 성의 사내가 호탕한 웃음을 터뜨렸다.

"하하하, 역시 우리 두 문파는 떼려야 뗄 수 없는 운명인가 보오."

"후후후, 그러게 말이오."

상씨 성의 사내도 입가에 미소를 지으며 대답했다.

이들 두 사람이 바로 북두산문의 문주 백완을 자신의 부인으로 맞아들이기 위해 그녀를 찾아온 만무회의 소회주 상황과 검산파의 대공자 유목인이었다.

제9장
과거로의 초대

　마치 오랫동안 떠나 있던 집에 돌아온 주인들처럼 만무회의
소회주 상황과 검산파의 대공자인 유목인이 당당하게 북두산문
으로 들어왔다.

　그리고 언제나처럼 북두산문의 두 총관 성사간과 조무양이
두 사람을 마중했다.

　두 사람을 마중하는 두 총관의 태도에서 그들이 북두산문의
사람이 아니라 만무회와 검산파 사람임이 여실히 드러났다.

　굳이 숨길 필요도 없다는 듯이 충성심을 드러낸 두 총관을
보며 상황과 유목인은 만족한 듯한 표정을 짓다가 이내 얼굴을
굳혔다.

　"문주는?"

　문득 상황이 물었다.

생각해 보면 다른 때와는 다른 점도 있었다. 두 총관의 환대야 언제나 있던 것이지만, 예전에 그들이 북두산문에 도착했을 때는 문주 백완이 정문 밖까지 나와 두 사람을 마중했었다.

그런데 오늘은 문 안에 들어서도 백완의 그림자도 보이지 않았다. 이건 생각보다 심각한 문제였다.

"검신전에서 기다리고 계십니다."

조무양이 마치 자신이 죄를 지은 것처럼 굽신거리며 대답했다.

"검신전? 자신의 처소에서 나오지조차 않는다는 건가?"

"죄송합니다."

이번에는 성사간이 고개를 숙이며 대답했다.

그러자 상황의 곁에 있던 유목인이 차갑게 말했다.

"그대들이 주군을 제대로 모신 모양이군. 대북두산문의 문주로서 위엄을 보이려고 하는 것을 보면 말이야."

백완이 마중을 나오지 않은 일을 두 사람의 탓으로 돌리는 교묘한 질책이다.

"그, 그런 것이 아니오라……."

조무양이 급히 변명을 하려는데 상황이 손을 들었다.

"됐네. 옛 주인에게 정성을 다하는 것을 어찌 탓하겠는가. 일단 검신전으로 가세. 왔으니 얼굴은 봐야지."

"알겠습니다. 모시겠습니다."

조무양과 성사간이 얼른 상황과 유목인 앞으로 나서며 대답했다.

"이거… 조금 어색하군."

북두산문 문주가 기거하는 건물을 이들은 검신전이라고 부른다.

검신 백초산의 별호를 사용하는 이 건물은 한때 천하에서 가장 중요한 일들이 결정되는 장소였다. 그러나 지금은 몰락한 북두산문의 마지막 유적 같은 곳일 뿐이다.

그 검신각 대청으로 아침부터 불려 나온 나왕이 나직한 목소리로 적월에게 말했다.

"어쩌겠어요. 해야 할 일인데."

적월이 어깨를 으쓱하며 대답했다.

"후우… 하기야 내가 선택한 일이니 어쩔 수 없지."

나왕이 한숨을 쉬며 수긍했다.

나왕은 아침부터 자신을 찾아온 백완의 시종 두산을 따라 검신전에 불려와 있었다.

백완은 나왕이 자신과 함께 만무회와 검산파의 후계자들을 만나기를 원했다. 그것이 자신의 배필이 될 사람의 당연한 의무라고 말하기까지 했다.

나왕도 백완의 청을 거절할 수 없다는 것을 알고 있었다. 그녀의 남편이 되기 위해선 반드시 해야 할 일들이 있었다.

그중 가장 중요한 것이 북두산문의 일에 관여하는 것, 그 일을 회피하고서는 백완의 남편이 될 수 없었다.

그래도 어쩔 수 없이 불려 나온 자리가 편할 리 없었다. 송가장에 머물 때도 외부의 손님을 맞이하거나 송가장의 행사에 모습을 드러내지 않던 나왕이었다.

사람들을 회피하는 것은 아니지만 격식을 차린 자리에 오래 머무는 것은 나왕의 성정에 맞지 않았다.

그렇게 나왕이 맞지 않는 옷을 입은 것처럼 불편한 표정을 짓고 있을 때 검신전 앞으로 한 떼의 사람들이 들어왔다.

사십 전후의 두 사내, 그리고 그들의 뒤를 따르는 이십여 명의 무인들. 적은 수지만 그 기세가 웬만한 문파를 압도할 정도였다.

"문주님! 만무회의 소회주님과 검산파의 대공자께서 도착하셨습니다."

백완이 자신의 두 눈으로 두 사람이 들어오는 것을 보고 있는데도 총관 성사간이 큰 소리로 백완에게 두 사람의 도착을 알렸다.

그러자 대청에 놓인 네 개의 의자 중 하나에 앉아 있던 백완이 몸을 일으켰다.

나왕도 느릿하게 자리에서 일어나 상황과 유목인을 바라봤다.

처음 보는 얼굴들은 아니다. 과거 칠마와 십육마문의 난 때 두어 번 본 적이 있는 얼굴들이었다. 물론 당시에는 나왕과 마찬가지로 젊은 청년들이었던 두 사람이다.

"어서 오세요. 두 분! 오랜만에 뵙는군요."

백완이 두어 걸음 앞으로 나서며 상황과 유목인을 맞이했다. 얼굴에 미소를 짓고 있으나 위엄을 잃지 않는 모습이다.

그런 그녀의 모습에서 상황과 유목인도 이 몰락한 가문의 문주가 확실히 변했음을 느낄 수 있었다.

"그렇구려. 오랜만이외다. 문주!"

상황은 자신들을 대하는 백완의 태도가 불만스러운지 퉁명스럽게 백완의 인사를 받았다.

"오르시죠."

상황과 유목인의 기분이야 어떻든 백완이 가볍게 손을 들어 두 사람을 대청 위로 청했다. 그러자 두 사람도 망설이지 않고 대청 위로 올라섰다.

"회주님과 장문인께서는 안녕들 하신가요?"

대청에 오른 두 사람을 보며 백완이 만무회주 상지손과 검산파의 당대 장문인 유추량의 안부를 물었다.

"그분들이야 백 세가 되어도 청년 같은 젊음을 유지할 수 있는 분들이 아니겠소?"

유목인이 대답했다.

"하긴. 당금 천하의 패자들이시니 당연한 일이겠지요. 아무튼 잘 오셨어요. 마침 저희 북두산문에도 일이 있었답니다. 그래서 두 분께 약간의 도움을 청하려 하고 있었습니다."

"이야기는 들었소이다. 불사께서 북두산문의 귀중한 보물을 찾아오셨다는……."

말을 하며 유목인이 불사 나왕을 바라봤다.

그러자 불사 나왕이 무심한 표정으로 입을 열었다.

"오랜만이오."

이 짧고 무심한 나왕의 인사에 장내의 모든 사람들이 제각기 다른 표정을 지었다.

불사 나왕이 북두산문에 들어온 이후부터 지금까지 그의 행동은 조금 어리숙한 면이 있었다. 또한 약간 의기소침한 모습도 보였었다.

이유는 분명했다. 사신지보 한 조각을 들고 와 백완과 혼인을 요구하는 것이 그 스스로도 조금 억지스럽게 느껴졌기 때문이다. 설혹 그것이 그녀가 천하무림에 두고 한 약속이어도 말이다.

그래서 지금까지 백완을 대할 때 조금은 소심한 모습을 보였던 불사 나왕이지만, 사실 그건 그의 진면목이 아니었다.

오히려 그는 무림에서 무척 도도하고 냉정한 인물로 알려진 사람이었던 것이다.

그러니 당연히 그가 빚진 것이 없는 상황과 유목인을 대하는 모습이 백완을 대할 때와는 다를 수밖에 없었다.

마치 상황과 유목인을 아랫사람 취급하듯 대하는 모습에 백완과 북두산문의 사람들은 놀랄 수밖에 없었다. 반면 상황과 유목인은 천하구패의 후계자인 자신들을 무시하는 듯한 나왕의 태도에 분노와 함께 당황스러움을 느끼고 있었다.

"그렇구려. 십 년도 넘은 일이구려."

상황이 뒤늦게 나왕의 말에 대꾸했다. 그러자 나왕이 고개를 끄떡이며 말했다.

"아마 천살객 범차를 벨 때가 마지막 만났던 때 같구려."

나왕의 말에 상황과 유목인의 표정이 다시 변했다.

천살객 범차는 칠마와 십육마문의 난을 일으킨 자들 중 한 명이다.

당대 최고의 살객이며 칠마의 반열에 올라 있던 천살객 범차는 무림맹 신응조의 오랜 추격 끝에 장성 인근에서 죽었는데, 그때 그를 상대했던 신응조 고수 중 한 명이 나왕이었다.

당시 신응조를 돕기 위해 추격전에 나섰던 무림맹의 고수 중에는 젊은 시절의 상황과 유목인도 섞여 있었기에, 그들은 나왕과 신응조의 고수들이 천살객 범차를 주살하는 것을 직접 두 눈으로 보았었다.

나왕의 말에 의해 그때의 기억이 떠오르자 그들은 눈앞에 있는 이 보잘것없는 외모의 인물이 사실은 얼마나 무서운 자인지를 갑자기 벼락처럼 떠올렸던 것이다.

"이렇게 다시 불사 대협을 뵙게 되니 반갑소이다."

유목인이 얼른 태도를 바꿔 정중한 표정으로 인사를 건넸다.

"나도 반갑소이다. 보아하니 문주님과 긴히 하실 말씀들이 있는 것 같은데, 난 이만 물러났으면 하오만."

나왕이 백완을 보며 물었다. 인사도 나눴으니 이젠 거처로 돌아가겠다는 것이다.

그러나 백완은 고개를 저었다.

"아닙니다. 이 일은 대협과 저 두 사람의 일이니 당연히 이곳에 계셔야지요. 그리고 이제 북두산문은 대협의 집이 아닙니까? 집안의 일을 논의하는데 어찌 대협을 제외할 수 있단 말입니까?"

백완의 말은 정중하면서도 완곡했다. 또 마치 나왕이 오래전부터 자신의 남편으로 살아온 것같이 대하는 백완이었다.

사실 백완은 조금 전 나왕이 상황과 유목인을 기세로 제압하는 것을 보고 크게 만족해하고 있었다. 그 모습을 보고 나자 지금까지 갖고 있던 나왕에 대한 선입견이 옅어지며 오히려 없던 호감이 불쑥 생겨나는 것도 같았다.

그런 마음의 변화가 그녀로 하여금 나왕을 이 자리에 계속 잡아두고 싶게 만들었다.

"음… 그렇다면 알겠소."

나왕이 어쩔 수 없다는 듯 고개를 끄떡이고는 자리에 앉았다.

"두 분도 앉으시지요."

나왕이 자리를 잡고 앉자 백완이 상황과 유목인에게 자리를 권하고는 그녀 자신도 그들의 맞은편에 나왕과 어깨를 나란히 하고 앉았다.

좌중의 분위기는 완전히 백완이 주도했다.

백완은 다른 사람들이 반대하거나 혹은 다른 의견을 말할 틈을 주지 않고 자신의 생각을 말했다.

혼인은 이달 보름, 삼 일 뒤에 할 것이고, 일단 혼인을 하고 나면 나왕과 함께 강호행을 하겠다고 선언했다.

나왕이 북두산문의 사람이 되었음을 강호에 알려, 나왕의 명성을 이용해 북두산문이 다시 강호의 강자가 될 것이라는 생각을 무림인들에게 심어주기 위한 행보였다.

물론 나왕은 백완의 계획이 마음에 들지 않았다. 자신의 명성을 이용하려 한다는 것은 처음부터 알고 있던 사실이었지만 그스스로 강호에 나가 북두산문의 부활을 외치고 다니고 싶은 생각은 없었다.

그러나 나왕은 입을 열어 백완의 계획을 반대하지는 않았다. 백완이 그럴 기회를 주지도 않았지만, 상황과 유목인이 있는 곳에서 백완과 언쟁하긴 싫었다. 이 자리는 누가 봐도 백완의 체면을 세워줘야 할 자리이기 때문이었다.

물론 상황과 유목인도 이런 백완의 계획이 껄끄럽기는 마찬가지였다.

그간 천일검황가라 불리는 북두산문은 철저하게 만무회와 검산파의 영향 아래에 있었다.

비록 실질적인 힘이 없지만, 검신 백초산이라는 고금제일검의 명성은 여전히 쓸모가 있어서 강호의 전통적인 명문대파를 상대할 때 만무회와 검산파는 자신들이 검신 백초산의 후예이고, 지금도 북두산문의 보호자임을 내세울 때가 적지 않았던 것이다.

이런 상황에서 불사 나왕이 북두산문의 사람이 되어 백완과 함께 강호행을 한다면 검산파와 만무회는 더 이상 북두산문의 보호자를 자처할 수가 없게 될 것이다.

또한 만약 북두산문이 부활하면 그간 만무회와 검산파에 몸을 의탁하고 있던 북두산문의 후예들 중 일부가 다시 본 가를 찾아갈 수도 있었다.

그러니 두 문파에게 백완의 계획은 생각보다 심각한 문제를 야기시킬 수도 있는 것이었다.

하지만 두 사람 역시 그녀의 계획을 듣고 있을 뿐 만류하거나 반대하지 않았다.

왜냐하면 그들에게는 이미 다른 계획이 세워져 있기 때문이었고, 그 계획대로만 된다면 며칠이 지나지 않아 백완은 다시 예전처럼 자신들의 통제 안에 있게 될 것이기 때문이었다.

"문주의 계획은 잘 들었소이다. 말씀대로만 된다면 북두산문의 부흥에 큰 도움이 될 것이오. 물론 우리 두 문파도 힘이 닿는 대로 문주를 돕겠소."

이미 딴마음을 먹고 있는 두 사람이었으므로 오히려 덕담까지 했다.

"도와주신다니 감사합니다. 하지만 강호에 나가 특별히 할 일이 있어서가 아니라 단지 여행하는 것뿐이니 크게 도움이 필요한 일은 아닙니다. 두 분께서 이번에 저와 불사 대협의 혼인에 대한 증인이 되어주시는 것만으로도 고마운 일이지요."

"하하, 그 일이야. 의당 손님의 입장에서 해야 할 일이니 고마울 것은 없소. 아무튼… 이 소식을 들으면 아버님도 무척 기뻐하실 것이오. 늘 문주님의 안위를 걱정하셨는데 이렇게… 불사 대협이라는 든든한 보호자를 얻게 되셨으니 말이오."

상황이 얼굴에서 미소를 지우지 않고 말했다. 그의 모습만 보면 나왕과 백완의 혼인을 진심으로 축하한다고 믿을 수밖에 없었다.

"만무회주님의 마음은 늘 감사하게 생각하고 있지요."

백완이 고개를 가볍게 숙여 보였다.

그러자 이번에는 유목인이 입을 열었다. 대신 그는 백완이 아니라 불사 나왕에게 말머리를 돌렸다.

"불사 대협! 늦었지만 이번 혼인을 축하드리오. 문주께선 천하 무림이 인정하는 현명하고 아름다운 분이시고, 또 북두산문은 누가 뭐래도 무림의 명문 아니겠소? 이런 가문과 혼인을 하는 것은 무림인이라면 누구라도 바라는 일이지요."

"고맙소."

나왕의 대답은 여전히 짧고 냉막했다.

하지만 유목인은 나왕의 태도에도 아랑곳하지 않고 미소를 지으며 다시 입을 열었다.

"그런 의미에서 대협께 청이 있소이다."

"⋯⋯?"

나왕이 무심한 눈으로 유목인을 바라봤다. 두 사람의 관계가 부탁이 오고 갈 사이가 아니기 때문이었다.

"아아, 어려운 부탁을 드리려는 것은 아니오. 단지, 우리가 비록 연배는 비슷해도 강호에서 저희 두 사람과 불사 대협의 명성은 마치 보름달과 반딧불처럼 큰 차이가 있다는 걸 알고 있소. 해서 불사 대협의 혼인을 축하하는 뜻으로 내일 밤 저희 두 사람이 대협께 술 한잔 대접하고 싶은데 허락해 주시기 바라오."

유목인의 뜻밖의 청에 나왕이 잠시 대답을 미루는데 백완이 먼저 나서서 입을 열었다.

"이제 불사 대협께서는 북두산문의 주인이나 마찬가지시고, 만무회와 검산파는 북두산문에 그 뿌리를 두고 있으니 세 분은 이제 한 뿌리로 연결되셨군요. 그런 의미에서 강호의 영웅분들이 교분을 쌓을 기회를 만드는 것도 나쁘지 않은 일이라고 생각됩니다. 그렇게 하시지요. 술과 안주는 제가 준비하겠습니다."

백완까지 거들고 나서자 나왕은 유목인의 청을 거절하기가 더어려워졌다.

"하지만 그 자리는 사내들만의 자리니 문주께선 빠지셔야 합니다."

유목인이 웃으며 백완에게 말했다.

"물론이죠. 전 다만 준비만 해드리겠어요."

"하하하, 고맙소이다. 영웅각을 쓸 수가 있겠소이까?"

유목인이 호탕하게 웃으며 물었다.

그러자 백완이 고개를 끄떡였다.

"물론 내어드리지요. 영웅각은 그 옛날 검신께서 북두산문에 초대한 강호의 영웅분들과 천하 대사를 논의하던 곳, 당연히 세 영웅께서 교분을 나누기에 그곳만 한 곳이 없지요. 더군다나 영웅각을 세워 검신께 선물한 분들이 만무회와 검산파의 시조분들이 아니십니까? 그러니 두 분께선 언제든 영웅각을 사용할 권리가 있으시지요."

"하하, 그렇게 말씀해 주시니 고맙소이다. 불사 대협! 그럼 내일 밤에 뵙겠소이다."

나왕은 단 한마디 말도 하지 않았는데, 이미 그는 유목인의 제안을 수락한 상태가 되어 있었다.

이런 상황에서 다시 그의 청을 거절하는 것도 백완을 곤란하게 할 수 있다고 생각한 나왕이 그제야 고개를 끄떡였다.

"알겠소. 그럽시다. 그런데 영웅각이 어디요?"

나왕이 백완에게 물었다.

그러자 백완이 미소를 지으며 대답했다.

"장원 북동쪽 숲에 있어요. 숲 안 깊숙한 곳에 있어서 여기서는 보이지 않지요. 안내해 드릴 테니 찾을 걱정은 하지 마세요. 뭐, 그래 봐야 옛 담장 안에 있는 것이니 안내랄 것도 없겠지만……."

*   *   *

"예감이 좋지 않아요."

검신전을 나와 둘만 남게 되자 적월이 걱정스러운 표정으로 말했다.

"뭐가 말이냐?"

"너무… 쉽다고 해야 할까요?"

적월의 말에 나왕도 고개를 끄떡였다.

"나 역시 그런 느낌이다. 그 두 사람이 나와 문주의 혼인을 너무 간단하게 인정했어."

"일을 벌일 수도 있지 않을까요?"

제대로 된 무림의 싸움을 경험하지 못한 적월이 불안한 듯 물었다.

"글쎄… 쉽사리 일을 벌이지는 못할 거다. 만약 날 공격했다가 실패하면 그들 자신이 어떻게 될 거라는 걸 알 테니까. 아니, 그들만의 문제가 아니지. 만무회와 검산파는 구패의 자리를 위협받게 될 거다. 그래서 날 공격하는 문제는 그리 쉽게 선택할 수 있는 문제가 아니야."

나왕의 말에 적월이 조금 놀란 듯 물었다.

"사부님이 그렇게 대단하세요?"

"설마 내가 그따위 녀석들에게 죽을 거라고 생각하느냐?"

"그게 아니라 무림에서 검산파와 만무회의 위치를 흔들 정도로 강하시냐고요? 이러니저러니 해도 그들은 천하구패고 우린 사부님과 나, 결국 둘뿐이잖아요?"

적월이 되묻자 나왕이 대답했다.

"네가 알아야 할 것이 있다. 강호의 싸움은 일반 군졸의 싸움과는 다른 것이다. 들판에 병사들을 세워놓고 싸우는 것이 아니라는 거지. 일단 그들과 내가 싸워야 한다면 난 철저히 두 문파의 수장들을 노릴 거다. 그럼 반드시 그들은 흔들리게 되어 있어."

"그들은 수많은 고수들 속에 있는데요? 아마 접근하기도 힘들걸요?"

"후후, 그 두 사람을 노린다고 해서 반드시 그들을 검으로 베어야 이기는 건 아니다."

"싸우지 않고 어떻게 이겨요?"

적월이 다시 물었다.

그러자 나왕이 목소리를 낮추며 말했다.

"먼저 강호에 소문을 내야지. 내가 복수를 위해 두 문파의 주인을 노린다고 말이야. 일단 불사 나왕이 두 문파의 우두머리를 노린다는 소문이 강호에 도는 순간, 만무회주 상지손과 검산파 장문인 유추량은 즉시 발이 묶이게 된다. 그들도 내 무공을 알고 있으니까. 강호에 나왔다가 언제 내게 기습을 당할지 모르거든. 그래서 그들은 자신들의 세력을 움직여 날 제거할 때까지 본거지에 머물게 될 것이다. 그리고 그 상태가 길어지면 두 세력은 조금씩 조금씩 다른 경쟁자들에게 세력이 잠식되어 무너져 가게 된다. 더군다나 내가 약간의 손을 쓰면 좀 더 빠르게 무너질 거다."

"그게… 가능해요?"

적월은 여전히 의심스러운 모양이었다.

"이 녀석, 정말 사부를 못 믿는 거냐?"

"그런 건 아니지만……."

"아무튼 그자들이 나를 상대로 쉽게 싸움을 걸지 않을 거야. 그자들은 말이다. 사실 무공보다는 계책에 뛰어난 자들이지. 시류를 잘 탄다고 해야 할까? 그들의 조상들이 검신을 따르다가 검신이 사라지자 북두산문을 떠나 독립을 한 것처럼……."

나왕의 말투에선 언뜻 경멸의 기운이 느껴졌다.

"좋아요. 어쨌든 싸우면 자신 있단 뜻이죠?"

"그래. 그러니까 놈들이 얄은 수를 쓰지 못하게 조심만 하면 된다."

"알겠어요."

적월이 나왕을 보며 고개를 끄떡였다.

북두산문 내담을 넘어 북동쪽으로 조금 걸어가면 과거의 외담 부근까지 이어지는 작은 동산이 존재한다.

그 동산은 자연적으로 생긴 것이 아니라 북두산문이 천하제일가로 군림하던 시절 사람의 손으로 만들어진 것으로, 그 안에 있는 영웅각이라는 작은 건물을 위해 만들어진 것이었다.

영웅각은 훗날 만무회와 검산파의 시조가 되는 상무악과 유후인이 주축이 된 북두산문의 고수들이 백초산에 대한 존경의 의미로 만들어 바친 건물이었다.

백여 년 전 검신 백초산은 이 영웅각에서 강호의 영웅들을 만났다. 그리고 그들과 천하의 대사를 논의하고 강호의 정의를 지켜 나갔다. 다만 그 군림의 시절이 천 일이라는 짧은 시간에 끝나기는 했지만.

나왕과 적월은 백완의 시종 두산의 안내를 받으며 영웅각이 있는 동산을 오르고 있었다. 오랜 세월 사람의 손길이 닿지 않은 동산은 거칠어져 있었지만, 그 때문에 오히려 숲은 무성했다.

두산은 숲에 난 작은 길로 두 사람을 안내했다.

세 사람이 숲길로 들어선 지 일각이 조금 지나자 적월과 나왕의 눈에 허름한 건물 한 채가 들어왔다.

"저곳입니다."

두산이 걸음을 멈추고 나왕에게 말했다.

"술잔을 기울이기에는 별로군."

나왕이 중얼거렸다.

그도 그럴 것이 그들의 눈앞에 나타난 건물, 영웅각은 과거 검신 백초산 시대의 화려한 명성과 달리 낡고 음습한 것이, 마치 죽은 자를 위한 사당처럼 보였다.

"그래도 유서가 깊은 곳이지요. 문주께서 몇 번 수리를 하고자 하셨으나 자금이 부족해서……."

두산이 낡은 영웅각이 아쉬운지 우울한 표정으로 대답했다.

"나중에라도 한번 손을 보면 되는 일이고. 벌써 와 있나 보군."

나왕이 화제를 돌렸다.

그의 말처럼 낡은 영웅각 안에서 은은한 불빛이 흘러나오고 그 불빛에 비친 사람 그림자가 창에 어른거렸다.

"그렇습니다. 벌써 한참 전에 오셔서 불사 대협을 맞을 준비를 하셨다고 하더군요."

"대접이 과하면 반드시 사달이 나는 법인데……."

나왕이 중얼거렸다.

"무슨 일이야 있겠습니까? 보아하니 그 두 분도 불사 대협님을 은근히 두려워하는 것 같던데요."

두산이 말했다.

문주 백완의 시중이나 드는 시종으로서는 대담한 말이다. 하긴 누가 봐도 두산이 그냥 단순한 시종은 아닌 것이 분명했지만.

"본래 강호에선 두려운 자를 먼저 제거하는 법이라오."

두산의 말에 나왕이 미소를 지으며 대답하자, 두산이 겁을 먹은 표정으로 고개를 저었다.

"서, 설마 그럴 리가요. 아무리 그래도 문주님의 부군이 되실 분인데……."

"글쎄, 그들이 어찌 대접하는지는 두고 봅시다. 가자."

나왕이 적월에게 말을 하고는 성큼성큼 영웅각을 향해 걸어갔다.

"어서 오십시오."

상황과 유목인은 영웅각 밖까지 나와 나왕을 마중했다. 극진한 대접이 아닐 수 없었다.

"환대해 주니 고맙소."

나왕이 대답하자 유목인이 미소를 잃지 않으며 대답했다.

"강호의 영웅을 대접하는 것은 모든 무림인의 즐거움이지 않겠소이까? 자자, 안으로 듭시다. 밤공기가 찹니다."

나왕과 적월이 유목인이 권하는 대로 영웅각 안으로 들어갔다.

영웅각 내부는 밖에서 보는 것과는 분위기가 사뭇 달랐다. 허름하고 우중충한 외관과 달리 안쪽은 깨끗하고 온화한 기운이 감돌았다.

영웅각 가운데 놓인 술상 역시 사람의 마음을 푸근하게 만들 정도로 풍성한 모습이었다.

"자, 이쪽으로 앉으시지요. 제자분께서도……."

유목인이 미리 나왕의 자리로 만들어놓은 듯한 상석에 나왕과 적월이 앉기를 권했다.

"전, 뒤에 앉지요."

적월이 나왕의 조금 뒤쪽으로 물러났다.

감히 사부와 함께 술상에 앉을 수 없다는 의미이기도 하고, 조금은 경계의 의미이기도 했다.

"하하하, 하긴 스승과 제자에겐 예법이 있으니까. 그건 소협좋을 대로 하시게."

유목인도 적월에게는 편하게 말을 놨다.

적월은 유목인에게 고개를 까딱이고는 말없이 나왕의 반 장정도 뒤에 자리를 잡고 앉았다.

"자, 그럼 먼저 제가 한 잔 올리겠소이다."

주홍은 상황이 시작했다.

구패의 명성을 증명하듯 상황과 유목인은 그 짧은 시간에 어디서 구했는지 향기만으로도 취기가 도는 명주를 준비하고 있었다.

"문주가 준비한 술이오?"

신비로운 주향에 나왕이 물었다.

"아니외다. 북두산문에 올 때마다 검신 어른의 위패에 술을 올리기 위해 명주 몇 병을 가져오곤 하는데 오늘은 운이 좋게도 그 술을 대협께 대접할 기회를 얻었소이다. 하하하!"

상황이 호탕한 웃음을 터뜨렸다.

하지만 그 말을 들은 나왕은 기분이 썩 좋지 않았다. 죽은 자를 위해 준비한 술을 자신에게 대접한다니, 달리 생각하면 무척 무례한 일이기 때문이었다.

그러나 나왕은 굳이 불쾌한 기색을 드러내지 않았다. 이런 일에 자신의 감정을 드러내는 것은 강호초출들이나 하는 행동이기 때문이었다.

다만 굳이 죽은 자를 위해 준비한 술을 자신에게 대접하게 되었다는 말을 입 밖에 낸 상황의 의도가 궁금하기는 했다. 굳이 하지 않아도 될 말이기 때문이었다.

"영광이오. 검신을 위해 준비하는 술을 먹게 되다니. 마치 내가 검신이 된 것 같은 느낌마저 드는구려."

나왕이 술잔을 들어 단번에 입에 털어 넣으며 말했다. 그러자 상황과 유목인이 찰나의 순간 미묘한 눈빛을 교환하며 가벼운 미소를 지었다.

"좋군."

술잔을 비운 나왕이 고개를 끄떡이며 중얼거렸다.

독을 쓸 수도 있기에 공력을 끌어 올리고 술을 입안에 머금어 잠시 시간을 보낸 후 목으로 넘긴 나왕은 이자들이 대접하는 술에 독이 없음을 확인하고는 조금 마음의 여유를 가질 수 있었다.

"사천의 명주가인 주석가에서 만든 술이외다. 흔히 구경할 수 없는 귀한 술이지요."

상황이 말했다.

"나야 평소 술을 즐기지 않으니 술에 대해서는 잘 모르오. 하지만 향이 좋은 것을 보니 명주인 것은 분명한 듯하구려. 그나저나 너도 한잔하련?"

나왕이 고개를 돌려 적월에게 물었다.

그러자 적월이 고개를 저었다.

"아뇨. 됐어요."

"하긴 네 녀석은 술을 입에 대지 않지."

나왕이 고개를 끄떡이며 적월에게서 시선을 거두자, 이번에는 유목인이 재빨리 나왕의 술잔에 술을 따랐다.

"이번에는 제 술 한 잔 받아주시구려."

"고맙소."

유목인이 따른 술을 나왕이 다시 한 모금 입에 머금었다.

옆에서 그 모습을 보고 있던 상황이 은근한 목소리로 입을 열었다.

"그런데 불사 대협께선 왜 송가장을 떠나셨소이까?"

순간 나왕의 표정이 변했다. 그리고 이내 상황이 자신의 심기를 긁고 있음을 깨달았다.

'검신의 제주(祭酒)로 쓰려던 술이라 했지? 여기에 송가장의 일을 언급하는 것은 내가 흥분하길 바란다는 의미. 이자들이 정말 다른 뜻이 있구나.'

자신을 흥분시키려는 것은 곧 이 자리에서 어떤 식으로든 도발하려는 목적이라는 것을 눈치챈 나왕이 갑자기 검을 풀어 식탁 위에 올리며 말했다.

"사람의 인연이란 게 어디 말로 설명되는 것이오? 그저 한순간 마음이 가는 대로 움직이는 것이지. 송가장을 떠난 별다른 이유는 없소. 다만 그즈음 북두산문에 관심을 가졌기 때문이라고 해둡시다."

"갑자기 왜 북두산문에 관심을……?"

상황의 이 질문은 진심으로 궁금해서 하는 질문이었다.

그러자 나왕이 식탁 위에 놓인 검을 한 손으로 쓰다듬으며 말했다.

"음… 나이 마흔이 넘은 이후에 난 검술에 새로운 관심이 생겼소. 그래서 고금의 전설적인 검객들 무공을 공부하다 보니 결국 검술에 관한 한 검신 백초산이란 이름만이 남더구려."

"하긴 그렇지요. 검신의 검공이야말로 고금제일이라 불리니."

유목인이 곁에서 고개를 끄떡였다.

그러자 상황이 다시 물었다.

"하면 불사께서 북두산문으로 오신 것은 스스로의 무공으로 검신의 영광을 재현해 보려는 목적이시겠구려?"

"그건 아니오. 내가 나의 무공에 대해 자신감을 가지고는 있으나 어찌 감히 검신에 비할 수 있겠소. 단지 이런 생각은 있소. 이곳에 머물다 보면 검신의 기운을 조금이라도 느끼게 되지 않을까 하는… 우리 같은 무인들에겐 그런 찰나의 느낌이 무공을 한 단계 끌어올리는 계기가 되지 않소이까?"

나왕의 말에 상황과 유목인이 동시에 고개를 끄떡였다. 그들 역시 뛰어난 무인이었기에 나왕이 하는 말을 금세 알아들은 것이다.

"그런 생각이 있으셨구려. 하긴 검신의 기운을 느끼기에 북두산문만 한 곳이 없지. 그렇다면 저희가 약간의 도움을 드릴 수도 있을 것 같소이다."

갑자기 상황이 눈빛을 빛내며 말했다.

"무슨 뜻이오?"

나왕이 되물었다.

"검신의 기운이 가득한 곳을 알고 있다는 뜻이오."

"북두산문 내에서 말이오?"

"그렇소이다. 그곳이라면 생전의 검신의 기운을 느껴보기엔 가장 좋은 장소일 거요."

상황이 확신하듯 말했다.

그러자 나왕과 적월 모두 호기심이 생겼다. 북두산문이 검신 백초산의 문파였으니 그가 특별히 아꼈던 장소가 있을 수도 있었다.

"그곳이 어디요?"

나왕이 물었다.

그러자 상황이 빙그레 웃으며 대답했다.

"그곳은… 바로 이곳이오!"

그 순간 나왕이 벼락처럼 검을 뽑았다.

영웅각의 벽은 들창으로 되어 있어, 한여름 더위 때는 사방의 창을 들어 올려 누각과 같은 모양이 된다. 물론 오늘 밤처럼 싸늘한 공기가 흐르는 날에는 창을 내려 이렇게 찬 공기를 막은 아늑한 공간으로 변신한다.

하지만 어쨌든 창으로 이뤄진 벽이 단단할 리 없었다. 그리고 그 벽이 한순간 종잇장처럼 찢어졌다.

파파팟!

검은 무복을 입은 자들이 화살처럼 나왕과 적월을 향해 닥쳐들었다.

"이놈들!"

나왕의 입에서 벼락같은 고함이 터져 나오는 순간 그의 검은 이미 적월과 그를 중심으로 반경 일 장 안을 검기로 가득 메우고 있었다.

카캉!

기습한 자들의 도검이 나왕의 검기에 막혀 사방으로 튕겨 나갔다.

"모두 죽여주마!"

나왕이 살기를 폭발시키며 상황과 유목인에게 검을 겨누었다.

"미안하지만 그런 일은 벌어지지 않소."

유목인의 빈정거림과 함께 갑자기 나왕과 적월이 서 있던 영웅각의 바닥이 푹 아래로 꺼졌다.

"엇!"

갑자기 디딜 곳을 잃은 나왕과 적월이 당황하며 허공으로 몸을 날리려는 순간, 이번에는 허공에서 천장이 무너져 내리며 두 사람을 짓눌렀다.

나왕이 급하게 일으킨 진기를 손바닥에 담아 무너져 내리는 천장을 향해 권장을 쳐올렸다.

콰앙!

나왕의 공력이 담긴 장력이 무너지는 천장과 격돌하며 천둥 같은 폭발음을 만들어냈다.

그러나 다음 순간 나왕의 입에서 나직한 신음 소리가 터져 나왔다.

"음!"

동시에 마치 온몸에 힘을 잃은 것처럼 허공에서 비틀거리더니 속절없이 발밑에 뚫린 깊고 어두운 공간으로 떨어져 내렸다.

"사부님!"

적월이 무저갱 같은 공간으로 떨어지는 나왕을 부르며 몸을 날렸다. 그리고 두 사람이 함께 사람들의 시야에서 사라지는 순간, 무너져 내린 천장이 그대로 나왕과 적월이 서 있던 곳을 덮쳤다.

쿵!

묵직한 충격을 일으키며 나왕과 적월을 빨아들인 공간이 무너져 내린 천장의 잔해로 막혔다.

그 충격에 뿌연 먼지가 일어나 사람들을 좀 더 뒤로 물러나게 만들었다. 그리고 잠시 후 먼지가 가라앉자 기이한 광경이 눈에 들어왔다.

나왕을 초대해 주홍을 즐기던 영웅각 한가운데 직사각형의 커다란 바위가 덩그러니 자리를 잡고 있었던 것이다.

"끝났구려."

상황이 만족한 얼굴로 거대한 돌덩어리를 쓰다듬으며 말했다.

"생각보다 간단하구려."

유목인도 덩그러니 놓여 있는 바위를 보며 말했다.

"후후, 간단하긴 해도 그 누구도 빠져나올 수 없는 함정이오. 검신이 바로 이 함정에 빠져 죽었으니까. 그자가 술에 독이 없는 것을 확인하고는 방심을 해서 일이 쉽게 끝난 것 같소."

상황이 말했다.

"하긴, 단순하지만 가장 완벽한 함정이었던 것 같소. 이 기관도 정말 대단하구려. 이야기로만 들었을 때는 반신반의했었는데……."

"그래도 다행 아니오? 선조들께서 떠나기 전 이곳을 복원해 놓으신 것 말이오."

"후후후, 맞는 말이오. 하지만 그분들도 설마 다시 이 함정을 쓸 일이 있을 거라고 생각지는 않으셨을 것이오."

유목인이 나직하게 웃음을 흘렸다.

"당신들께서 하신 일들을 세상에 감추기 위해 영웅각을 재건해 놓은 것이지만, 결국 우리 후손들에게 다시 좋은 기회가 되었으니 역시 유비무환이란 말이 괜히 나온 게 아닌 것 같소."

"그런데 오래되어서 그런지 기관이 완벽한 것 같지가 않소이다. 아귀가 좀 틀어졌나? 제대로라면 아예 이 바윗덩어리가 그들을 밀고 내려갔어야 하지 않소?"

"음, 나도 그렇게 들었소만… 뭐, 유 형의 말처럼 시간이 지나면서 아귀가 틀어진 모양이오. 하지만 무슨 상관이오. 아귀가 맞지 않으면 우리가 맞춰주면 되지 않겠소?"

상황이 검을 뽑아 들었다. 그리고 바윗덩어리 주위를 돌아가면서 몇 차례 검을 휘둘렀다.

천하구패의 후계자인 중년 고수의 검술은 가볍게 검을 움직이는 것만으로도 영웅각 바닥에 매끄러운 검흔을 만들어냈다.

그리고 그 검흔들이 바윗덩어리를 중심으로 하나로 이어지자 갑자기 잦아들었던 소란함이 다시 일어나기 시작했다.

그그긍!

잘린 바닥면을 따라 귀에 거슬리는 마찰음을 내며 바윗덩어리가 다시 바닥 안쪽으로 꺼지기 시작했다. 그리고 급기야 허공에 뜬 것처럼 무서운 속도로 땅속으로 떨어져 내렸다.

콰르릉!

바위가 떨어지면서 측면의 벽과 마찰을 일으키자 영웅각이 크게 뒤흔들렸다. 그러자 장내의 사람들이 재빨리 몸을 날려 영웅각 밖으로 뛰쳐나갔다.

콰쾅!

안에 있던 자들이 영웅각을 벗어나는 순간, 땅속으로 떨어져 내린 바위가 바닥에 닿는 소리가 들려왔다. 그러자 영웅각을 받치고 있던 기둥들이 기우뚱거리며 쓰러지기 시작했다.

쿠쿠쿵!

묵직한 석재와 목재로 된 기둥과 벽들이 무너져 내리면서 영웅각이 마치 거대한 무덤처럼 변했다.

"이거 정말 어울리는구려. 검신과 불사의 무덤이라… 모양이 그럴듯하지 않소?"

봉분처럼 쌓인 영웅각의 잔해들을 보며 유목인이 말했다.

"정말 그렇구려. 애초에 그자들을 위한 무덤 자리였나 보오.

그리고 역시 시간이 흘렀나 보오. 백 년 전엔 전혀 소리와 흠집이 나지 않아 밖에서는 안에서 무슨 일이 벌어졌는지 전혀 모를 정도였다고 하더니. 오늘은 아예 무너져 버리는구려."

상황이 말했다.

"아예 모두 태워 버립시다. 설마 다시 이 영웅각을 쓸 일이 있겠소?"

"그렇긴 하오. 불을 놓아 흔적을 없애 버리는 것도 좋은 일일 거요. 더 이상 검신의 이름 따위가 우리 두 문파의 발목을 잡는 일이 없도록 하자는 의미에서도 좋고……."

상황이 동의하자 유목인이 수하들을 돌아보며 명령했다.

"모두 태워 버려!"

"예. 대공자님!"

대답을 한 유목인과 상황의 수하들이 무너진 영웅각의 잔해에 불을 놓기 시작했다.

백여 년 동안 마른 목재들은 금세 거대한 불길을 일으켰다. 그리고 검신의 옛 영광이 사라지듯 그렇게 영웅각의 모습도 불길 속으로 사라지기 시작했다.

"자… 이젠 문주를 만나러 갑시다."

불길에 휩싸인 영웅각을 보며 상황이 말했다.

"그럽시다. 그녀의 표정이 궁금하구려. 그 거지 같은 몽골의 불사 나왕을 남편감으로 맞아놓고 기고만장하던 표정이 어떻게 변할지……."

유목인이 대답했다.

그러자 상황이 음흉한 웃음을 흘리며 말했다.

"후후, 그래도 너무 다그치지 마시오. 내 첩이 될 여자인데."

"하하하, 정말 자신 있소? 그녀가 상 형을 선택할 거라는?"

"나야 자신 있소만……."

상황이 빙그레 미소를 지으며 대답했다.

그러자 유목인도 자신만만한 표정으로 말했다.

"좋소. 두고 봅시다. 그녀가 상 형을 택할지 날 택할지. 선택을 받는 사람은 아예 오늘 밤 초야를 치루는 것도 나쁘지 않을 거요."

"하하하! 역시 유 형은 호걸이시오. 오늘같이 위험하고 분주한 날조차도 미인을 품에 안을 생각을 하다니. 하지만 그 주인공은 분명히 내가 될 거요. 하하하!"

제10장
그 밤, 여러 갈래의 운명들

저벅저벅!

늦은 밤, 북두산문의 문주 백완의 처소인 검신전으로 향하는 거친 발자국 소리가 들려왔다. 몰락한 가문의 감시받는 문주가 머무는 곳이라 해도 자정이 넘은 시간에 검신전을 소란하게 하는 사람은 그간 없었다.

만무회와 검산파의 지시를 따르는 두 총관, 성사간과 조무양조차도 이 시간이면 백완의 잠을 방해하지 않았었다.

그런데 오늘 밤, 그런 관례를 깨고 검신전을 소란스럽게 하는 자들이 있었다.

"문주! 벌써 잠드셨소?"

검신전을 소란스럽게 만들었을 뿐 아니라, 그들은 당당하게 북두산문의 문주 백완을 불러댔다.

불 꺼진 검신전을 향해 소리를 지른 사람은 만무회의 소회주 상황. 그의 얼굴에는 승자의 당당함과 정복자의 탐욕스러움이 동시에 묻어나고 있었다.

그 옆에 서 있는 검산파의 대공자 유목인 역시 마치 사슴을 사냥하는 늑대처럼 안광을 번들거리며 검신전을 바라보고 있었다.

그러나 이상하게도 검신전은 조용했다.

"문주, 나 상황이 뵙기를 청하오!"

"검산파의 유목인도 함께 왔소! 그만 잠을 깨고 이야기 좀 합시다."

유목인이 덩달아 협박하듯 소리쳤다.

그러나 여전히 검신전은 조용하다. 그러자 상황이 유목인을 보며 말했다.

"뭔가 이상하구려."

"맞소이다. 아무래도 사람이 없는 것 같은데. 안을 살펴봐라!"

유목인이 자신을 따르는 수하들에게 명을 내렸다.

그러자 검산파의 고수들이 거침없이 검신전의 문을 열어젖혔다. 이곳이 대북두산문의 문주가 머무는 곳이라고는 생각할 수 없는 과격한 움직임이었다.

쾅!

열린 문이 벽에 부딪히며 요란한 소리를 냈다. 그리고 잠시 후 백완의 처소에 불이 밝혀졌다.

"이제야 깼나?"

유목인이 빙그레 미소를 지으며 중얼거렸다.

그러나 다음 순간 백완의 방을 살피고 나온 수하의 말이 그를 당황시켰다.

"대공자님, 문주가 없습니다."

"뭐?"

"방이 비었습니다."

순간 유목인과 상황이 동시에 몸을 날렸다. 그들이 바람을 타고 날듯 대청 위로 올라 백완의 방에 이르렀다.

"이게… 설마 도주를?"

텅 빈 방을 바라보며 유목인이 허탈한 표정으로 중얼거렸다.

"젠장, 아무래도 그런 모양이오. 영웅각에서 너무 요란하게 일을 벌이는 통에 문주에게 도주할 기회를 준 것 같소."

"귀찮게 되었구려."

"그래 봐야 반 시진 안쪽, 추격합시다."

상황이 주변을 돌아보며 말했다.

그의 눈은 이미 백완이 도주했을 방향을 찾고 있는 것 같았다.

"추격을 하기엔 우리도 사람이 너무 적소. 정확한 행방을 모르는 이상 이 밤중에 추격을 하기에는 불가능하오. 또한 그녀가 도주했다는 것은 불사 나왕이란 자가 나타나기 전에 이미 우리를 피해 도주할 생각이 있었단 뜻이오. 다시 말해 오래전부터 준비해 왔던 일이란 거요."

유목인이 냉정하게 상황을 파악했다.

"그럼 이대로 보내자는 거요?"

"일단은 어쩔 수 없소. 하지만 그녀의 신분이 보통 사람이 아니고, 그 외모 역시 평범하지 않으니 천하인의 눈을 속일 수 없을 거요. 만무회와 검산파의 눈은 천하에 퍼져 있으니 머지않아

그녀의 행적을 찾을 수 있을 거요. 그러니 시간을 두고 천천히
추격합시다."

"음… 그렇긴 하지만."

상황은 당장 백완을 추격하지 못하는 것이 못내 아쉬운 모양
이었다.

그러자 유목인이 한줄기 미소를 지으며 말했다.

"불행 중 다행이라고 좋은 점도 있소."

"무엇이 말이오?"

"사실 불사를 제거한 이후 가장 큰 문제는 우리 두 사람 중 누
가 그녀를 차지하는 것이냐 하는 것 아니었소? 그녀의 선택에 맡
기자고 했지만 그건 우리 두 사람의 자존심이 너무 상하는 일이
고……"

"그렇긴 하오. 그녀의 운명은 우리가 결정해야 하는 것이니까."

"그러나 이제 그 문제는 고민할 필요가 없어진 것 같소. 이후
우리 두 사람 중 먼저 그녀를 찾는 자가 그녀를 차지하는 것으
로 합시다."

유목인의 말에 상황의 눈빛이 번뜩였다.

"그거 정말 좋은 방법이오. 그리되면 우리 두 문파의 관계가
껄끄러워질 것도 없고……"

"하하하, 상 형의 운이 좋기를 바라겠소."

"나 역시 유 형에게 행운이 있기를 바라오."

상황도 미소를 지으며 대답했다.

그러자 유목인이 불쑥 수하들을 향해 소리쳤다.

"모두 돌아간다. 가자!"

유목인이 한시라도 먼저 백완 추격에 나서려는 듯 수하들을 재촉했다. 그러자 그를 따라 북두산문에 온 검산파의 무사들이 유목인을 호위해 썰물 빠지듯 검신전을 벗어났다.

그 모습을 보고 있던 상황이 차가운 안광을 흘리며 중얼거렸다.

"유목인, 그대는 절대 백완, 그녀를 차지할 수 없다. 무공이나 세력이라면 모를까. 사람을 찾는 데 있어서는 검산파가 만무회를 능가할 수 없을 테니까."

*   *   *

발길을 가로막은 거대한 낭떠러지 사이로 강으로 내려갈 수 있는 좁은 길이 뱀처럼 이어져 있었다.

백완은 그즈음에서 걸음을 멈추고 뒤를 돌아봤다. 거대하게 타오르는 불꽃이 이곳에서도 또렷하게 보였다.

"모두 불태우는 걸까?"

백완이 아픈 듯 중얼거렸다.

"불길을 보아하니 영웅각만 타는 것 같습니다. 그자들도 사람인데 설마 대북두산문을 완전히 불태우겠습니까? 그랬다가는 강호인들의 비난을 면치 못할 텐데요."

"그들이 불을 질렀다는 사실을 아무도 모를 테니 꺼릴 자들이 아니지."

"우리가 있지 않습니까?"

무령댁이 노기가 느껴지는 목소리로 말했다.

"누가 우리 말을 믿어주겠어."

"감히 대북두산문의 문주님 말씀을 믿지 않을 자가 있겠습니까?"

"대북두산문이라… 유모, 그건 벌써 백 년 전 이야기라고. 요즘 후기지수들에게 물어보면 내가 북두산문을 이어가고 있다는 것을 모르는 사람도 많을걸?"

"그건 멍청한 자들이나 그렇고요. 그리고 이제 곧 달라지겠지요."

무령댁은 다른 때와 달랐다. 더 이상 그녀는 평범한 늙은 유모가 아니었다. 전신에서 흘러나오는 기운들은 강호의 절정고수에 버금가는 것이었다.

"그래. 반드시 그렇게 만들고 말겠어. 그래서 오늘 저자들이 영웅각을 불태운 것이 얼마나 큰 실수인지를 깨닫게 해주겠어. 천하는 다시… 북두산문을 천하제일가로 받들게 될 거야."

"그럼요. 반드시 그리하여야죠."

무령댁이 고개를 끄떡였다.

그때 낭떠러지 사이로 난 길에서 인기척이 나더니 백완을 보필하던 사내 두산이 한 노인과 함께 나타났다.

"문주님!"

두산을 따라 올라온 노인이 백완에게 고개를 숙이며 침통한 표정을 지었다.

"오랜만이에요. 고 노사님!"

침통한 표정의 노인과 달리 백완은 밝은 표정으로 노인을 맞았다.

"이게 대체 무슨 일이란 말입니까? 저자들이 감히 북두산문을 불태우고 문주님을 쫓아내다니요."

노인이 노한 표정으로 말했다.

"그자들이 영웅각에 불을 놓은 것은 맞지만 절 쫓아낸 건 아니에요. 전 제 스스로 장원을 떠났어요."

"하지만 문주께서 장원을 떠날 수밖에 없게 만든 것은 그들이 아닙니까?"

"그야 그렇긴 하지요."

"천인공노할 자들입니다. 은혜를 원수로 갚다니. 지금 그자들이 만무회니 검산파니 하는 세력을 만들어 천하구패로 군림하는 것은 모두 다 검신님 덕분인데 그 은혜를 잊고… 금수만도 못한 것들입니다."

노인이 분을 참지 못하겠는지 주먹을 움켜쥐며 말했다.

"그래요. 금수만도 못한 자들이죠. 그래서 때가 되면 그들에게 금수의 대접을 해줄 생각이에요. 아무튼 갑자기 모셔서·죄송해요."

"아닙니다. 저야 언제든 문주님을 모실 준비가 되어 있었습니다. 가시지요."

"고마워요."

노인의 말에 백완이 고개를 끄떡였다. 그러자 노인이 위태로운 낭떠러지 사잇길을 앞서서 내려가기 시작했다.

그 뒤를 따라 백완과 무령댁, 그리고 후방을 방비하듯 두산이 따랐다.

"그런데… 그는 정말 죽었을까요?"

어두운 길 속으로 들어설 때쯤 무령댁이 나직하게 입을 열었다.

"누구?"

"불사 나왕 말입니다."

"영웅각이 불탔다는 것은 그가 죽었다는 의미지. 더군다나 그 자들이 날 찾으러 왔다는 것 역시… 불사 나왕이 죽지 않았는데 날 찾아올 여유가 있었겠어?"

"하긴 그렇긴 하지요. 하지만……."

"하지만 뭐?"

"그의 별호가 불사(不死) 아닙니까? 그만큼 쉽게 죽지 않는 자란 뜻이죠. 칠마의 난 때 신응조로 활동한 자들을 모두 합치면 수백에 이릅니다. 그중 최후까지 살아남은 사람은 겨우 삼십여 명 남짓, 그중에서도 나왕 그자의 생존 능력은 타의 추종을 불허했지요. 그래서 불사란 별호가 붙은 것 아닙니까? 그의 무맥이 불파일맥이란 사실을 몸으로 증명한 자이지요."

무령댁이 마치 불사 나왕이 살아 있을 것을 기대하는 투로 말했다.

"유모, 세상에 죽지 않는 사람은 없어. 그는 단지 지금까지 운이 좋았을 뿐이야. 고금제일인이라는 조부님조차도 결국은 아무런 흔적도 없이 사라지셨으니까. 그런 곳이 강호무림 아냐?"

"하긴 그렇군요. 검신님도 실종되는 곳이 강호죠. 아무튼… 아까운 사람입니다."

"미안하기도 해. 괜히 북두산문의 일에 얽혀서… 나중에 장원으로 돌아가면 그를 위한 사당 정도는 지어줘야겠지."

백완이 별 감정 없이 말했다.

그녀에게 불사 나왕의 죽음은 그리 중요하지 않은 듯 보였다.

"그런데 그의 죽음을 세상에 알려야 할까요?"

뒤쪽에서 두산이 물었다.

그러자 백완이 잠시 침묵을 지키다가 입을 열었다.

"그럴 필요 없어."

"하지만 그자들이 그를 죽였다는 사실이 세상에 알려지면 만무회와 검산파도 무척 곤란해질 겁니다."

"물론 그렇겠지. 하지만 그렇게 되면 그자들도 세상에 소문을 낼 거야. 내가 불사 나왕에게 사신지보를 받아 그의 아내가 되었어야 할 사람이었다는 것을! 그럼 그의 죽음에 대한 의심의 눈초리는 나에게도 쏟아지겠지."

"그… 럴 수도 있겠군요."

두산이 대답했다.

"아무튼 지금은 모든 일을 묻어둬야 할 시간이야. 나에겐 조용히 지낼 시간이 필요하니까. 그게 일 년이 될지, 십 년이 될지 모르지만… 어쨌든 마하공을 제대로 쓸 수 있을 만큼 수련할 시간이 필요해."

"옳은 말씀입니다. 괜히 세상의 관심을 끌 필요는 없지요."

무령댁이 백완의 말에 동조했다.

이런저런 이야기를 나누는 사이 백완 일행은 어느새 낭떠러지 아래 위치한 좁은 강기슭에 도착해 있었다.

"문주님, 오르십시오."

백완 일행에 앞서 강가에 내려온 노인이 사람 이십여 명은 족히 탈 만한 배를 가리키며 백완에게 말했다.

"좋군요."

배를 보며 백완이 말했다.

"바다에서까지 항해가 가능한 배입니다."

"고마워요. 정말 수고 많으셨어요."

"무슨 말씀을! 그동안 문주님의 고난을 보면서도 나서서 돕지 못한 것이 못내 한스러웠습니다. 하지만 이제부턴 걱정 마십시오. 이 고원이 문주님 곁을 지키는 한, 그 누구도 문주님을 위협하지 못할 것입니다."

"그렇게 말씀해 주시니 고맙군요. 그럼 잘 부탁할게요."

백완이 오랜만에 미소를 지어 보이고는 거친 물결에 흔들리는 배에 올랐다.

무령댁과 두산도 백완의 뒤를 따라 배에 오르자 고원이란 이름의 노인이 강변에 묶어두었던 줄을 풀어 배 위로 던지고는 훌쩍 몸을 날려 이삼 장 높이의 배 위로 날아 내렸다.

"출발하겠습니다."

배에 오른 노인이 백완에게 말하자 백완이 말없이 고개를 끄떡였다.

노인이 돛을 펼쳤다.

순식간에 펼쳐진 돛이 한밤 차가운 바람을 받아 순식간에 거대하게 부풀어 올랐다. 그리고 그 힘으로 북두산문의 마지막 후에 백완을 태운 배가 어둠 속으로 빠르게 밀려 나갔다.

*　　　　*　　　　*

거친 벽면, 한쪽에 고여 있는 샘을 따라 흐르는 물, 달빛보다는 밝고 태양보다는 약한 다섯 개의 야광석, 그 아래 놓여 있는 몇 개의 석기 그릇. 그리고 삭아 헤어진 옷을 입고 정좌한 백골(白骨)이 보인다.

백골의 주인은 살아생전 큰 부상을 당했는지 한쪽 다리뼈는 잘라져 있었고, 오른쪽 어깨도 부서진 상태였다.

특히 갈비뼈 다섯 대가 아에 사라진 것으로 보아서는 엄청난 충격을 온몸으로 감당한 것이 분명해 보였다.

생전에 겪었을 그 비참한 상황을 온몸으로 드러내고 있는 백골 앞에서 나왕과 적월은 잠시 자신들의 처지를 잊고 깊은 동정심을 느꼈다.

"정말 그일까요?"

문득 적월이 물었다. 적월의 옷자락은 거칠게 찢어져 있었고, 그나마도 검붉은 피로 물들어 있었다.

그러나 옷에 묻은 피의 양이 적지 않아 보여도 행동과 말투에선 그리 큰 부상을 입은 것 같지 않았다. 오히려 지친 기색도 없고 눈빛도 생생했다.

"자신이 밝혔으니 그이겠지."

나왕이 대답했다.

나왕의 상태는 적월보다 한결 나았다. 옷 몇 군데가 찢어지긴 했지만 핏자국은 거의 보이지 않았다.

"지난 백 년 사이 무림 최대의 의문이 오늘 풀리는군요."

적월이 말했다.

"모두 그 빌어먹을 놈들 덕분이지. 살아나간다면 반드시 이

빚을 갚아주겠다."

나왕이 살기를 숨기지 않으며 말했다.

적월은 나왕의 이런 강렬한 살기는 처음 보는 것이어서 흠칫 놀라기까지 할 정도였다. 하지만 나왕의 기분을 모르는 바도 아니어서 이내 긴장을 풀고 입을 열었다.

"살아 나갈 수는 있을까요?"

"글쎄. 나도 그게 걱정이다. 이건 보통 함정이 아니야. 보아하니 검신을 잡고자 만든 함정인 것 같은데. 고금제일검객이라는 검신 백초산을 상대로 만든 함정이라면 빠져나가는 것이 불가능할 수도 있겠지."

나왕의 대답에 적월의 표정이 급격하게 어두워졌다. 태산같이 믿고 있는 나왕에게 비관적인 답을 듣자 갑자기 두려움이 밀려들기도 했다.

"대체 누가 이런 함정을 만들었을까요?"

"당연한 것 아니냐. 상가 놈과 유가 놈이 우릴 함정에 빠뜨렸으니 그 조상들이 만든 것이겠지."

나왕이 경멸스러운 목소리로 대답했다.

"검신을 함정에 빠뜨렸다면 역시 조부들 쪽이겠군요."

"그렇다고 봐야지. 사실 검신이 사라진 이후 가장 이득을 본 자들이 바로 그들이지. 북두산문의 역사에서 그 전성기는 겨우 천 일, 당연히 당시의 고수들은 오직 검신 백초산 한 명을 보고 몰려든 야심가들이었다. 애초에 충성심을 기대하기 어려운 자들이었지."

나왕이 잠시 말을 끊자 적월이 입을 열었다.

"그런 자들이니 검신이 사라진 이후 북두산문을 떠났겠지요."

"그때 북두산문을 떠난 고수들을 규합한 자들이 만무회를 세운 상무악과 검산파를 만든 유후인이었지. 그들은 검신의 최측근인 자들이었는데, 그 무공으로도 검신에 육박한다고 알려진 자들이었다. 혹자는 그들이 검신의 제자와도 같다고 말하지만 그건 아닌 것 같고… 검신과는 전혀 다른 무공들을 가지고 있었으니까. 나이도 얼추 검신과 비슷했고……"

그러자 적월이 물었다.

"그런데 그자들이 이 함정을 알고 있다는 것은 결국 자신들의 선조가 검신 백초산에게 한 일을 알고 있었다는 의미잖아요?"

"그렇지."

"정말 나쁜 사람들이네요. 자신의 조상들이 검신을 함정에 빠뜨려 죽였는데 그 후손들이 검신의 손녀와 혼인을 하려 하다니. 더군다나 상황이나 유목인 그자들은 백 문주에 비하면 배분으로는 한 세대 아랫사람들이잖아요?"

적월이 화가 난 표정으로 말했다.

"세상일이란 게 다 그런 거다. 인간이 얼마나 나약한 존재인 줄 아느냐? 오늘 강호의 영웅으로 칭송받는 자도 내일 자신의 이득을 위해 마인이 되는 것이 사람이다. 그만큼 마음이란 놈을 제대로 간수하기가 어렵다는 뜻이다."

"사부님도 그래요?"

적월이 물었다.

"나? 나라고 별수 있나. 나도 되지 않을 욕심에 빠져 동편 쪼가리 하나 들고 장가를 가겠다고 이곳에 오지 않았느냐?"

"그래도 그분이 거절했으면 강제로 혼인을 하지는 않으셨을 거잖아요?"

"그야 그렇긴 하지."

"그러니까 사부님은 남들과 달라요."

적월이 마치 자신이 나왕이라도 된 듯 자랑스럽게 말했다.

"팔은 안으로 굽는 법이라더니 네놈이 딱 그렇구나. 자, 그나 저나 여길 어떻게 벗어난다?"

나왕이 투박한 석실을 둘러보며 중얼거렸다.

석실은 두 사람이 빠진 영웅각 지하의 함정으로부터 제법 떨어져 있었고, 그 크기는 십여 장에 달했다.

함정의 밑바닥까지 떨어진 나왕은 재차 자신들 머리 위로 떨어지는 거대한 바위를 피하고자 모든 공력을 일으켜 단단한 석재로 둘러싸인 함정 하단의 벽면을 파괴했다.

아슬아슬하게 작은 공간을 만들어 위에서 떨어져 내리는 만근의 바위를 피했지만, 그 와중에 적월이 어깨 부근에 상처를 입는 것을 피할 수는 없었다. 그나마 다행인 것은 뼈는 크게 상하지 않아 치명상은 피할 수 있었다는 것 정도였다.

그렇게 제대로 몸도 움직일 수 없을 만큼 작은 공간에 갇힌 나왕과 적월은 조금씩 석재와 흙을 파고 들어가 좀 더 너른 공간을 만들기 시작했다.

그런데 그 작업을 얼마간 해 제법 몸이 자유로워졌을 때, 갑자기 안쪽 흙더미가 밖으로 허물어지면서 이 석실과 연결된 작은 지하 통로가 모습을 드러냈다.

그리고 그 통로 끝에서 만난 이 석실에는 놀랍게도 백 년 전 흔적도 없이 세상에서 사라진 고금제일검 검신 백초산의 유해가 있었던 것이다.

구사일생으로 목숨을 구하고 검신 백초산의 유해를 발견하기는 했지만 두 사람의 위기가 끝난 것은 아니었다.

왜냐하면 그들이 들어온 석실에는 출구가 없었기 때문이다.

"없어요."

한참 동안 주변을 살피던 적월이 허탈한 표정으로 석실 바닥에 주저앉으며 말했다.

그러자 나왕도 적월 곁에 털썩 주저앉으며 중얼거렸다.

"이해할 수가 없구나. 이 석실은 검신 백초산이 함정에 빠지기 전부터 존재했던 곳 같은데… 검신 백초산은 영웅각의 함정에 갇힌 이후 이쪽으로 이동하기 위해 우리가 지나온 그 길을 뚫었을 것이다. 함정과 이 석실이 애초에 연결되어 있었던 것이 아니란 뜻이지."

"저도 그렇게 생각해요."

적월이 석실 중앙에 해골의 모습으로 앉아 있는 검신 백초산을 보며 말했다.

"제길, 그런데 왜 출구가 없는 거지? 여긴 대체 뭘 하던 곳일까? 이곳으로 도주한 후 시신이 온전한 것을 보면 오직 백초산만이 알고 있었던 공간인 것 같은데……."

나왕이 곤혹스러운 표정으로 말했다.

"출구가 없는 석실이 세상에 존재할 수 있을까요?"

적월이 물었다.

"불가능하지. 들어올 수 없는 석실을 어찌 만들겠느냐? 출구의 문을 닫아놓을 수는 있어도……."

"바로 그거예요. 출구를 찾을 수 없다는 것은 아마도 백초산스스로 이 안에서 출입구를 봉쇄했기 때문일 거예요."

적월의 말에 나왕의 눈빛이 반짝였다.

"듣고 보니 정말 그렇구나! 그렇다면 분명 어딘가 출구의 흔적이 있을 거야."

"모르죠. 아예 출입하지 못할 정도로 무너뜨려 버렸을 수도 있어요. 그 상무악과 유후인이란 자들이 검신 백초산의 시신을 발견하지 못한 걸 보면요. 그들도 시신을 찾으려고 하지 않았을까요?"

"아니지. 그들에겐 검신의 시신이 발견되지 않는 것이 더 좋았겠지. 시신이 발견되면 검신의 죽음에 대한 조사가 시작될 테니까. 그냥 검신이 실종된 것이 가장 좋았을 거다."

나왕의 말에 적월이 고개를 끄떡였다.

"그렇긴 하네요. 그런데 영웅각에서 겪었던 그 함정은 무척 소란스러운 것이었는데, 백초산이 함정에 당할 때 다른 사람들이 정말 몰랐을까요? 그 두 사람의 배신을?"

"글쎄. 당시 어떻게 백초산이 함정에 빠졌는지 모르니까. 혹은 당시의 함정은 큰 소음을 내지 않을 정도로 정밀했을 수도 있고. 그 일은 아마도 당사자들이 아니면 절대 알 수 없을 거다."

나왕이 검신의 시신을 바라보며 말했다.

대화가 잠시 끊겼다. 이 많은 의문에 대답을 해줄 수 있는 유일한 사람인 백초산은 앙상한 뼈만 남아 있었다.

한편으로는 백골만 남은 검신의 시신을 보니 그들도 어쩌면 백초산과 같은 운명이 될지도 모른다는 불안감이 두 사람을 더욱 침묵하게 만들었다.

두 사람은 한동안 그렇게 석실 벽에 등을 기대고 앉아 있었다. 휴식이면 휴식이고 좌절이면 좌절이랄 수 있는 시간이 덧없이 흘렀다.

그리고 그 침묵을 깬 것은 역시 불사 나왕이었다. 아무리 적월이 강단 있는 청년이라 해도 고난을 헤쳐 나가는 힘은 불사 나왕에 견줄 수 없었다.

"다시 살펴보자. 이번에는 좀 더 세심하게 살펴보거라. 세월이 지났으니 출입구를 허문 흔적조차 희미해졌을 수도 있다."

"알았어요."

적월이 기운을 내 몸을 일으켰다.

다시 한참의 시간이 흘렀다. 나왕과 적월은 굴러다니는 작은 돌멩이 하나까지 세심하게 살폈다. 그러나 그 어디에도 출입구였을 만한 흔적은 발견되지 않았다.

두 사람은 점점 가슴이 답답해지는 것을 느꼈다. 밀폐와 고립의 공포가 스멀거리며 일어나 두 사람을 두렵게 했다.

그러다 문득 불사 나왕의 시선이 검신 백초산이 앉아 있는 석실 중앙 석단으로 향했다.

그러고는 무슨 생각을 했는지 성큼성큼 석단으로 다가가더니, 망설이지 않고 석단 위에 앉아 있는 불사 백초산의 유해에 손을 댔다.

"뭐 하시는 거예요?"

죽은 사람의 유해에 손을 대는 나왕을 보며 적월이 기겁해서 소리쳤다.

"이제 남은 곳은 오직 한 곳뿐이다."

어느새 나왕은 백초산의 유해를 모두 들어내 석대 왼쪽에 내려놓고 있었다. 백 년이나 지난 백초산의 백골과 옷자락들이 작은 충격을 이기지 못하고 어지럽게 흐트러졌다.

그러나 나왕은 백초산의 유해가 흩어지는 것에 상관하지 않고 손으로 백초산의 유해가 있던 석대를 쓸어냈다.

그의 손길을 따라 뿌연 먼지가 잠시 일어나다 가라앉자 놀랍게도 석대 위에 깨알같이 쓰인 글씨들이 드러났다.

"역시! 이곳밖에 없었어. 보자… 흠, 이젠 모든 것을 알 수 있겠군."

나왕이 득의한 표정으로 글을 읽으며 중얼거렸다.

"뭐예요?"

나왕이 백초산의 유해에 손댄 것에 놀라고 있던 적월이 나왕이 뭔가를 발견한 듯하자 급히 그의 곁으로 다가섰다.

"백초산의 유언이다."

"유언이요?"

적월이 놀란 얼굴로 석대 위로 시선을 주었다.

그러자 수백 자에 이르는 작은 글들이 적월의 눈에 들어왔다. 처음에는 글씨체가 정갈하다가 중간부터 흔들리기 시작한 것을 보면 검신 백초산이 죽음을 앞두고 쓴 글이 분명했다.

"어디 찬찬히 읽어보자."

나왕이 적월을 옆으로 끌어당기며 말했다.

호기심이 동한 적월도 나왕의 곁에 바싹 붙어 고개를 숙여 검신 백초산의 글을 읽기 시작했다.

백초산이 남긴 글을 읽던 두 사람의 표정이 수시로 변했다. 그리고 어느 순간부터는 숨소리조차 내지 않고 긴장한 채 백초산의 유언에 몰두했다.

두 사람은 혹시나 자신들이 백초산의 글을 잘못 이해할까 걱정하는 사람들처럼 같은 문장을 두어 번 세심하게 반복해 읽기도 했다.

그렇게 긴 침묵의 시간이 지난 후 나왕이 씁쓸한 음성으로 입을 열었다.

"역시 그 두 작자가 배신을 했군."

"그러게요. 정말 충격적인 일이에요."

적월이 대답했다.

"예상했던 일인데 뭐가 충격적이냐?"

"그… 검신의 젊은 부인이었던 탄미란 여인 말이에요."

적월이 손으로 검신 백초산의 글 한 부분을 짚으며 말했다.

"음, 그렇지. 그건 정말 충격적이구나. 슬픈 일이기도 하고."

나왕도 고개를 끄떡였다.

"이렇게 되면 결국 만무회주 상지손은 그 탄미란 여인과 만무회를 세운 상무악의 후손이란 말이 되는 거죠?"

"그렇지. 생각해 보면 당시 상무악에게는 부인이 없었고, 오직 상지황이라는 아들이 하나 있었을 뿐이니까. 상지황의 아들이

당대의 만무회주 상지손이고…….'

"그런데 검신의 부인이었던 탄미란 여인은 전대 문주인 백룡을 낳고 얼마 후 죽었다고 하지 않았나요? 그럼 전대 문주 검신의 아들 백룡 역시 상지손의 혈육이었을까요? 그렇게 되면…….'

적월이 차마 다음 말을 하지 못하겠다는 듯 말꼬리를 흐렸다. 그러자 나왕이 고개를 저었다.

"그렇지는 않을 거다. 검신도 그리 말하고 있지 않느냐? 탄미란 여인 스스로 죄책감을 이기지 못하고 모든 것을 말했다고. 특히 아이를 가진 후에는 더더욱 힘들어했다고 말이다. 그 말은 전대 문주 백룡은 검신의 핏줄이란 의미다. 그래서 검신도 자신의 아이를 임신한 탄미란 여인을 즉시 벌하지 못했던 것일 테고.'

"결국 그게 실수였던 거죠. 그녀가 아이를 낳을 때까지 기다리다가 결국 두 사람의 함정에 빠진 거니까요.'

"후우… 그래서 강호엔 이런 말이 있다. 해야 할 일을 미루면 반드시 화가 찾아온다는 격언 말이다.'

"상무악이 자신의 아이까지 낳은 탄미란 여인을 검신에게 소개한 것이 검신의 무공과 권력을 탐했기 때문이라고 했는데, 그럼 결국 상무악은 처음부터 북두산문의 사람이 될 생각이 없었던 것이겠죠?'

"어디 상무악뿐이겠느냐? 검산파를 세운 유후인도 마찬가지지. 유후인 역시 이 일에 처음부터 관여했다고 하지 않느냐.'

"그나마 다행이에요. 그들이 검신의 무공을 얻지 못해서…….'

적월이 한숨을 쉬며 말했다.

"맞는 말이다. 그들이 검신의 무공까지 얻었다면… 지금쯤 강호는 그 두 사람 손에 들어가 있겠지."

"좀 쉬어요. 갑자기 힘이 빠지네요."

적월이 석대에 기대 앉으며 말했다. 그러자 나왕도 적월 옆에 앉으며 말했다.

"그러자꾸나. 나도 좀 쉬어야겠다. 마음이 영 좋지 않구나."

두 사람은 한동안 말없이 휴식을 취했다.

나왕은 석대에 머리를 댄 채 잠을 자듯 눈을 감고 있었고, 적월은 무릎을 모아 올려 그 사이에 파묻고 있었다. 그렇게 얼마나 지났을까. 적월이 머리를 무릎에 묻은 채 물었다.

"문주는 이 사실을 알고 있을까요?"

"모르겠다. 하지만 적어도 한 가지 사실은 알고 있었을 거다."

"뭘요?"

"검신 백초산이 네 조각으로 쪼갠 사신지보에 그의 무공을 남겼다는 사실 말이다. 그래서 자신까지 내걸고 그 사신지보를 찾으려 했겠지."

"그런데 이상해요. 제가 본 사신지보 안의 글들은 전혀 무공 구결 같지 않았는데요."

"그래서 검신이 대단한 사람이란 거다. 평범한 문장 속에 신공이치를 남겨놓았으니 말이다. 더군다나 그 무공들은 동편들이 모여야 뜻이 무공 비결로 이해된다고 했고."

나왕이 검신 백초산의 능력만큼은 인정한다는 듯이 말했다.

"백완 문주는 신공이편, 두 개의 동편을 가지고 있겠지요?"

"그렇겠지. 하나는 태어날 후손을 위해 남겼다고 했으니까. 그나마 다행인 것은 상무악과 유후인이 사신지보의 진정한 가치를 몰랐다는 것이다. 그걸 알았다면… 전대 문주 백룡이나 현 문주도 결코 살아남지 못했을 거다."

나왕의 말에 적월이 잠시 침묵을 지키다가 다시 물었다.

"나머지 두 개의 무보는 어쩌실 거예요?"

"글쎄. 그것들이 세상에 나오는 게 좋은 일인지는 모르겠구나."

적월의 물음에 나왕이 석대에서 머리를 들고 시선을 백초산의 유해가 있는 곳으로 돌렸다. 삭은 옷자락 밖으로 동편 하나가 빠끔 모습을 내밀고 있었다.

검신 백초산은 상무악과 유후인의 배신을 눈치채고 만약을 위해 백씨 일가의 무공이 적혀 있는 신비로운 동경, 강호에 사신지보로 알려진 구리거울을 네 조각으로 나눴다.

그중 하나는 자신이 수련하던 천마봉 동굴에, 다른 하나는 태어날 후손인 백룡에게 남겼고, 또 다른 하나는 함정에 빠질 때까지 자신이 보관하고 있었다. 그러나 마지막 하나는 검신 백초산의 스승이 잠든 곳에 묻어두었다고 적혀 있었다.

이 네 개의 동편이 하나로 모이면 검신 백초산의 무공이 온전히 모습을 드러내게 된다. 그럼 강호는 조만간 제이의 검신의 탄생을 보게 될 것이다.

그리고 검신의 부활에 정당한 권리를 가지고 있는 사람은 오직 백완 한 명밖에 없었다. 물론 무공의 성취는 그녀의 자질에 따라 다를 것이다. 더군다나 백초산의 무공을 수련하기에는 그녀의 나이가 많기도 했다.

하지만 어쨌든 검신 백초산의 무공 비결이라면 백완이 고금제

일은 몰라도 당대의 패권을 다툴 경지까지 오를 것이 분명했다.

그런데 불사 나왕은 북두산문의 문주 백완이 그런 힘을 갖는 것이 세상을 위해 좋은 일인지 확신할 수 없었다. 짧은 시간이지만 그가 본 그녀의 마음속에는 세상을 향한 강렬한 적개심이 숨어 있는 것 같았기 때문이다.

몰락한 북두산문의 문주로서 세상의 무시와 조롱을 견뎌온 세월을 그녀는 결코 잊지 않을 것이고, 자신을 조롱했던 자들을 절대 용서하지도 않을 것이다.

그러니 나머지 두 개의 동편, 백초산이 신검이편이라 말한 그 두 개의 동편을 찾아 그녀에게 줘야 하는지 고민할 수밖에 없었다.

더군다나 자신과 적월이 함정에 빠진 일에 백완이 관여되었을 수도 있었다.

그렇다면 절대 신검이편을 그녀에게 건넬 수는 없었다.

"뭐, 어쨌거나 그 모든 건 이곳을 빠져나간 후에 고민할 문제들이죠."

적월이 말했다.

"그렇긴 하구나. 그나저나 네 녀석은 정말 운이 좋구나."

"뭐가요?"

적월이 나왕을 보며 물었다.

"검신 최후의 심득을 얻지 않았느냐?"

"금강검이라는 검결요?"

"그래. 참 인연이란 묘하지. 내 사부의 별호가 금강검왕이었는데 검신 백초산이 남긴 최후의 무공이 금강검이라니. 그리고 그 금강검은 다른 사람이 아닌 네 손에 들어왔고 말이다. 뭐… 검신 백초산이 사부님과 약간의 인연이 있기는 했지만……."

나왕이 운명이라는 놈의 종잡을 수 없는 움직임 때문에 흥분했는지 조금은 감상적인 목소리로 말했다. 그러자 적월이 의아한 표정으로 물었다.

"그런데 왜 그게 제 것이죠? 검신 백초산이 자신의 유해를 발견하고 자신에게 일어난 일을 후손에게 전해주거나 혹은 그 후손이 위험에 처했다면 그들을 도와줄 사람에게 전한다고 했잖아요?"

"그러니까 너 아니냐."

"그 일은 사부님께 더 잘 어울리죠."

적월이 말했다.

"이 녀석아. 내가 이 나이에 검이나 수련하고 있을까?"

나왕이 적월을 타박했다.

"그럼 정말 금강검을 수련하지 않으실 거예요?"

"당연하지. 그런 검법이 하루아침에 완성되는 것도 아니거니와 난 이미 일살검이라는 우리 불파일맥의 무공이 있지 않느냐."

"일살검은 저도 수련한 거잖아요?"

"하지만 너에겐 아직 새로운 무공을 시작할 기회가 있다. 나이로 봐서 말이지. 그리고 새로운 무공을 수련해 불파일맥의 무공을 더욱 강하게 발전시키는 것도 그 후예의 의무다. 난 이미 늙어서 그럴 의욕이 없다. 그러니 금강검은 네 몫이다."

나왕이 단호하게 결정을 내렸다.

그러자 적월도 어쩔 수 없이 수긍했다.

"알았어요. 그런데 혹시 우리 문파의 검법인 일살검과 어긋나지는 않을까요?"

"음… 나도 그 점을 생각해 보았는데, 그럴 것 같지는 않구나. 오히려 서로 보완이 될 것 같아."

"보완이요?"

"그래. 검신 백초산의 말처럼 사실 검신의 무공은 공격보다는 수비에 치우친 무공이다. 그가 무림에서 활동할 때 그의 손에 죽은 사람보다 스스로 패배를 인정한 사람이 훨씬 많았지. 그의 검공이었던 백가유검이란 말에 어울리는 검법이었다. 사람들은 그게 검신 백초산이 사정을 봐줬기 때문이라고들 했지만 내 생각은 다르다. 애초에 그의 무공은 적을 베는 것보다 적의 공격을 방어하는 데 적합한 무공이었던 거지. 오늘 그가 남긴 금강검을 보니 내 생각이 맞았다는 생각이 드는구나."

"방어의 검공이란 뜻이군요? 하긴 금강검이라는 이름 자체가 그런 의미가 있는 것 같아요."

적월의 말에 나왕이 고개를 끄떡였다.

"바로 보았다. 어떤 공격에도 깨지지 않는 검법이란 뜻에서 붙인 이름일 것이다. 아마 사신지보 중 신검이보에 있을 백가유검보다 더 뛰어난 무공일 것이다. 그가 최후의 순간 얻은 깨달음이 담긴 검법이니까. 아무튼 말이다. 우리 불파일맥의 일살검은 일검에 적의 허점을 찌르는 최고의 공격 초식이라고 할 수 있다. 너도 알다시피 수비는 생각지 않는다. 그래서 간혹 위험한 지경에 처하게 되는 위험성이 있다. 그러니……."

나왕이 미처 말을 끝내기 전에 적월이 입을 열었다.

"그러니까 최고의 살초인 일살검과 최고의 방어 검결인 금강검을 함께 수련하면 완벽한 검법이 될 거란 말씀이군요."

"그래. 물론 이론상으로 그렇다는 말이다. 그러니 수련하다 보면 문제가 생길 수도 있겠지. 조심해서 수련해야 한다."

나왕이 당부했다.

"알았어요. 아무튼 일단 길을 찾아야죠?"

적월이 말하자 나왕이 자리를 털고 일어서며 말했다.

"그러자꾸나."

잠시 휴식을 취한 두 사람은 몸을 일으킨 후 검신 백초산의 유해가 있던 석대에 손을 댔다. 그리고 공력을 끌어올려 석대를 밀기 시작했다.

그긍!

석대가 비명을 지르며 뒤쪽으로 밀려갔다. 그러자 석대가 있던 자리에 사람 한 명 들어갈 만한 작은 공간이 모습을 드러냈다.

드디어 완벽하게 차단된 석실에서 외부와 이어지는 단 하나의 통로가 모습을 드러낸 것이다.

『십이천문』 2권에 계속…